I0549662

L'ESCLAVE DU VAMPIRE

L'ALLIANCE DE SANG

TRADUCTION DE L'ANGLAIS
AU FRANÇAIS
PAR JEAN-MARC LIGNY

LEXI C. FOSS

L'esclave du Vampire

Copyright © 2021 Lexi C. Foss

Tous droits réservés.

Traduction de l'anglais au français par Jean-Marc Ligny

Correction de la version française : Sophie Salaün

Conception de la couverture : Manuela Serra Book Cover

Photographie de couverture : Wander Aguiar Photography

Modèles : Andrew & Sofia

Publié par : Ninja Newt Publishing, LLC

Édition imprimée

ISBN : 978-1-954183-20-9

Print ISBN: 978-1-954183-63-6

À Julie, qui m'a inspirée pour décrire ce monde…

L'ESCLAVE DU VAMPIRE

L'ALLIANCE DE SANG
LIVRE UN

NOTE DE L'AUTEURE

Soyez avertis : la romance de Darius et Juliet n'est pas conformiste et se situe dans un monde très sombre. Les humains n'y ont aucun droit, et mes lycans et vampires ne sont pas du genre à fréquenter les contes de fées.

Il y aura des morsures.

Bien à vous,
Lexi

Jadis,
l'humanité gouvernait le monde
tandis que les lycans et vampires vivaient en secret.

Cette époque est révolue.

Bienvenue dans un futur
où les lignées supérieures font la loi.

Continuez à vos risques et périls.

L'Alliance de Sang

La loi internationale supplante toute gouvernance nationale et sera appliquée par l'Alliance de Sang, un conseil mondial composé à parts égales de lycans et de vampires.

Toutes les ressources doivent être réparties équitablement entre lycans et vampires, y compris les territoires et les esclaves de sang. Toutefois, richesse et position sociale seront à la discrétion des meutes et des maisons individuelles.

Tuer, blesser ou provoquer un être supérieur est puni de mort immédiate. Tous les litiges doivent être présentés à l'Alliance de Sang pour un jugement final.

Les relations sexuelles entre lycans et vampires sont strictement interdites. Toutefois, les partenariats commerciaux, lorsqu'ils sont fructueux et appropriés, sont autorisés.

Par la présente, les humains sont considérés comme des biens et ne disposent d'aucun droit légal. Chacun d'eux sera étiqueté selon un système de tri basé sur le mérite, l'intelligence, la lignée, les capacités et la beauté. L'ordre de priorité sera établi à la naissance et finalisé lors de la Journée du Sang.

Douze mortels seront sélectionnés chaque année pour concourir au statut de sang immortel, à la discrétion de l'Alliance de Sang. Parmi ces douze, deux recevront la morsure d'immortalité. Les autres mourront. Créer un lycan ou un vampire en dehors de ce processus est illégal et passible de mort immédiate.

Toutes les autres lois sont à la discrétion des meutes et de la royauté, mais ne doivent pas désobéir à l'Alliance de Sang.

PREMIÈRE PARTIE

CHASTEMENT CHOISE

PROLOGUE

DARIUS

— L'ARTICLE dix-sept est une jeune femme caucasienne de vingt-deux ans aux cheveux acajou et aux yeux chocolat. L'humaine mesure 1,73 m, pèse 59 kg et parle anglais, espagnol, japonais et allemand. Ses autres aptitudes intellectuelles sont détaillées à la page neuf de votre guide.

J'étudiai la brunette sur le podium et me rappelai ses qualités que j'avais mémorisées une heure auparavant. Son profil convenait à mes goûts et mes objectifs : intelligente, polyglotte, superbe et innocente. Juste ce qu'il me fallait.

Les regards avides dans la salle me confirmèrent que ce serait une entreprise onéreuse, mais j'appréciais les défis.

— Allons-nous lancer les enchères à un million ?

Ce montant semblait plaire au corpulent commissaire-priseur.

Je le doublai d'un geste de ma palette.

Son doux sang chantait à mes sens les plus vils, ce qui était tout à fait le but. Elle venait d'une race humaine rare qui était comme de l'ambroisie pour mon espèce, et sa virginité ne faisait qu'augmenter son charme. La perte de son innocence en altérerait légèrement le goût, mais pas trop. D'où sa valeur. Je pourrais la garder pendant des jours, des mois, des années ou l'éternité, si je le voulais.

Un bel animal de compagnie à posséder et à traiter selon

mes goûts. Ce que je ferais, mais pas comme tout le monde s'y attendait.

Je souris en levant à nouveau ma palette, triplant la mise de mon voisin.

Cette femme m'appartiendrait d'ici la fin de la nuit. Pour la baiser. La manger. La tuer. Tout ce que je voulais.

La pauvre. J'avais presque pitié d'elle. Mais elle semblait assez forte, nue sur le podium afin que nous puissions tous l'examiner sous toutes ses coutures. Je doutais qu'elle puisse voir plus haut que nos jambes, étant donné que le projecteur illuminait ses traits et ses atouts magnifiques.

Elle était si jolie.

Et toute à moi.

JULIET

Des chaussures noires brillantes.

C'était tout ce que je voyais de mon avenir.

Pas de nom, pas de visage, juste un vampire qui avait proposé l'enchère la plus élevée pour mon corps et mon sang.

— Rappelle-toi ta raison d'être, murmura ma matrone en passant une légère robe blanche par-dessus ma tête.

Je me sentais plus exposée là-dedans que sur le podium quelques instants plus tôt.

— Oui, Madame.

Ces mots brûlaient ma gorge asséchée. Se tenir nue pour une cérémonie devant une salle remplie des monstres les plus riches de la société n'avait rien à voir avec ce qui viendrait ensuite.

Vingt-deux ans de formation m'avaient appris à quoi m'attendre et comment me comporter.

Incline-toi.

Pas de contact visuel.

Obéis.

Trois règles d'étiquette que suivaient toutes les vierges de sang. Avec un peu de chance, il me laisserait en vie après ça.

Ma matrone drapa une cape rouge foncé sur mes épaules et la noua à mon cou, couvrant ma robe diaphane. Un semblant de convenances qui servait à préserver mon innocence pour mon nouveau maître.

— Tu es prête, mon enfant, déclara ma matrone en attachant la capuche sur mes cheveux bruns.

La cape et la robe étaient les seuls articles que j'avais le droit de conserver en dehors de ces murs. Je n'avais même pas droit à une paire de chaussures.

— Merci, Madame.

Une réponse automatique, résultant d'années de stricte discipline. Si je me comportais comme il fallait, un jour je pourrais devenir une matrone moi aussi et enseigner le protocole aux futures vierges de sang. Mais d'abord, je devais endurer ma propre initiation – et y survivre.

J'avais les mains moites quand les portes de la salle de cérémonie s'ouvrirent dans un soupir. Deux vampires attendaient dans le vestibule d'un blanc cru. Ce n'était pas une escorte, mais des gardes censés s'assurer de ma coopération.

Fuir n'était pas envisageable.

Me battre non plus.

Pour survivre, il fallait suivre la procédure.

Je ravalai mon envie de hurler. Ça ne finissait jamais bien. Tout ceci se produirait, que je l'accepte ou non.

— Ne le fais pas attendre, chuchota ma matrone sur un ton de mise en garde.

Une partie du rituel consistait à traverser ce vestibule de mon plein gré. Ou quelque chose qui y ressemblait. Était-ce vraiment un consentement quand on n'avait pas le choix ?

— Bonne journée à vous, prononçai-je.

Ma version d'un adieu à la seule femme dans ma vie que j'aie jamais considérée comme ma famille – bien que je n'aie jamais osé le lui dire. L'émotion est un signe de faiblesse si on l'extériorise, et je ne pouvais pas me permettre que l'on me juge pitoyable. Pas si je voulais vivre.

— À toi de même, répliqua-t-elle.

J'inclinai respectueusement la tête avant d'entamer le chemin vers mon avenir – vers le vampire mâle. Que j'appellerais Sire.

Mes jambes me semblaient plus lourdes à chaque pas. Je ne m'étais jamais aventurée hors de l'enceinte. Qu'y avait-il donc au-delà de l'entrée, sinon une nuit sans étoiles ?

Les gardes me suivaient de chaque côté, évitant de me toucher. J'appartenais à quelqu'un d'autre à présent. Ils n'avaient le droit de m'empoigner que si je décidais de me battre, mais je n'étais pas stupide à ce point.

Mes pieds nus ne faisaient pas de bruit sur le marbre immaculé, tandis que ma cape frottait doucement sur mes jambes. Je sentais les gardes m'inspecter. Ils m'avaient tous vue nue sur cette estrade, tel un animal vendu aux enchères. C'était exactement ainsi que la société me percevait.

Un animal sans aucun droit.

Je fis halte devant l'entrée principale du bâtiment et examinai ma destinée – une poignée de porte. Une fois que je l'aurais abaissée, il n'y aurait plus de retour possible. Du moins pas sans la permission de mon Sire.

Mais je n'ai pas le choix.

Je ne l'avais jamais eu.

Ma lignée unique m'avait placée là à ma naissance.

Près de moi, les gardes remuèrent, signe que mon hésitation n'était pas passée inaperçue. Un instant de plus et je risquais l'insubordination. Je ne voulais pas me retrouver dans cette situation.

Mon cœur battait la chamade quand j'ouvris la porte sur la nuit profonde. Une limousine m'attendait dans l'ombre de l'allée. Pas de lumières dehors. Les vampires préféraient l'obscurité. Seul le vestibule derrière moi éclairait l'extérieur.

Je m'avançai sur le porche, et mes pieds foulant la pierre froide me firent tressaillir. La sensation augmenta à chaque pas, jusqu'à me faire mal quand j'abordai le trottoir pavé qui menait à mon destin.

Les gardes restaient à mes côtés, vigilants.

Puis la portière arrière de la limousine s'ouvrit.

Je fis aussitôt une révérence, m'agenouillai sur la pierre inégale tandis que mon front et mes mains touchaient le sol. Les vampires ayant un statut exigeaient une soumission totale et complète, surtout les maîtres. Le saluer d'une autre manière entraînerait une punition, ce que je préférais éviter pour ma première nuit entre ses mains.

Des chaussures de luxe apparurent au bord de mon champ de vision, et une voix grave annonça :

— Je la prends en main.

— Bien, Monsieur, répondit le garde à ma droite.

Tous deux disparurent en silence, me laissant à la merci de mon nouveau propriétaire.

Allait-il me prendre ici ? Sur la pelouse ? Devant tout le monde ?

Je tremblai à cette perspective bien réelle.

Je lui appartiens.

Je restai obéissante, attendant l'inévitable. Ma matrone m'avait préparée à ce moment. Elle m'avait enseigné toutes les réponses et platitudes destinées à flatter mon nouveau maître. Mais rien n'aurait pu me préparer à cette réalité.

Et si je parlais mal ?

Et si je n'arrivais pas à supporter la douleur ?

— Lève-toi, commanda-t-il.

La bile me remonta dans la gorge tandis que je me forçais à lui obéir. Je gardai les yeux rivés sur ses chaussures en me tenant debout avec grâce, les mains serrées devant moi.

Silence.

Un test de mon obéissance ? Les vampires adoraient

trouver de bonnes raisons pour exercer leur discipline, surtout sur des innocents.

Malheureusement pour lui, j'étais douée à ce jeu-là. Et je refusai de céder.

Il tourna lentement autour de moi, sans un bruit dans la nuit silencieuse.

Je m'exhortai à respirer régulièrement quand il s'arrêta pile devant moi. Une odeur de menthe poivrée chatouilla mes narines, ainsi qu'une bouffée résolument masculine. Dans la nuit noire, je distinguais à peine son costume tout aussi sombre, mais il empestait l'élégance et le prestige. Comme tous les vampires.

Il rabattit ma capuche d'un geste si vif que je chancelai, et mon cœur manqua un battement. Je retins mon souffle tandis qu'il promenait un doigt le long de ma mâchoire.

Un mâle est en train de me toucher.

Interdit.

Jusqu'à maintenant.

Je m'y attendais, mais la chaleur de son toucher ne ressemblait en rien à ce que j'avais imaginé. Ma matrone m'avait dit de m'attendre à des gestes durs et froids, pas à cette douce exploration de mon visage. Il s'arrêta sur mon menton et releva ma tête vers le haut et de chaque côté pour inspecter mon cou.

— T'a-t-on fait du mal d'une quelconque manière ? s'enquit-il d'une voix plus douce qu'auparavant.

Le choix de ses mots me troubla jusqu'à ce que j'en interprète le sens. Je déglutis deux fois avant de répondre :

— Personne ne m'a touché avant vous, Sire.

Seules les matrones étaient autorisées dans mes quartiers. Les gardes vampires pouvaient regarder, mais pas céder à la tentation, qui était de toute façon tempérée chez eux. Les matrones satisfaisaient les gardes en guise d'entraînement pour les vierges de sang. Certains de ces épisodes resteraient gravés dans mes cauchemars pendant des années… en supposant que je survive aussi longtemps.

— J'ai parlé de te faire du mal, pas de te toucher, précisa-t-il en lâchant mon menton. Monte dans la limousine.

— Oui, Sire.

Je fis une révérence avant d'obéir à son ordre. Je laissai ma capuche baissée – vu qu'il ne l'avait pas remise –, et m'écartai sur la banquette pour le laisser entrer. Il se glissa à mes côtés et claqua la portière d'un geste qui me parut irrévocable.

Seule.

Avec un vampire affamé.

Mon estomac se révulsa, et la raison pour laquelle ma matrone m'avait refusé le dîner de ce soir devint évidente : elle ne voulait pas que je vomisse sur mon nouveau maître.

Quand la limousine démarra, je serrai les mains sur mes genoux et m'efforçai de ne pas me planter les ongles dans les paumes. Au moins, il ne m'avait pas prise sur le trottoir. Ce devait être un signe positif. Mais à présent, nous étions très isolés et enveloppés de ténèbres.

C'était encore plus inquiétant ainsi.

Ses mouvements n'arrangeaient rien. S'approchait-il de moi ou s'écartait-il ? Des frottements de tissu suggéraient qu'il était en train de se déshabiller.

Devais-je également ôter ma cape ? Non. Il le ferait à ma place.

Oh, Déesse. Nous allions le faire maintenant. Je préférais la douceur du cuir au béton du dehors, mais…

— Quel est ton prénom ? demanda-t-il, interrompant le cours de mes pensées.

Je ravalai la boule dans ma gorge pour me forcer à répondre :

— Celui qui vous plaira, Sire.

Entendait-il la raucité de ma voix ? Sentait-il mes nerfs échapper à ce qui aurait dû être un contrôle inébranlable ?

« Les émotions te condamneront à mort », m'avait averti plus d'une fois ma matrone.

Ressaisis-toi.

— Ce n'est pas ce que j'ai demandé, répliqua-t-il d'un ton tranchant. Quel prénom t'a-t-on donné à ta naissance ?

Je clignai des yeux. Cela ne suivait pas le protocole. C'était les maîtres qui choisissaient l'identité d'une vierge de sang. Qui ou quoi que j'étais avant de le rencontrer n'avait aucune importance. Seule ma formation comptait. Mais son ton ne souffrait aucune désobéissance. Je me soumettrais parce que je le devais.

— Juliet.

D'autres frottements se produisirent de son côté, suivis d'un frou-frou soyeux. Était-il en train d'ôter sa cravate ? Certains gardes le faisaient quand ils voulaient éprouver la tolérance d'une matrone à la douleur. Ils leur liaient les mains ou leur bandaient les yeux avec. Un frisson courut le long le mon dos. *Que compte-t-il me faire ?*

— Juliet. (Il avait l'air de tester mon nom et de le trouver à son goût.) Je m'appelle Darius.

Je me figeai. Cela brisait carrément le protocole. Une vierge de sang appelait toujours son maître « Sire ». Jamais par son nom. Ma matrone ne m'avait pas préparée à une conversation aussi tordue. À quel jeu jouait-il ?

Aucune réponse ne me parut appropriée, je gardai donc le silence. Sa provocation ne me convaincrait pas de briser les convenances.

Autour de nous jaillirent des lumières qui m'éblouirent. Je fermai les yeux par réflexe tout en m'efforçant de me calmer rapidement, mais il avait sans doute vu ma surprise. Son regard vampirique ne cligna même pas dans la lumière soudaine à l'intérieur de la limousine.

Quelque chose sauta, mais je ne pus voir quoi.

Mon pouls cognant dans mes oreilles, je tentai de reprendre le contrôle de mes émotions erratiques. Je me sentais à la fois nauséeuse, étourdie et impuissante.

Des larmes roulèrent sur mes joues, dues autant au vif éclairage qu'à la terreur qui m'envahissait. On m'avait préparée à cela. Je savais à quoi m'attendre. Cela n'aurait pas dû se passer ainsi.

Arrête de réagir.

Concentre-toi.

Respire.

Mes poumons se vidèrent et je serrai les poings. Toutes sortes de punitions me traversèrent l'esprit. En dix minutes à peine, il avait réussi à franchir mes barrières et m'avait forcée à déraper.

Rien qu'en allumant les lumières. De toutes les choses qui me provoquaient…

— Tiens. Bois, ça va t'aider, murmura-t-il en touchant ma main avec quelque chose de solide et froid.

J'enroulai mes doigts tremblants autour du pied fin et portai le verre à mes lèvres. Un liquide fort et fruité se répandit sur ma langue et me fit écarquiller les yeux. Je hoquetai en postillonnant.

— Eh bien, c'est gracieux, remarqua-t-il en se penchant pour extraire quelque chose d'un compartiment à ses pieds.

Il avait ôté sa veste et sa cravate et déboutonné le col de sa chemise noire, laissant entrevoir une peau olivâtre.

Mes yeux se mirent d'eux-mêmes à faire l'inventaire de ses traits séduisants.

Cheveux noirs à la coupe élégante.

Pommettes bien marquées.

Mâchoire carrée.

Yeux verts saisissants, encadrés d'épais cils noirs.

Oh non.

Je baissai aussitôt le regard. Dans un moment d'hébétude et de confusion, j'avais étudié le visage de mon maître.

Qu'aurais-je pu faire de pire ? Je connaissais les règles, pourtant il n'avait fallu que quelques minutes pour les jeter par la fenêtre.

— Pardonnez-moi, Sire, murmurai-je. C'est l'alcool qui m'a étourdie.

C'était formellement interdit. Les vierges de sang ne buvaient pas. Jamais. Cela gâtait leur lignée.

Il cueillit le verre dans ma main tremblante et posa une serviette sur mes doigts.

— Essuie-toi, Juliet.

Ma gorge se noua sur mon émotion refoulée. D'avoir si mal agi allait non seulement me retomber dessus, mais aussi sur ma matrone. Il exigerait sa punition en plus de la mienne.

Comment avais-je réussi à tout gâcher d'une façon aussi spectaculaire ?

J'essuyai mes mains et ma cape avec la serviette et voulus m'agenouiller pour nettoyer les gouttelettes sur le plancher de la voiture, mais il me saisit le poignet pour m'en empêcher. Il ne dit rien pendant si longtemps que je me demandai s'il avait du mal à décider quelles souffrances m'infliger en premier. Les vampires étaient connus pour leur cruauté. J'avais été témoin de tellement d'exécutions, de flagellations, de viols en public et de bains de sang que je n'imaginais que trop bien ses intentions à mon égard.

Il lâcha mon poignet et éteignit les lumières. Je demeurai immobile dans l'ombre de la limousine, dans l'expectative. La peur et la confusion faisaient trembler mes membres trop violemment pour le cacher. Non pas que cela ait de l'importance à présent. J'avais amplement mérité ma condamnation. Un peu plus d'émotion saupoudrée par-dessus n'adoucirait ni n'aggraverait mon châtiment imminent.

— Tu es pardonnée, Juliet, dit-il tranquillement. On va rouler un bon moment. Je te conseille de dormir.

— Vous souhaitez que je dorme, Sire ?

Je ne pus retenir un ton vaincu. Il prétendait me pardonner, mais les vampires excellaient dans le mensonge. Je ferais mieux de ne pas laisser ces paroles m'apaiser.

— Oui. Repose-toi.

— C-comme vous voudrez, Sire.

Avait-il l'intention de me réveiller de manière cruelle ? Serait-ce ma sanction pour ma mauvaise conduite ? Cela me paraissait assez doux, mais tout dépendait de sa méthode.

Je fermai les yeux en une fausse tentative d'exécuter son ordre, mais je savais que les battements de mon cœur me trahissaient. Il saurait ce qu'il en était, mais au moins je devais essayer.

N'importe quoi pour l'apaiser.

Mon maître.

C'était mon devoir de lui obéir. Mon devoir d'accepter le châtiment. Mon devoir de lui donner mon corps et mon sang. Rien qu'à lui. Jusqu'à ce que je ne lui serve plus à rien.

Il n'y avait pas d'échappatoire.

Nulle part où fuir.

Suivre les règles ou mourir.

Je ne voulais pas mourir.

JULIET

— MADEMOISELLE.

Une rude secousse, suivie par :

— S'il vous plaît. Il faut vous réveiller.

Je clignai des yeux, surprise par cette voix inconnue. Ce n'était pas celle de ma matrone ni d'aucune autre femme de mon passé.

Je m'assis toute droite dans ce lit étranger et observai mon entourage. Ors et bleus roi proliféraient dans la pièce immense, illuminée de chandelles.

— Où suis-je ?

— Chez Maître Darius, m'informa une femme corpulente aux cheveux gris. Il m'a avertie que vous pourriez être somnolente suite à votre long sommeil, et aussi comme effet secondaire de votre compulsion.

De la sueur perlait sur mon front et mes mains. La dernière chose dont je me souvenais, c'était d'avoir essayé de dormir, puis plus rien. J'ignorais même combien de temps on avait roulé, et où il m'avait emmenée.

— Maître Darius vous attend pour le dîner, annonça la vieille femme. (Elle étendit sur le lit une robe noire très décolletée.) Vous devez porter ça.

— Vous êtes ma nouvelle matrone ?

Je l'étudiai. Son âge révélait son humanité, mais je ne la reconnaissais pas comme l'une des élues.

— Heu, non, je suis l'une des servantes de Maître Darius. Nous sommes plusieurs, et il y en a d'autres qui entretiennent le manoir. (Elle plissa ses yeux bleus.) Vous pouvez m'appeler Ida, chérie. Darius m'a dit de vous appeler Juliet.

— Vraiment ?

Je fronçai les sourcils.

— Oui. S'est-il trompé ?

— Oh non, bien sûr. S'il a choisi Juliet, alors c'est ainsi qu'on doit m'appeler.

Bizarre, quand même, qu'il ait choisi mon nom de naissance. Peut-être lui plaisait-il ?

Ida me dévisagea avec intérêt.

— J'ai entendu des rumeurs sur votre espèce. Maître Darius va se régaler.

Je frissonnai à ses sous-entendus. Il allait se *régaler* de moi au *dîner*. J'imaginais que c'était mieux que sur la pelouse du Coventus ou dans sa limousine.

— Je vais me préparer, dis-je à mi-voix en me glissant hors des draps de soie.

On m'avait ôté ma cape, mais laissé ma fine robe blanche. Je l'enlevai et l'échangeai contre la noire. Elle n'était pas moins révélatrice que ma tenue précédente, avec son corsage transparent et sa jupe fendue. Mes deux jambes étaient exposées jusqu'aux hanches, mes seins saillaient sous le tissu translucide. Une tenue typique de vierge de sang. Même si généralement, une femme dans ma situation ne portait des couleurs sombres qu'après avoir perdu sa virginité.

À moins que…

M'avait-il prise pendant que je dormais ?

Mes bras se couvrirent de chair de poule à cette perspective bien réelle.

Peut-être m'avait-il assommée de la sorte dans cet unique but.

Je repérai un miroir dans un angle, près d'une porte ouvrant sur un sol carrelé. *Une salle de bains.* Destinée à mon seul usage ? *Aucune importance.*

Je m'avançai d'un pas raide, terrifiée à l'idée de ce que je pourrais découvrir, mais je trouvai mon apparence normale, en dehors de mes cheveux ébouriffés par le sommeil. Aucune marque visible sur mon cou, mes bras ou mes cuisses. Et je n'avais mal nulle part. D'après ce que m'avait dit ma matrone, ça ferait mal, peut-être pendant des jours. S'il m'avait prise, je l'aurais su.

— Il y a une brosse et un nécessaire de toilette là-dedans, m'indiqua Ida, me rappelant sa présence. (Elle se tenait à mes côtés, bras croisés, l'air curieux.) Vous avez besoin d'aide ?

Je m'éclaircis la gorge.

— Non merci, Madame.

Elle sourit.

— Je vous attends à la porte, alors.

Elle me montra le large panneau de bois à l'autre bout de la pièce et inclina légèrement la tête avant de me laisser dans la salle de bains.

Une servante humaine. Comme c'était intrigant. Je supposais que les vampires et lycans en employaient. Ma lignée était trop rare et précieuse pour être influencée par l'humanité. Nous étions possédées dès la naissance et protégées par des gardiens vampires. Ou *incarcérées* était peut-être un mot plus juste, bien que je ne le prononcerais pas à voix haute.

Je trouvai une brosse dans la salle de bains et me mis à coiffer mes cheveux bruns en vagues épaisses. Ma matrone prétendait que c'était mon meilleur atout, je devais donc les mettre en valeur. Quand j'eus terminé, je me brossai les dents et ajoutai quelques touches féminines. J'avais déjà été rasée et préparée pour la vente aux enchères, il ne me fallut donc pas longtemps pour retourner auprès d'Ida.

Elle me sourit gentiment, ce qui plissa ses pattes d'oie.

— J'aimerais qu'on soit toutes aussi confiantes.

Sur ces mots, elle me tendit une paire de talons hauts de dix centimètres.

— Pardon ? lançai-je, confuse, en glissant mes pieds dans les chaussures.

— Rien, chérie. Maître Darius attend. Il a également deux invités.

Mon cœur s'accéléra tandis que nous nous mettions en route.

— Des invités ?

— Oui. Maître Trevor et Maître Ivan.

Je ravalai la boule qui enflait dans ma gorge.

— Tous deux sont là pour le dîner ?

Pour profiter de moi ?

— Oui, affirma-t-elle.

Ida m'escorta le long d'un très large escalier donnant sur un grand vestibule.

Trois vampires en même temps ? Je faillis rater une marche à cette idée. Darius ne pouvait sûrement pas envisager qu'ils me possèdent tous ce soir. À moins qu'il ne veuille que je meure, auquel cas c'était certainement ce qu'il avait prévu.

— Par ici, me guida Ida quand nous atteignîmes la dernière marche.

Mes talons claquèrent sur le carrelage de marbre, annonçant notre arrivée. Cela me rappelait la frappe de tambours avant une exécution, ou bien c'était juste mon cœur qui cognait à un rythme inquiétant.

La plupart des vierges de sang ne revenaient pas au Coventus. Notre sang était si addictif et puissant que les vampires pouvaient difficilement s'empêcher de nous saigner à blanc.

Du moins c'était ce dont m'avait avertie ma matrone.

Je ne pourrais rien faire pour l'en empêcher si c'était ce qu'il désirait. Hurler ne ferait que rendre ce moment plus attrayant. C'était l'équivalent d'un steak luxueux destiné à être dévoré ou dégusté, selon les préférences de mon maître.

Avant, cette pensée me faisait monter les larmes aux yeux, mais j'avais appris depuis longtemps que le destin ne changerait jamais de route pour moi. Au moins ma fin serait rapide.

Ida frappa à une porte en bois sombre.

— Entrez !

La voix grave de Darius provoqua des palpitations dans mon bas-ventre. Je me rappelai le visage qui allait avec ce ton, et ses yeux verts brillants. Je n'aurais jamais dû regarder.

— C'est vous qui devez entrer, pas moi, murmura Ida avec un signe de tête encourageant.

Bien sûr, elle préférait que ce soit moi qui me joigne à la fête plutôt qu'elle. Instinct de conservation, visiblement. Je ne pouvais l'en blâmer.

— Vous avez été très gentille avec moi, lui dis-je. Merci.

Ses lèvres se retroussèrent en un sourire perplexe.

— Il va se régaler, en effet. (Elle secoua la tête.) Allez-y avant qu'il n'insiste.

— Oui, bien sûr, acquiesçai-je.

Les vampires n'aimaient pas attendre.

Je poussai la porte et jetai un œil dans la salle éclairée par encore plus de chandelles. Au centre, sous un lustre, se dressait une longue table en acajou garnie d'assez de chaises pour accueillir une armée. Une vaisselle et une argenterie luxueuses ornaient quatre places, devant lesquelles étaient disposés des plats dont les arômes me chatouillèrent le nez.

Maître Darius se tenait contre le mur juste derrière la porte, flanqué de ses deux homologues en costume.

— Sire, le saluai-je en adoptant la position adéquate à ses pieds, mon front touchant le sol de marbre.

Leurs regards étaient comme des marques au fer rouge sur ma peau nue, tandis qu'ils admiraient ma posture soumise. Ils ne disaient rien, mais je *ressentais* chaque non-dit. La faim et l'excitation planaient dans l'air. L'estomac retourné, j'attendis que le premier d'entre eux se jette sur moi.

C'est ma raison d'être, me rappelai-je en m'efforçant de réguler mon souffle.

Inspire. Un, deux, trois.

Expire. Un, deux, trois.

Me concentrer sur ma respiration ne calma guère les battements affolés de mon cœur. Je ne pouvais pas masquer ce bruit discordant à leurs sens de prédateurs. C'était comme un repère qui me rendait encore plus attrayante à leurs yeux.

Un tremblement me parcourut l'échine.

Trois sur une. Je l'avais tellement vu faire. Serais-je capable de supporter leurs pénétrations ? Mourrais-je rapidement ?

Déesse, priai-je, invoquant le pouvoir suprême sur Terre. *Fais que ça se termine vite…*

Leurs chaussures bruissèrent sur le sol quand ils m'entourèrent.

— Elle est exquise, murmura l'un d'eux. Et l'on ne peut nier qu'elle est tentante.

— Oui.

Cette voix masculine familière sonnait comme un appel à ma formation et exigeait une soumission complète. Il me possédait de toutes les manières.

— Mais peut-elle être reprogrammée ? demanda une troisième voix à l'accent clairement étranger.

— Le temps nous le dira. (Maître Darius s'accroupit devant moi.) Est-ce que tu vas faire ça chaque fois que tu me verras ? (Il releva mon menton d'un doigt et me força à croiser son regard.) Parce que ça m'ennuie déjà.

— Sire ? demandai-je, essayant confusément de détourner mes yeux de son visage.

Soutenir le regard d'un maître était expressément interdit. C'était comme un défi, et je ne souhaitais surtout pas attirer son attention de cette manière.

Il me pinça fort le menton, me faisant monter des larmes aux yeux.

— Regarde-moi, Juliet.

Je déglutis et m'efforçai de lui obéir. Ses iris verts perçants brûlaient les miens. Ils étaient d'une beauté hypnotique mais mortelle. Et très, très âgés.

— Tu ne t'inclineras plus de cette manière à moins que je ne l'exige expressément. Tu comprends ?

Pas vraiment…

— Puis-je demander des éclaircissements, Sire ?

Une question effrontée, qui pouvait me coûter un châtiment supplémentaire, mais j'avais besoin d'autres informations pour obtempérer.

— Tu peux, opina-t-il sur un ton que j'aurais juré amusé.

— Comment préférez-vous que je m'incline ? C'est la façon que l'on m'a enseignée, mais si elle vous déplaît, je peux adapter ma méthode.

— Tu ne t'inclines pas du tout, précisa-t-il.

— Dois-je faire une révérence, alors ?

— Non. (Il me lâcha le menton et se redressa.) Debout, Juliet.

— Oui, Sire.

Je me relevai prestement et baissai de nouveau les yeux.

Silence.

Je ne savais pas trop ce qu'il voulait que je fasse de mes

mains, aussi les laissai-je pendre à mes côtés tandis que tous trois admiraient ma robe.

— Elle est vraiment ravissante, murmura l'un des mâles.

— En effet, acquiesça mon maître. On va manger ?

Mon estomac se noua à ces mots désinvoltes. Plus de platitudes ni d'exigences, juste le *dîner*.

— Je meurs de faim.

— Moi aussi.

— Parfait, dit mon maître en pénétrant dans mon espace personnel.

Je demeurai immobile quand il posa une main sur ma taille.

Ça y était.

Mes derniers instants.

Si j'obtempérais, ce serait moins douloureux.

Je basculai mes cheveux sur une épaule, exposai mon cou et attendis.

Faites que ce soit rapide.

ÐARIUS

BON SANG, son odeur était incroyable.

Mon créateur, Cam, m'avait mis en garde un jour sur l'attraction qu'exerçaient les vierges de sang, mais je ne l'avais pas pris au sérieux. Or, après plusieurs heures aux côtés de Juliet dans la limousine, j'avais fini par comprendre.

Cette femme était irrésistible.

Mes incisives mouraient d'envie de la goûter – ne serait-ce qu'une seconde. Trevor et Ivan éprouvaient le même désir, mais la bienséance les empêchait de tenter quoi que ce soit.

Et cette satanée révérence. Se mettre dans une position aussi soumise éveillait mes pulsions les plus sombres, ce qui était évidemment l'objectif.

Il fallait que ça cesse. Tout ce qu'elle faisait, tout ce qu'elle disait n'était que des signes évidents de soumission enracinés en elle par des années d'endoctrinement. Cela n'aurait pas dû me tenter, mais à cet instant, j'étais sacrément excité.

L'amusement d'Ivan s'échappait de lui par vagues. Bien sûr qu'il appréciait. Il était tout à fait d'accord avec l'idée ridicule de notre royal ami qui voulait que j'achète une vierge de sang pour le statut. Oh, ça marcherait, en supposant que je puisse résister à la tentation de la prendre trop tôt.

Le pouls de Juliet battant sainement dans son cou dégagé

me narguait. Je pourrais la dévorer et elle ne ferait rien pour m'arrêter − peut-être même m'encouragerait-elle.

Mais ce ne serait pas naturel.

Toutes ses réponses formatées visaient à satisfaire le plus offrant. Je ne pouvais l'en blâmer. Elle était victime de sa lignée.

Je posai une main sur sa taille pour l'attirer doucement à moi, et levai mon autre main pour en envelopper sa nuque. Elle se pencha à ce contact et ferma les yeux, mais ses lèvres tremblaient légèrement.

De peur.

Il semblait bien qu'aucune formation ne pouvait la préparer à ce moment. Pas étonnant.

J'appuyai mon pouce sur son pouls, et elle serra les dents.

Mmmh, une combattante rôdait sous la surface. Elle voulait vivre dans un monde où la plupart des humains préféraient la mort. Fascinant.

Je me penchai pour humer sa fragrance addictive. Si douce, si attirante. Savoir que je n'avais pas à résister ne faisait qu'accroître mon désir de la goûter. De la prendre.

Mes lèvres trouvèrent son pouls et déposèrent dans son cou un baiser enjôleur. Elle parut fondre contre moi, son corps reconnaissant sa raison d'être. Mais sa mâchoire demeurait tendue.

J'avais bien choisi.

Très, très bien choisi.

Je mordillai sa peau tendre, faisant bien attention de ne pas la percer, puis posai mes lèvres sur son oreille.

— Incline-toi ou fais encore une révérence en ma présence, Juliet, et la prochaine fois je te mordrai. (Je frottai mon nez contre sa pommette, ce qui la fit frissonner, avant de reculer pour croiser son regard.) Et j'attends de ta part que tu me regardes quand je te parle.

Elle cligna des yeux, l'air ahuri.

— Mais la bienséance veut que…

Je mordillai son pouls, coupant sa réponse formatée.

— Je me fiche de la bienséance, Juliet.

Je lapai l'égratignure provoquée par mes incisives et fermai les yeux quand ma langue goûta une pointe de son essence. Foutu paradis. Qu'est-ce que je ne donnerais pas pour planter mes dents dans sa veine et prendre mon pied !

Mais j'avais besoin d'elle en vie, et je désirais son consentement. Ce serait encore plus doux de la prendre. Car je l'aurais elle, avec sa permission. Au final.

Je me permis de la goûter encore une fois, sous les regards envieux de Trevor et d'Ivan. Ce n'était pas seulement son sang qui les titillait, mais aussi sa robe révélatrice. Je l'avais choisie pour leur montrer à quel point elle serait lucrative, et leurs expressions confirmaient tous mes soupçons.

— Je vous demande pardon de vous avoir déplu, Sire, chuchota Juliet.

Je réprimai un grognement. Mes frères aristocrates étaient fans de cette attitude obéissante. La soumission, je la comprenais et l'appréciais, mais sa servilité était suscitée par la crainte d'une sévère punition. Je préférais un genre de réprimande plus agréable, ce que Juliet allait bientôt apprendre.

Mais j'avais d'abord quelques murs à abattre.

Ainsi que vingt-deux ans de convenances enracinées.

— Tu dois faire ce que je dis, exact ?

— Oui, Sire.

— Alors tu vas obéir à ma demande de ne pas t'incliner ni faire de révérence en ma présence, sauf si je te l'ordonne. (Je m'obligeai à m'écarter de son cou et inclinai sa tête de façon qu'il lui soit impossible d'éviter mon regard.) Et tu garderas le contact visuel avec moi chaque fois que nous nous parlerons. Tu as compris ?

— Je… (Elle déglutit visiblement, mais soutint prudemment mon regard.) Oui. Bien sûr, Sire.

— Parfait. (Je lâchai sa nuque et l'entraînai vers la table.) Assieds-toi.

— Tu as toujours été doué avec les dames, Darius, remarqua Trevor non sans humour.

— On devrait prendre des notes, renchérit Ivan.

— Pour quand on achètera nos propres poupées sexuelles ? lança Trevor en souriant.

— Absolument. Je veux une rousse.

— Mmmh, ouais, moi j'ai envie d'une brunette, là tout de suite.

— On en a tous envie, mon pote.

— Assez, grommelai-je en avançant une chaise à Juliet.

Elle s'assit très droite et garda les yeux fixés sur la table quand je pris place à côté d'elle. Apparemment, il nous faudrait travailler sur le contact visuel.

Trevor et Ivan s'assirent face à nous, affichant tous deux un air amusé.

— Pourquoi êtes-vous passés, déjà ? demandai-je.

— Tu le sais, répliqua Ivan. Trevor voulait voir ton nouveau jouet.

Je levai les yeux au ciel.

— Elle n'est pas un jouet.

— C'est une poupée sexuelle ambulante avec un sang délectable, murmura Trevor. Clairement un jouet.

Juliet ne réagit pas à cette description grossière et demeura complaisante en apparence, les mains croisées sur ses genoux. Ce genre de contrôle s'avérerait utile plus tard.

J'attrapai un plat de canard rôti et fis glisser quelques tranches dans l'assiette de Juliet avant de me servir.

Trevor et Ivan suivirent le mouvement, piochant dans plusieurs plats et garnissant leur assiette de la fine cuisine de Gladice. Ils avaient tenté de me l'acheter à maintes reprises, mais j'avais toujours refusé. J'avais l'une des meilleures cheffes de la région et ne prévoyais pas de la lâcher de sitôt. Toutes mes servantes m'appartenaient. Je les protégeais farouchement, tout comme je le ferais avec la beauté à mes côtés.

Elle contempla la nourriture devant elle avant de promener un regard timide autour de la table.

Je souris en comprenant tout à coup son attitude. Juliet s'attendait à être le plat principal. Une tentation manifeste, à laquelle je pourrais céder une autre nuit, quand nous serions seuls. En supposant qu'elle le veuille.

De toute évidence, mes amis en étaient venus à la même conclusion, car sa confusion leur provoquait un sourire narquois.

Pauvre fille. Elle n'avait aucune idée de ce pour quoi je l'avais amenée ici, mais elle allait l'apprendre bientôt.

Je posai mon bras sur le dossier de sa chaise, envahissant son espace personnel, et pressai de nouveau mes lèvres sur son oreille.

— Les vampires mangent aussi des aliments, chérie.

C'était plutôt un petit plaisir superflu, car nous n'en avions pas besoin pour vivre, mais mes papilles appréciaient les saveurs.

—Je sais, chuchota-t-elle. Bien sûr, je le sais.

Ces derniers mots semblaient s'adresser plus à elle-même qu'à moi, mais je répondis néanmoins :

— Bien. (Je mordillai son pouls, puis pensai à autre chose :) Tu le sauras quand j'aurai l'intention de te mordre, Juliet. Parce que je te préviendrai, la première fois.

Elle sursauta à mes paroles. Sa perception était embrouillée par ce que le Coventus avait enfoncé dans sa jolie tête. Ce qu'elle n'avait pas réalisé, c'était que tous les vampires n'avaient pas été créés de la même manière. Et j'étais fier d'être un rebelle.

— Mange, lui intimai-je en me redressant. Tu dois reprendre des forces.

Juliet nécessitait une introduction progressive à mes besoins. Si je me précipitais, elle mourrait, et je la voulais bien en vie. J'avais aussi besoin de sa confiance, ce qui serait le sentiment le plus délicat de tous à obtenir. Parce qu'aucun humain sain d'esprit ne faisait confiance à un vampire.

Trevor leva son verre pour trinquer.

— Aux nouvelles entreprises.

— À l'avenir, ajouta Ivan.

— Au changement, renchéris-je, toquant leurs verres contre le mien.

Juliet ne se prêta pas au jeu, car elle n'avait pas encore compris. Mais cela viendrait. Très bientôt.

Je souris quand elle prit sa fourchette pour satisfaire ma demande. Cette obéissance instinctive me serait utile dans les mois à venir. Elle ferait ce que je voudrais quand je le voudrais.

Non pas un jouet, mais un atout. Avec ses seins parfaits et le visage d'une déesse, personne ne la soupçonnerait. Et je possédais chacune de ses formes alléchantes.

— On dirait que tu vas avoir un sacré entraînement sur les bras, Darius, remarqua Ivan, en désignant d'un signe de tête une Juliet inquiète.

Elle prit une tranche de viande et la grignota avec précaution, puis reposa sa fourchette d'un air confus.

— Ils n'autorisent pas le canard au Coventus ? demandai-je d'un ton sec.

Elle cligna de ses grands yeux bruns en les levant sur moi et grimaça.

— S-si… mais pas vraiment comme ça.

— Comme quoi ?

— C'est riche, chuchota-t-elle. C'est décadent, Sire.

Elle commença à baisser les yeux par soumission, mais les releva avant que je ne lui en fasse la remarque. Oui, sa formation à l'obéissance conviendrait certainement à mes plans.

— Tu veux dire que c'est savoureux, corrigeai-je. Laisse-moi deviner : ils t'ont forcée à vivre avec le strict minimum et ont banni tous les plats ayant un vrai goût ?

Une technique de lavage de cerveau typique. Qui servait également à surveiller sa ligne, ce qu'ils avaient parfaitement réussi.

— Mon sang est pur, Sire.

— Pur.

Ce mot avait un goût aigre sur ma langue. La société voulait contrôler son apparence pour augmenter sa valeur, pas pour renforcer sa lignée. Elle aurait le même goût quoi qu'elle consomme, et sa virginité n'aurait pas d'impact sur sa saveur naturelle.

— Mes frères t'ont modelée en une femme parfaite, Juliet. Exquise, timide, magnifique. Je peux t'assurer que les habitudes alimentaires ancrées en toi n'influencent qu'un seul de ces traits, et ce n'est pas ton sang.

Je goûtai le canard et le trouvai cuisiné à la perfection, comme toujours, tandis que Juliet fronçait les sourcils. Pas sa plus belle expression, mais je préférais cela à la peur qu'elle irradiait.

— Pardonnez-moi, Sire, mais je ne saisis pas le sens de vos propos. Est-ce un genre de test ? (Elle se lécha les lèvres.) Je ne voudrais pas vous décevoir.

Trevor ricana et Ivan secoua la tête avec un sourire ébahi. Tous deux s'amusaient beaucoup trop de cette situation. Ils savaient que ma patience avait des limites dans ce genre d'affaires, mais je ne pouvais guère reprocher à cette femme ce que mon espèce lui avait fait.

Je reposai ma fourchette et glissai de nouveau un bras

autour de sa chaise. Elle retint son souffle quand je parcourus son cou de mon index.

— Tu as refusé mon champagne dans la limousine, murmurai-je. Parce que l'alcool est interdit, c'est ça ?

Ses yeux — fixant les miens selon mes instructions — se dilatèrent. Autant pour l'apaisement de sa terreur.

— Ou-oui, exhala-t-elle. Je-je suis désolée, Sire.

Il me fallut un moment pour réaliser ce qu'elle avait voulu dire en recrachant sa boisson quand j'avais exigé qu'elle en prenne une gorgée. La plupart de ceux dans ma position auraient puni leur nouvel animal de compagnie pour son comportement impudent, mais j'avais sur elle un regard totalement différent.

— Je t'ai déjà pardonnée, lui rappelai-je. Mais j'aimerais t'apprendre une leçon.

Son cœur battait fort, attirant les vampires dans la salle, moi y compris. Trevor et Ivan cessèrent de manger, focalisés sur la vierge de sang terrorisée et son pouls enchanteur.

— Bien sûr, Sire, dit-elle si bas que je faillis ne pas l'entendre.

Je passai mon bras sur ses épaules pour la rapprocher de moi.

— Donne-moi ta main, Juliet.

Elle me présenta celle qui était la plus proche de moi, comme si son corps était une marionnette que je devais manipuler. Je saisis son poignet de ma main libre et le portai à mes lèvres pour l'embrasser.

Son corps trembla, démentant son expression stoïque. L'époque où les femelles humaines montraient au moins un peu d'insolence ou de combativité me manquait vraiment. Peut-être pourrais-je lui en instiller un peu, avec le temps.

— On t'a enseigné que l'alcool et les plats riches allaient ternir ta lignée, pas vrai ?

Je suivis son pouls avec ma langue et appréciai comme il tressautait à mon contact. C'était si adorable.

— Oui, Sire, acquiesça-t-elle.

— On t'a aussi enseigné que garder ton sang pur était important pour faire plaisir à ton maître ?

Elle hocha de nouveau la tête, plus fermement.

— Parfait, donc ce devrait être une leçon facile à retenir, chérie. (Je pinçai sa peau tendre, produisant un délicat rougissement sur sa main.) Je vais te goûter maintenant.

Je n'attendis pas qu'elle obéisse, car ce n'était pas nécessaire. Elle connaissait sa raison d'être.

Mes incisives percèrent sa veine avec une aisance éprouvée, tirant juste assez de sa douce essence pour satisfaire ma curiosité sans éveiller ma faim intérieure.

Le paradis, murmura mon instinct tandis que mon estomac se contractait : il en voulait plus.

Ce serait si facile de la tirer sur mes genoux et de la prendre tout entière. Sa robe ne laissait rien à l'imagination, il suffisait de l'arracher. Et elle accèderait à toutes mes exigences.

Car elle m'appartient.

Merde. Je ne m'étais pas attendu à ce que ce soit si érotique. L'art de posséder une personne était moralement répréhensible, et pourtant je n'arrivais pas à le regretter.

Dès le premier soir, je risquais déjà de perdre mon contrôle à cause d'une seule gorgée de son sang euphorisant. Je m'attendais à ce qu'il soit attirant — voire addictif —, mais pas à cette inclination érotique à la prendre toute entière.

Elle frémit quand je me permis une autre gorgée, et sa douce excitation imprégna l'air. Inconsciemment, j'avais choisi d'ajouter du plaisir à ma morsure plutôt que de la douleur. Ses petits frissons m'encourageaient presque à continuer, mais nous avions une leçon à terminer. Je lâchai sa veine au prix de gros efforts, et léchai sa blessure tout en fixant ses yeux somnolents.

— Goûte le vin, lui dis-je d'un ton un brin autoritaire. Maintenant.

Elle leva son verre de sa main libre et le porta à ses lèvres avant de réaliser ce que je lui demandais.

— Sire…

— Maintenant, répétai-je.

Le regard embué de larmes, elle m'obéit et sirota le vin rouge. Sa gorge se convulsa quand elle l'avala, et elle ferma les yeux. Je ne la châtiai pas pour sa désobéissance, je lapai plutôt sa blessure et la mordis à nouveau, cette fois un peu plus fort pour mon plaisir personnel.

Ses lèvres s'ouvrirent sur un gémissement tandis que j'infusais des endorphines dans la morsure : ma façon de la féliciter d'avoir cédé à mes exigences. Le verre en cristal qu'elle tenait trembla et sa tête retomba contre mon bras.

Plus de terreur à présent, rien qu'une félicité pure et simple, et c'était diablement séduisant. Sans notre public, je serais allé plus loin. Ils en avaient bien assez vu ce soir – un spectacle qui ne ferait que renforcer mes plans pour elle.

Je facilitai son retour à la réalité en rétractant lentement mes incisives et en soignant ses marques avec ma langue. Certains de mes semblables préféraient laisser les plaies ouvertes comme une façon d'affirmer leur propriété, mais je voulais qu'elle soit en bonne santé et indemne. Sa peau crémeuse était trop belle pour être abîmée.

Ses cils épais battirent lorsqu'elle ouvrit ses yeux en amande et croisa de nouveau mon regard. *Elle s'est très bien comportée.*

— Tu es aussi bonne à présent que tu l'étais il y a quelques instants, Juliet, murmurai-je. L'alcool altère simplement ton état mental et, en excès, peut te faire prendre du poids. Mais il n'a aucun effet sur ton sang délicieux, mon amour. Je peux te goûter à nouveau demain si tu as besoin d'une autre preuve.

J'embrassai de nouveau son pouls avant de reposer sa main sur son genou.

— Maintenant, mange ton dîner et cesse de te tracasser pour des règles qui n'ont pas cours dans cette maison. Je te dirai ce que j'attends de toi et tu t'y soumettras. Compris ?

Ses joues roses s'assombrirent jusqu'à un séduisant cramoisi alors qu'elle s'extirpait de son nuage de désir. J'imaginai que c'était un sentiment qui lui était étranger, que sa matrone ne lui aurait pas enseigné parce qu'elle n'en connaissait pas l'existence.

En tant que citoyens de seconde classe, les humains n'avaient pas droit au plaisir, quel qu'il soit. La douleur, certainement. Le plaisir, non. Lui octroyer une satisfaction n'était pas illégal, mais inhabituel. Toutefois, je soupçonnais que la plupart de ceux de mon espèce l'autorisaient à certains degrés, selon leurs inclinations.

Elle sortit sa langue rose pour humecter ses lèvres, puis hocha la tête.

— Oui, Sire.

— Donc je considère cette leçon terminée, conclus-je en ôtant mon bras de ses épaules. Profite de ton plat.

Car j'appréciais assurément le mien, même si je le qualifiais à peine de mise en bouche.

JULIET

LA LUNE BRILLAIT VIVEMENT à l'extérieur de la porte du balcon de ma chambre. Elle éclairait la cour et le dense bosquet d'arbres interminables qui entourait la propriété.

J'avais passé une grande partie de la soirée à admirer cette vue à couper le souffle. La maison de Darius procurait une fausse impression de calme qui n'existait pas dans l'enceinte du Coventus. Quelque chose de nouveau et d'assez… apaisant.

La nuit dernière, il avait requis ma présence au dîner, puis m'avait demandé de partir après le dessert.

Pas de vrai nourrissage, et il ne m'avait pas non plus offerte à ses invités.

Je ne comprenais rien à son jeu.

Ma matrone m'avait préparée à toutes les situations, du moins le pensais-je. Mais mon Sire suivait des règles étranges. Il me forçait à boire de l'alcool, ce qui était expressément interdit. Malgré tout, j'avais apprécié. Peut-être un peu trop.

Ou bien c'était sa morsure.

Je serrai les cuisses au souvenir de sa bouche sur ma peau. Même dans mes rêves les plus fous, je ne m'étais jamais attendue à *ça*.

C'était différent de toutes les scènes que j'avais vues entre ma matrone et les vampires durant ma formation. En général, elle pleurait en silence pendant qu'ils la prenaient de la manière qu'ils désiraient. Si elle hurlait, ils la punissaient davantage.

Le silence était un talent essentiel, enseigné dans la prime jeunesse. Les vampires préféraient une compagnie muette qui les laissait accéder à tout ce qu'ils voulaient. Et j'avais été préparée à cela avec Darius. Je m'attendais à ce qu'il me fasse mal en assouvissant ses besoins. Au lieu de ça, il m'avait accordé une *sensation*.

Mes lèvres menaçaient de se retrousser comme elles le faisaient rarement.

Une ruse, me chuchotait mon esprit. *Tout ça n'est qu'une sorte de ruse.*

Oui. Une ruse agréable.

Pour le moment.

Un coup à la porte interrompit mes rêveries. Je clignai des yeux vers elle, attendant qu'elle s'ouvre.

— Juliet ?

Sa voix profonde engendra des papillons dans mon bas-ventre.

Pourquoi n'entrait-il pas comme il voulait ?

Un autre coup.

Bizarre.

Je m'avançai pour ouvrir la porte qui n'était pas verrouillée, et découvris Darius en costume, qui m'attendait dans le couloir.

— Sire, murmurai-je, pliant légèrement les genoux par réflexe.

Me rappelant son ordre de ne pas faire de courbette ni de révérence, je me redressai et surpris son haussement de sourcils.

— C'est une habitude de pure forme, Sire.

Non pas que ce soit une excuse. Mon corps devrait suivre

les moindres caprices de Darius à l'instinct, quelle que soit ma formation passée.

— Puis-je entrer ? demanda-t-il.

— Toujours.

Je fis un pas de côté tout en m'obligeant à regarder son visage au lieu de me détourner. Il était facile d'admirer sa mâchoire ciselée et ses pommettes sculptées. C'était de son regard intense que je devais me méfier – je pourrais aisément me perdre dans ces orbes verts.

— Ida me signale que tu es restée dans tes quartiers toute la soirée, murmura-t-il. Tu n'as pas faim ?

Le festin de la veille m'avait assez nourrie pour une semaine.

— Je me sens assez rassasiée pour le moment.

Un peu plus tôt, je m'étais servi du verre dans la salle de bains pour boire de l'eau quand j'avais eu soif.

— Je vois. (Il croisa les mains dans son dos et me fixa.) Tu es libre de te balader dans le manoir quand tu en as envie.

— Sire ?

Cela me paraissait… inopportun. Il haussa un sourcil.

— Tu veux que je te fasse visiter ?

— Je… (Le voulais-je ?) Aimeriez-vous me faire visiter ?

Il m'étudia un long moment avant de répondre :

— Ce comportement servile met déjà ma patience à l'épreuve, Juliet. Enfile quelque chose de plus approprié, et je t'assignerai une nouvelle tâche.

— Bien sûr, Sire. (Je lissai ma robe.) Que préféreriez-vous que je porte ?

Il esquissa un sourire narquois.

— Ce que je préfèrerais que tu portes ? (Il se gratta le menton avant de poser la main sur sa nuque.) Je préfèrerais que tu ne portes rien, à vrai dire.

Je dénouai le cordon de soie autour de ma taille et laissai ma robe tomber par terre.

— Comme vous voulez, Sire.

Son sourire s'estompa.

— Ça…

Il s'interrompit tandis que son regard se posait sur mes seins dénudés, puis descendait plus bas, examinant chaque détail de mon corps au passage.

La nudité ne me gênait pas, mais je ne m'étais jamais tenue aussi près d'un homme sans le moindre vêtement. Et celui-ci pouvait me toucher à volonté.

Ç'aurait dû m'effrayer, or mon estomac se contractait d'une tout autre manière. Surtout quand ses pupilles se dilatèrent sous une faim manifeste.

Il veut me mordre à nouveau.

Et je crois que j'en ai envie aussi.

Une chaleur inconnue accompagnait son examen, caressant mes nerfs et éveillant une sensation étrange entre mes cuisses. Je luttai pour rester immobile et garder mon calme, quand il croisa de nouveau mon regard, le sien brillant d'un éclat vraiment affamé.

— C'était un sarcasme, murmura-t-il en s'approchant. (Il rassembla mes cheveux bruns ondulants sur un côté, exposant mon cou.) Mais je ne peux guère reprocher ton interprétation littérale.

Son corps frôlant le mien, il pressa ses lèvres sur ma gorge.

— Si je te demandais de me faire plaisir oralement – là tout de suite –, est-ce que tu te mettrais à genoux ?

Ma bouche s'assécha à cette perspective.

J'avais assisté à des fellations maintes fois durant ma formation, m'étais même entraînée à des exercices oraux, mais n'avais jamais pratiqué cet acte sur un vrai mâle : toucher un membre du sexe opposé avant ma vente aux enchères était strictement interdit. Cela ne m'avait pas manqué, car j'avais toujours pensé que cela me répugnerait, or l'idée d'explorer ainsi l'intimité de Darius m'attirait obscurément.

— Est-ce là votre désir, Sire ? chuchotai-je.

— Avec une bouche comme la tienne, j'imagine que ce serait le désir de la plupart des hommes, Juliet.

Ses dents effleurèrent mon pouls. Je frissonnai au souvenir sensuel que m'évoquait sa bouche et me surpris à désirer sa morsure.

Rien ne se passait comme je m'y attendais. J'avais anticipé des mots crus, une pénétration douloureuse, et un sort réellement fatal. Pas du tout ce jeu sensuel.

J'ouvris la bouche pour lui demander s'il souhaitait que je m'agenouille, mais les mots se bloquèrent dans ma gorge quand il m'agrippa les hanches et me plaqua contre lui. Mon cœur manqua un battement devant la preuve très réelle de son excitation qui grossissait contre mon ventre.

Une demande silencieuse de passer à l'acte ? Je n'en étais pas sûre.

Mes paumes devinrent moites de sueur quand je levai les mains pour parcourir le bord de sa ceinture. Il me saisit le poignet et me fit pivoter, appuyant mon dos contre sa poitrine. Mon pouls s'emballa à ce mouvement rapide et inattendu, puis cafouilla quand il plaqua sa main sur mon bas-ventre pour me maintenir en place.

J'avais le souffle coupé par ses lèvres qui goûtaient mon cou.

Oh, Déesse…

Sa langue traça un motif hypnotique qui me fit délirer dans ses bras. Une vague de chaleur me submergea, prenant naissance dans mon ventre et tournoyant dans tout mon corps.

Un gémissement m'échappa, je peinais à comprendre toutes ces sensations. Chaud, froid, tous mes membres tendus…

Sa main descendit plus bas.

Lentement.

Mon souffle incertain se coinça dans ma gorge quand il explora l'espace rasé de frais entre mes cuisses. On m'avait rasée partout avant la vente aux enchères, ma matrone ayant déclaré que c'était ce que préfèrerait mon nouveau maître.

— C'est le moment d'une nouvelle leçon, murmura-t-il.

— S-sire ?

Je ne…

Mes genoux flanchèrent quand ses crocs transpercèrent ma peau.

Intense.

Soudain.

Et bien plus fort qu'hier soir.

Mais aussi vraiment délicieux.

Il me maintint contre lui, un bras passé autour de ma poitrine et une main sur mon ventre. Je frissonnai à cette étreinte possessive et à la chaleur qui courait dans mes veines. La plupart des vampires ne perfusaient pas d'endorphines avec leurs morsures, mais Darius si. Et je lui en étais très reconnaissante.

Son nom faillit s'échapper de mes lèvres pendant qu'il aspirait mon essence dans sa bouche. C'était une brûlure intense, qui me fit serrer les cuisses et fermer les yeux.

C'était ma raison d'être, et elle paraissait si juste entre ses bras.

La peur qui me faisait redouter ce moment laissa place à une passion dont j'ignorais l'existence. Les humains n'étaient pas censés ressentir cela, ou peut-être *autorisés* était un terme plus adéquat. Le côté défendu de notre étreinte ne faisait qu'accroître mon plaisir.

Sa main s'aventura plus bas, jusqu'à un endroit où je *voulais* qu'il me touche – je m'en rendais compte à présent. Je savais qu'il lui appartenait tout comme le reste de mon corps, mais la réalité dépassait de loin mes suppositions.

Je saisis son avant-bras, j'avais besoin de quelque chose à quoi me cramponner alors qu'il écartait mes replis mielleux. Mes jambes tremblèrent quand il glissa un doigt en moi ; il me pénétrait par le haut et par le bas.

C'était tellement puissant et irrésistible.

J'étais incapable de penser, ou de respirer.

Je ne pouvais que ressentir.

Sa bouche.

Sa main.

Sa chaleur.

Je me frottai contre lui sans vergogne, sans pouvoir m'empêcher d'en demander plus, d'en *vouloir* plus.

— Darius…

Mes jambes furent secouées de tremblements incoercibles, et son bras autour de mes seins était tout ce qui me maintenait debout.

Je me sentais captive, protégée, possédée.

Il aspira une dangereuse gorgée dans mon cou, si fort que j'en vis des étoiles, tout en m'injectant encore plus de cette euphorie, à la fois par sa morsure et par ses doigts.

Je ne pouvais pas bouger, tellement captivée par toutes ces sensations que mon corps entier parut se figer. Et c'est alors que j'explosai en une vague d'extase qui me laissa en larmes, implorante et pantelante.

Il m'avait déchirée en deux.

Expulsé l'air de mes poumons.

Brûlé ma peau et secouée jusqu'aux os.

— C'est ça, Juliet, chuchota-t-il, ses lèvres frôlant mon oreille. Jouis.

Je frémis contre lui, mes membres refusaient de fonctionner. Ma bouche béait sur un gémissement sans fin, le feu incendiait tous mes nerfs.

Il me fallut une éternité pour que ces écrasantes sensations s'apaisent.

Et encore plusieurs minutes pour que je réalise que Darius m'avait soulevée dans ses bras.

Nous étions sur mon lit et j'étais blottie sur ses genoux.

Il me murmurait des mots de réconfort, sa bouche effleurant mon front et ma tempe.

Je cillai, hébétée.

Que s'était-il passé ?

Darius glissa mes cheveux derrière mon oreille et prit ma joue en coupe.

— Tu jouis magnifiquement, chérie. (Il promena le bout de son doigt sur ma lèvre inférieure.) J'ai hâte de le ressentir quand je serai en toi.

Mon pouls martelait mes oreilles. Avait-il l'intention de faire cela maintenant ?

Son doigt glissa dans ma bouche et me fit découvrir une saveur musquée que je n'avais jamais connue.

Moi, réalisai-je.

C'était la main dont il s'était servi pour me donner du plaisir.

Je serrai les cuisses, déclenchant un tremblement au creux de mon ventre.

Il me couva du regard tandis que je suçais mon essence sur sa peau.

— J'apprécierai vraiment quand tu te mettras à genoux, murmura-t-il sombrement en caressant de nouveau mes lèvres. Mais pas encore.

Sa bouche s'écrasa sur la mienne, ce qui me choqua profondément.

Les vampires n'embrassent pas les humains.

Mais celui-ci était réellement en train de le faire.

La langue de Darius se glissa à travers mes défenses, m'exhortant à lui répondre. Je n'avais jamais rien connu de tel, mais trouvai cela assez agréable, surtout la manière dont ses lèvres caressaient les miennes.

Je tentai de lui rendre la pareille, découvrant ses préférences à chaque caresse. Mon essence se mêla à la sienne, inondant notre baiser et créant une atmosphère enivrante, addictive.

Ses doigts s'enroulèrent dans mes cheveux, me retenant contre lui tandis qu'il me dévorait la bouche et me faisait gémir de plaisir. Personne ne m'avait jamais touchée de cette manière, comme si j'avais de l'importance.

Bien que je comprenne que tout ceci n'était qu'un aspect de ma brève destinée ici, une petite partie de moi espérait que cela puisse devenir ma réalité permanente.

Darius arracha sa bouche de la mienne et appuya son front contre le mien, le temps que nous reprenions notre souffle. Allait-il en finir maintenant et me débarrasser de ma virginité ? Ou avait-il autre chose en tête ?

Je ne savais plus du tout à quoi m'attendre de sa part.

Il avait brisé toutes les règles.

Et il se nourrissait sans me faire mal.

— Le plaisir, murmura Darius. Tu le connais à présent.

Il m'embrassa de nouveau, plus doucement, avant de se reculer pour me fixer dans les yeux. Ses iris s'étaient assombris en un vert forêt, si beau, si hypnotique.

— Juliet.

Son ton avait une autorité qui exigeait mon attention.

— Oui, Sire ?

Je songeais que j'avais dû prononcer son nom à voix haute tout à l'heure, mais je ne m'en souvenais pas. Encore une règle brisée.

— Tu ne dois t'offrir à moi que lorsque tu as envie de prendre du plaisir, pas parce que tu souhaites obéir à un ordre. Tu comprends ?

Je cillai devant lui. Ses paroles étaient limpides, mais leur sens me troublait. Mon devoir était de fournir du sang et du sexe. Quel rôle jouerait mon désir dans cet arrangement ?

Il haussa un sourcil, attendant ma réponse.

— Oui, Sire.

Ces mots sortirent de ma bouche avant que je ne puisse les retenir, ma formation reprenant le dessus. *Un maître mécontent est un maître en colère.*

— Bien. (Il effleura mon front de ses lèvres, puis me posa à côté de lui.) Maintenant, mets une tenue de ton choix et retrouve-moi dans le vestibule. J'ai quelque chose à te montrer.

Darius

ÇA S'ÉTAIT BIEN PASSÉ.

Merde.

Je me passai la main sur la figure et m'adossai au mur pour attendre Juliet dans le vestibule. Elle ferait mieux d'avoir enfilé un foutu vêtement ou je ne répondrais plus de rien.

Quand on m'avait dit qu'elle n'avait pas quitté sa chambre de toute la soirée, j'avais pensé que l'on devrait avoir une conversation concernant mes attentes. J'aurais dû laisser Ida gérer ça. Mais non. J'avais décidé qu'une visite des lieux serait une bonne façon d'amener Juliet à me faire confiance.

À la place, j'avais failli la sauter.

« Que préférez-vous que je porte ? »

J'avais répondu la première chose qui m'était venue à l'esprit, et elle l'avait prise au pied de la lettre.

Exquise était loin de suffire pour décrire Juliet nue. Ses courbes gracieuses et sa peau crémeuse avaient été conçues pour le sexe masculin.

Et ces lèvres… Je pensais ce que j'avais dit. J'avais hâte de les sentir autour de ma queue. Laquelle était dure comme pierre dans mon pantalon à présent.

Autant pour l'initier en douceur à mes besoins.

La porte grinça quand Juliet abaissa la poignée.

Je retins mon souffle.

Qu'est-ce qu'une femme élevée pour porter des robes translucides avait envie de porter quand on lui donnait le choix ? J'avais laissé Ida se charger de la garde-robe de Juliet. Qui savait ce qu'elle avait acheté ?

— Est-ce acceptable, Sire ? me demanda-t-elle doucement en me rejoignant dans le couloir.

Je préférais quand elle m'avait appelé Darius dans la chambre. Ç'avait été la première lézarde sur sa façade polie, et j'avais bien l'intention de poursuivre dans cette voie. Peut-être sous la forme d'autres orgasmes.

Masquant mon amusement à cette promesse intérieure, je me tournai pour inspecter la tenue qu'elle avait choisie. Une petite robe noire sans bretelles qui descendait juste sous ses fesses et épousait chaque courbe. Génial. Juste ce que voulait mon membre.

Au moins, elle n'est pas transparente.

Je m'éclaircis la gorge et hochai la tête.

— C'est acceptable.

Il faudrait à un moment donné que je trouve un prétexte pour qu'elle se penche, juste pour voir si elle portait quelque chose dessous, mais je pariais que non.

Et à présent cette pensée allait me torturer tout au long de la visite. Fantastique.

Note à moi-même : demander à Ida d'acheter une garde-robe plus appropriée pour Juliet.

— On y va ?

Sans attendre son accord, je partis dans la direction opposée à l'escalier. Elle me suivit docilement, ses pieds nus ne faisant aucun bruit sur le parquet. Les gargouillements de son estomac me disaient que soit elle m'avait menti à propos de sa faim, soit elle se rendait compte à l'instant qu'elle avait besoin de manger. Je m'occuperais de cela après notre premier arrêt au cours de la visite.

— Là (j'indiquai la porte la plus proche de la sienne), c'est l'entrée de mes quartiers.

Ses yeux sombres s'arrondirent quand je baissai la poignée.

— Nerveuse ?

Je ne pus réfréner mon ton railleur en entrant dans le salon. Se tenir nue devant moi ne lui posait pas de problème, mais que je lui montre ma suite privée lui enflammait les joues. Curieux.

— Oui, Sire, exhala-t-elle en s'arrêtant près de moi.

Son parfum succulent m'enveloppait et titillait mes incisives de désir. La morsure dans la chambre avait été pour elle, pas pour moi. J'avais faim de bien davantage, mais d'abord j'avais besoin qu'elle comprenne. Sinon, tout échouerait.

Toutefois cela ne m'empêchait pas de m'amuser un peu avec elle.

Je posai ma paume sur sa nuque et m'immisçai dans son espace personnel. Ses seins frôlèrent ma poitrine quand elle inspira profondément. Dans son regard, la surprise se mêla à la peur et à quelque chose de tout à fait féminin.

Du désir.

Je pressai mes lèvres sur son oreille.

— Tu es la bienvenue dans ma chambre chaque fois que tu le souhaites, ma chérie.

Je frottai mon nez contre son cou, pile à l'endroit que j'avais mordu plus tôt. La peau avait déjà guéri grâce à mes soins. Un de ces jours, je la marquerais comme mienne, si elle répondait à mes attentes.

— Mais je dois t'avertir, ajoutai-je en promenant mes dents sur sa peau tendre. Quand tu viendras me voir ici, j'en déduirai que tu as envie de prendre du plaisir, et j'exigerai que tu me rendes la pareille.

Ma langue suivit son pouls croissant afin d'appuyer mon avertissement.

Je souris en voyant Juliet tendre son cou en une muette invite. Elle n'avait aucune idée du jeu auquel elle me conviait, mais elle le saurait bientôt.

— Viens, Juliet, chuchotai-je. Nous avons encore plusieurs arrêts durant notre visite.

Je déposai un long baiser sur sa gorge et frottai mon nez sur sa clavicule rougissante.

La posséder valait le coup d'attendre.

Je lâchai sa nuque et la laissai au milieu de mon salon. Elle me rattrapa finalement dans l'escalier, à pas feutrés sur le parquet. Je jetai un coup d'œil à ses joues rouges et réprimai un sourire. L'excitation de cette femme était belle à voir.

— Comme je l'ai déjà mentionné, tu as le droit de te balader comme tu veux dans le domaine, murmurai-je quand nous atteignîmes le palier. Si j'ai besoin de toi pour une obligation sociale, je te le ferai savoir. Quant à tenter de t'évader, je te le déconseille.

Des acres et des acres de terres et de bois entouraient le manoir, et au-delà étaient installées de petites colonies de lycans. Ils ne seraient pas très gentils avec une vierge de sang errante.

— M'évader ? répéta Juliet d'une voix tranquille. Où irais-je ?

— Où, en effet ? opinai-je en la menant dans la cuisine.

Gladice avait laissé un plat sur le comptoir pour Juliet. Je soulevai le couvercle pour en vérifier la température et décidai que ça ferait l'affaire.

— Mange un morceau, puis on continuera.

Je tirai un tabouret et haussai un sourcil, la défiant de protester.

Elle étudia l'offre avec une expression curieuse en se glissant sur le siège rembourré. Sa robe remonta en haut de ses cuisses, mais elle ne parut pas le remarquer ni s'en soucier. Je me demandai de nouveau ce qu'elle portait dessous. Ce serait très facile de le découvrir, mais le mystère m'amusait davantage.

Je sortis des couverts en argent d'un tiroir et les lui tendis, puis pris place face à elle devant l'îlot central de la cuisine.

— Merci, murmura-t-elle avant de piocher un morceau de poulet dans son assiette.

Je croisai les bras sur le comptoir de marbre.

— Tu n'as jamais besoin de me remercier pour quoi que ce soit, Juliet.

Je le pensais vraiment.

Le monde qu'elle connaissait ne ressemblait pas à celui dont je me souvenais. On lui avait appris toute sa vie que son unique destinée sur Terre était d'être baisée et saignée à blanc. Bien que le prédateur en moi comprenne cela, l'homme était consterné.

Les vampires et les lycans constituaient la race supérieure, sans aucun doute, mais ce statut impliquait un sens des responsabilités que mes frères semblaient avoir oublié. Même les animaux méritaient d'avoir des droits.

Elle mangea en silence, mais des questions fusaient dans son regard. Je continuais de briser les convenances enfoncées dans son crâne, et pourtant elle n'argumentait jamais. C'était douloureux de voir une femme à ce point paralysée par les enseignements de la société, et que Juliet ignore ou ne réalise pas sa nature brisée me peinait encore plus.

Pourtant, ce n'était rien par rapport à ce que je devais faire ensuite.

C'était presque cruel, mais il fallait que j'éclate sa bulle, et je ne connaissais qu'une façon de le faire.

Lui dire la vérité.

— Je ne suis pas très au fait de ton éducation, à part le dossier qui m'a été fourni lors de ta vente aux enchères. Tu parles plusieurs langues, tes compétences en arithmétique sont suffisantes et tu préfères la biologie, autant de matières que j'admire. Ce que je ne sais pas, c'est à quel point tu es versée en histoire.

Elle termina sa bouchée et posa sa fourchette dans l'assiette à moitié vidée. Elle explora la pièce du regard, en quête de quelque chose, avant de s'arrêter sur l'évier.

Réalisant ce qu'elle voulait, je me levai et trouvai un verre que je remplis d'eau. Ses yeux pleins de curiosité croisèrent les miens quand je le lui tendis. Un autre formalisme détruit : j'avais servi la servante.

Juliet but une gorgée plus longue que nécessaire, puis reposa le verre.

— Merci…

Elle se mordit la lèvre, retenant ces mots dont je venais de lui dire qu'ils n'étaient pas nécessaires.

— Tu as le droit de me remercier, précisai-je. Mais ce n'est pas obligatoire.

Ses yeux ronds me suggéraient que l'on devait commencer par là plutôt que par une leçon d'histoire. Vingt-deux années au Coventus l'avaient formatée en un animal de compagnie parfait selon les normes des vampires : obéissante, servile et dévouée. Il fallait que je modifie sa perception des règles.

— Tu as fini de manger ? m'enquis-je avant qu'elle ne prenne la parole.

Elle avait avalé la même quantité que la veille, mais je préférais être sûr.

— Oui, Sire.

— Parfait. (Je m'écartai du comptoir.) Suis-moi.

Elle ne se le fit pas dire deux fois et m'emboîta aussitôt le pas.

— Mon éducation comprend une connaissance pointue de l'Alliance de Sang. Je possède également de solides notions de géographie, des familles et clans royaux des vampires, et des affaires générales du gouvernement.

Je lui jetai un coup d'œil par-dessus mon épaule.

— Ce qui fait de toi une compagne parfaite pour quelqu'un de grande classe. (C'était précisément ce pour quoi je l'avais choisie.) Mais rien de tout cela ne concerne l'histoire, Juliet. On ne t'a rien appris sur le monde d'avant le règne des vampires et des lycans ?

Ses sourcils froncés me fournirent sa réponse.

— Non, bien sûr que non, murmurai-je tandis que nous traversions la grande salle de bal. Le Coventus n'aimerait pas que tu saches de telles choses. Ça renforce la croyance qu'on t'a inculqué que ça a toujours été comme ça.

—Je… je ne sais pas quoi répondre, Sire.

— Je m'en doute bien. (Je m'arrêtai devant une double porte en verre et me tournai vers elle.) Tu existes pour servir et satisfaire les vampires aristocrates. Ton sang, en particulier, est la raison pour laquelle on t'a fait prendre ce chemin. Mais la vie n'a pas toujours été comme ça, Juliet.

Je poussai les portes de la bibliothèque et entrai à reculons, mes yeux fixés sur elle.

— Avant de te confier une tâche, je veux éclaircir certaines choses entre nous.

Son regard papillonna sur les étagères remplies de livres qui garnissaient tous les murs de la pièce du sol au plafond, avant de repérer les fenêtres donnant sur le patio et son jardin éclatant derrière moi. Elle déglutit en revenant vers moi, les joues rouges de confusion. Je levai la main avant qu'elle ne s'excuse d'avoir été distraite. Je la comprenais : la vue était magnifique. C'était pourquoi je l'avais construite.

— La peur est un beau mécanisme d'entraînement. C'est ce que mon espèce inculque aux humains pour garantir un certain comportement. (Je m'immisçai dans son espace personnel et lui saisis le menton pour lui faire pencher la tête en arrière.) Je ne veux pas que tu aies peur de moi, Juliet. Bien que j'apprécie ta déférence, je recherche aussi ta bonne volonté.

Je passai mon pouce sur ses lèvres, l'empêchant d'exprimer une quelconque réponse programmée.

— Mes règles sont simples. Je me fiche des convenances chez moi, et je veux que tu t'occupes de toi-même. Tu es libre d'arpenter mon domaine à ta guise, ce qui inclut tout et n'importe quoi dans les limites de ma propriété. Quand j'aurai besoin de toi, je te le ferai savoir. Sinon, ton temps est tout à toi. Tu comprends ?

Elle m'étudia, les pupilles dilatées par l'incertitude.

— Je… je crois, Sire.

Son hésitation ajoutée à son regard expressif ne me donnait guère confiance en sa compréhension.

Plutôt que lui expliquer davantage, je lâchai son menton et gagnai une section de la bibliothèque contenant quelques-uns de mes livres préférés. Juliet pourrait être heureuse d'effectuer certaines tâches, or j'en avais une horrible pour elle.

Je piochai quelques textes anciens sur les étagères et les apportai sur une table près de la cheminée. Cela suffirait pour mettre en route sa rééducation. Me tournant vers elle, je la trouvai en train d'examiner l'appareil à côté de la cheminée, face à l'immense canapé.

— Un téléviseur, lui dis-je, debout à côté d'elle. Cette technologie n'est plus fabriquée, mais les humains s'en servaient, car ils adoraient le cinéma. (Le mien fonctionnait couplé à un lecteur de médias. Je ne l'allumai qu'en cas de crise de nostalgie.) D'après ce que je sais, ils sont encore assez populaires chez les lycans.

— Comment ça marche ? s'enquit-elle, la tête inclinée.

— Ça passe un film, c'est comme un livre qui prend vie. Peut-être qu'on en regardera un, un de ces jours.

Elle cligna des yeux devant moi.

— Est-ce quelque chose qui nécessite une permission ?

J'avais enfin trouvé un truc qui l'intriguait.

— Non, murmurai-je. Mais ça nécessite que je te montre comment faire. (Ce dont je n'avais pas la patience ce soir.) D'abord, j'ai une tâche pour toi.

Elle contempla les livres sur la table.

— Vous souhaitez que je lise.

— Oui.

Je croisai les mains dans le dos pour éviter de la toucher. Aucun réconfort de ma part n'adoucirait mes intentions à son égard.

— Tu sais peut-être comment opère l'Alliance de Sang de nos jours, mais pas comment elle a été créée.

Juliet ramassa le premier texte, un livre d'histoire générale.

— Il y avait un conseil avant ?

— Il y a eu beaucoup de conseils avant, y compris des gouvernements humains.

— Des gouvernements humains ? répéta-t-elle, haussant les sourcils.

— Lis, l'enjoignis-je. Quand tu auras fini, viens me trouver et nous en parlerons. (J'allais la quitter, mais je m'arrêtai devant une autre étagère et me ravisai.) Quand tu auras terminé ceux-là, choisis quelques livres dans cette rangée. Ils devraient te fournir les preuves nécessaires pour y croire.

Ces manuscrits contenaient des images diverses représentant les différentes guerres mondiales, plus quelques autres sur la tentative de purge des lignées immortelles.

Les humains avaient échoué. Misérablement.

— Je n'ai pas de voyage prévu dans les trois prochaines

semaines, Juliet. Nous n'avons aucun engagement non plus. Donc n'hésite pas à prendre ton temps, et viens me voir quand tu seras prête. (Je repartis vers la porte, puis fis de nouveau halte.) Et tu peux lire partout où tu te sens le plus à l'aise, et n'oublie pas de manger. Rappelle-toi que tu as le droit d'explorer mon domaine sans escorte.

— Oui, Sire, répondit-elle, déjà concentrée sur le livre.

Que sa rééducation commence.

ÐARIUS

— Où est la poupée ? demanda Ivan en franchissant les portes vitrées d'un pas nonchalant.

Je m'abaissai jusqu'au sol, puis me relevai.

— Tu veux dire Juliet ?

— *Poupée* me paraît plus approprié, mais oui.

Il vint près de moi, les mains fourrées dans les poches de son pantalon.

J'effectuai encore plusieurs pompes avant de sauter sur mes pieds. Faire de l'exercice ne m'était pas nécessaire, mais j'avais besoin de distraction aujourd'hui.

— Elle est dans la bibliothèque, en train de lire.

— C'est ce que tu as dit la semaine dernière, ricana Ivan.

— Eh bien elle y est encore. (J'étirai les bras au-dessus de ma tête et fis rouler mon cou.) Tu viens faire un jogging avec moi ?

Mon meilleur ami me dévisagea puis secoua la tête, perplexe.

— Pourquoi tu ne la sautes pas tout simplement ? N'est-ce pas pour ça qu'elle est là ?

Comptez sur Ivan pour penser avec sa queue.

— Tu sais pourquoi elle est là.

— Ouais, en effet, et ça nécessite en partie de la baiser. (Il désigna mon pantalon de survêtement d'un geste de la main.) Je veux dire, c'est idiot, mec. Tu n'aimes même pas courir.

C'était vrai, mais j'avais besoin d'une dépense physique pour m'empêcher de courir après le parfum délectable qui éveillait tous mes sens.

Juliet était dans la bibliothèque depuis dix jours maintenant, la quittant rarement, même pour dormir. J'avais dû me retenir plusieurs fois d'y entrer pour lui rappeler de manger. Heureusement, Ida s'était occupée de ce détail.

Quand j'avais parlé de trois semaines, je n'aurais jamais imaginé que Juliet prendrait tout ce temps. Elle était simplement censée lire quelques livres puis venir me poser des questions. Mais non, elle continuait juste de feuilleter les pages sans la moindre trace d'inquiétude. J'avais voulu me servir de la vérité pour briser son conditionnement, mais ça n'avait pas l'air de marcher du tout.

Ce qui voulait dire que j'étais en train de me priver pour rien.

Je pourrais entrer et la sauter sur place – comme Ivan l'avait éloquemment suggéré – puis la forcer à faire ce que je lui demandais, et je le ferais s'il fallait en arriver là.

Ivan croisa les bras avec cet air condescendant qu'il affectionnait.

— Tu as essayé de lui parler ?

— Mes mots ne sont pas suffisants, pas avec la formation qu'elle a subie. (Je me passai les doigts dans les cheveux en soupirant.) Les vierges de sang sont brisées très jeunes et leur servitude est enracinée dans leur psyché. On ne vient pas facilement à bout d'un tel lavage de cerveau.

— Mais tu crois que quelques livres vont y parvenir ?

— Ils fournissent à Juliet un contexte historique de ce que les humains signifiaient jadis pour ce monde, et induisent le doute. (Une fois là, je pourrais modifier sa pensée et déclencher un besoin de vengeance.) Mais elle a lu plus de quinze livres à présent et n'a demandé aucune précision.

— Peut-être qu'elle croit que tout est de la fiction ? avança Ivan.

J'avais également envisagé cette possibilité.

— Si c'est le cas, je ne vois pas comment la convaincre autrement.

Les vampires et lycans avaient totalement restructuré le monde afin de masquer toute trace d'une domination humaine. Il n'y avait plus d'espoir ici. Tous mes livres étaient considérés comme de la propagande illégale, mais je n'avais aucune intention de m'en séparer.

— Est-ce que tu vas la remplacer ? (Le ton d'Ivan suggérait qu'il s'en fichait, mais je savais qu'au fond de lui il s'en souciait.) En supposant qu'elle soit défectueuse, je veux dire.

— Si elle s'avère non malléable, il faudra bien qu'on envisage une alternative, admis-je. (Le nouveau plan ne nécessitait pas tant un remplacement qu'une approche plus drastique.) Mais mon objectif est de ne pas en arriver là.

— Oui, parce que tu souhaites sa complaisance, et je te dis que c'est une perte de temps. (Il plissa les yeux, ses pupilles brillant sous l'éclat de la lune.) Tu as les moyens d'achever cette tâche, mais tu refuses de faire ce qui doit être fait. Force-la à boire quelques coups et baise-la, Darius. Ainsi elle deviendra ton *Erosita* et tu pourras la contrôler.

Je posai ma main sur ma nuque pour m'empêcher de lui balancer mon poing dans la figure. Ce bâtard avait raison, bien sûr. Je pourrais résoudre ce problème en quelques nuits si je m'y consacrais vraiment. Mais je désirais son consentement. Je n'en avais pas besoin – elle m'appartenait – mais je voulais qu'elle soit une complice volontaire, pas contrainte.

— Tu joues au plus fin alors que tu n'as pas à le faire, reprit Ivan. Parce que tu t'ennuies.

— Ou peut-être que je désire être meilleur que les hommes que je veux tuer, suggérai-je en faisant de nouveau rouler mon cou. Sérieux, j'ai besoin d'aller courir.

N'importe quoi pour m'éviter d'entrer dans cette bibliothèque et de faire exactement ce que proposait mon ami.

— Non, tu as besoin de te nourrir, grommela Ivan. Je viens de profiter de la compagnie d'une jolie petite pute de sang, et pourtant l'odeur de ta *Juliet* me titille quand même les crocs.

— Waouh, tu t'inquiètes à mon sujet. C'est gentil.

Je m'éloignai en trottinant, sachant que cet imbécile me suivrait. Il le faisait toujours.

— T'es qu'un enfoiré, marmonna-t-il en adoptant mon rythme. Et un putain de cinglé, aussi.

— Tu jures trop.

— Va te faire foutre.

Je souris.

— Noté et ignoré.

— Comme si ça te choquait. (Il retroussa les manches de son pull luxueux jusqu'aux coudes, plus une habitude qu'une nécessité.) Et tu peux bien courir tout ton soûl, mec, on sait tous les deux ce que tu dois faire.

Je serrai les poings.

— Le couronnement est dans six mois. J'ai tout le temps de la reprogrammer. Ça ira.

— Ça ira, répéta-t-il. Je dois admettre que Juliet est splendide et dégage un parfum divin, mais elle n'est qu'une coquille vide, bien incapable de faire ce dont tu as besoin. Tu finiras par la contraindre, de toute façon.

J'augmentai l'allure, pilonnant ma frustration dans le sol.

Ivan ne disait rien que je ne savais déjà. Juliet possédait

les atouts, mais si je n'arrivais pas à la convaincre de les utiliser comme je le voulais, je devrais l'y contraindre. Elle était un investissement trop onéreux pour que je la jette, et acheter une remplaçante soulèverait des spéculations que je ne pouvais me permettre.

Je devais poursuivre le processus.

La première étape était de briser son conditionnement.

La seconde serait de la convaincre de travailler avec moi.

Et la troisième de reformer tous ses instincts.

En six mois.

Pas le meilleur des calendriers, mais c'était possible. En supposant que j'avais choisi la bonne vierge de sang.

Je baissai la tête en atteignant les arbres qui bordaient la cour et empruntai mon sentier forestier préféré. Près de moi, Ivan jura à cause de ses chaussures, mais ne fit pas demi-tour.

Aucun de nous n'avait besoin de faire du sport. Nous étions figés pour toujours dans la trentaine grâce à notre génétique de vampires, mais j'appréciais toujours une bonne séance d'efforts physiques. Cela expurgeait l'énergie superflue et gardait mes réflexes en forme.

— Je te jure, t'es à moitié lycan, grommela Ivan en sautant par-dessus une racine affleurante. Putain, tu vas te transformer devant moi, j'en suis sûr.

— Tu te plains trop. La prochaine fois, j'appellerai Trevor.

— Oh, très bien, il sera ravi de crotter ses chaussures pour toi.

Vrai. Trevor attendrait à l'orée du bois que je revienne.

— Au moins je pourrais courir tranquille.

— Tu ne m'as pas appelé pour être tranquille.

C'était pourquoi je considérais Ivan comme mon meilleur ami. Il me connaissait presque aussi bien que Cam, autrefois.

Je courus en silence pendant quelques minutes avant d'avouer :

— J'aimerais parler du plan B.

— Sans déconner.

— Je n'ai pas encore lâché l'affaire avec Juliet, repris-je, ignorant sa remarque. Mais j'ai trouvé le bouc émissaire parfait.

Il sauta par-dessus un tronc couché et atterrit adroitement sur ses pieds.

— Lycan ou vampire ?

— Ni l'un ni l'autre. Une crapule.

Je contournai un gros arbre et me lançai dans une pente raide sans briser ma foulée. L'un des nombreux avantages du vampirisme était une vitesse et une agilité accrues, et la possibilité de mener une conversation tout en courant.

— En faire le coup d'une crapule nous évite d'être accusés et libère le trône à nouveau, ajoutai-je.

— Et ton nom reste dans l'ombre, remarqua Ivan. Ce qui est contraire à l'objectif.

— Pas nécessairement. (Je bondis par-dessus un gros rocher et employait une bribe de ma vitesse vampirique améliorée pour me propulser plus vite.) Ça prolonge un peu le jeu, mais il y a d'autres moyens de distiller mon nom parmi les masses.

Ivan siffla.

— Là tu parles d'années plus tard, mon pote. Notre royal ami n'en serait pas très content, et les autres non plus.

— C'est un plan de secours, précisai-je. À appliquer si Juliet ne s'en sort pas. (Mais j'avais la ferme intention de la convaincre.) Elle reste notre meilleure option.

— C'est pourquoi je te dis d'en finir avec elle, afin qu'on puisse commencer la partie formation. (Il fit le tour d'un arbre et me retrouva de l'autre côté.) Ou bien donne-la-moi, et je m'en occupe à ta place.

Une image frappante d'Ivan *s'occupant* de Juliet brouilla ma vision. Elle ne se refuserait pas à lui, elle pourrait même aimer ça. Tout comme elle avait aimé ma morsure quand j'étais dans sa chambre…

Son corps s'était frotté contre le mien avec sensualité tandis qu'elle cédait aux plaisirs de mes attouchements. J'entendais encore ses petits gémissements et comment elle avait prononcé mon nom au zénith de l'orgasme. Ma queue se redressa à ce souvenir sensuel, puis retomba à l'idée de la suggestion d'Ivan.

Je l'imaginais clairement : son corps la prenant pendant que ses crocs pénétraient son cou crémeux…

Putain, non.

Une énergie négative fila dans mes veines, me chauffant le sang et obscurcissant mon jugement.

Mienne.

Personne d'autre que moi ne toucherait à l'innocence de Juliet.

En pleine course, je balançai un coup de coude à cet abruti, l'envoyant bouler par terre en grognant.

Rien que penser qu'il avait le droit…

Je serrai les poings et envisageai de le frapper de nouveau, plus fort. Une partie de ma violence venait de ma soif de sang et de privation de nourriture inutile. Mais l'autre partie n'était qu'un pur instinct de possession.

— Elle est à moi, Mikhail, l'avertis-je, l'appelant par son nom de famille. Le seul à s'occuper de Juliet, c'est moi.

— Connard possessif, grommela-t-il en se relevant. C'était une offre, pas une demande.

— Je refuse.

— De toute évidence. (Il secoua quelques feuilles de ses cheveux.) Tu veux te battre ou continuer de courir ?

L'agressivité brouillait l'atmosphère entre nous. Ivan savait très bien comment j'allais réagir à son « offre », ce qui suggérait que cet enfoiré testait mon instinct de possession à dessein. Il avait l'air de vouloir se battre. Je pouvais profiter de l'exercice, il ferait un adversaire convenable.

— Les deux, décidai-je.

Je lui botterais le cul puis continuerais ma course.

— Super. Frappe-moi, alors, me nargua-t-il. Ou essaie, du moins.

Je souris.

— La dernière fois que tu m'as défié comme ça, j'ai bien arrangé ton joli minois.

Il haussa les épaules.

—J'ai guéri.

— T'as pleuré.

— Connerie. (Il prit une position de combat.) À présent je veux te mettre sur le cul juste pour te démontrer quelque chose.

— Ah oui ? Quoi donc ?

— Que je suis bien nourri et que tu es affamé. Peut-être qu'après ça, tu te nourriras enfin.

— Même à moitié mort, je suis meilleur que toi, grognai-je.

— Que Trevor, corrigea-t-il. Tu m'as appelé parce que tu voulais un véritable adversaire, en plus de mes encouragements.

Je ne pouvais le nier.

— Arrête de jacasser et frappe-moi, Ivan.

— Volontiers, sourit-il.

JULIET

Dix-sept livres étaient éparpillés sur le sol de la bibliothèque, tous décrivant un monde gouverné par les humains.

Aucun d'eux ne mentionnait les lycans ni les vampires.

Sauf celui que j'avais dans les mains.

Je l'avais trouvé au fond d'une étagère, et le griffonnage masculin sur la couverture m'avait attiré l'œil.

La Formation.

Il ressemblait plutôt à un carnet de notes qu'à un livre de référence, mais en feuilletant les pages manuscrites, je saisis enfin quelques mots que je reconnus.

Je me blottis dans le vaste fauteuil près de la cheminée – il était devenu ma place préférée depuis une semaine et demie – et me mis à lire plus attentivement.

Il commençait par la description d'une guerre mondiale entre humains, ce que j'avais déjà lu cinq ou six fois dans les autres livres. C'était là où la plupart s'achevaient, mais celui-ci commençait par cela – un autre signe que j'avais trouvé quelque chose de nouveau.

Je parcourus les mots familiers à propos d'une guerre nucléaire et opinai en lisant les commentaires sévères considérant que les humains cherchaient clairement à détruire le monde. Puis je ralentis à la lecture d'un nouveau passage concernant les lycans.

Le clan Cyrus a dévoilé le premier notre existence. Ils ont été découverts à la fin du XXIe siècle par une unité paramilitaire à la recherche d'une femme disparue dans une ville voisine. Apparemment, l'Alpha avait pris goût à la fille du gouverneur et l'avait kidnappée. Donc, en réalité, tout a changé grâce à une femme.

C'était manifestement un journal.

Je poursuivis ma lecture sur les diverses expériences que les humains avaient tentées sur les lycans, toutes échouant à comprendre leur biologie. Quelques gouvernements avaient essayé d'employer leur génétique à des fins militaires, en vain.

Pendant ce temps, les lycans et les vampires se sont rencontrés en secret pour discuter de l'avenir de l'humanité. Plusieurs membres de clans étaient furieux du traitement réservé au clan Cyrus et exigeaient des représailles, offrant ainsi une tribune à ceux qui désiraient ardemment un monde réformé. C'est ainsi qu'est née l'Alliance du Sang.

Le rythme des mots me rappelait Darius. Vu que ce carnet était fourré dans ses étagères, j'en déduisis qu'il lui appartenait.

Je tournai les pages et en appris plus sur le soulèvement, quand les races supérieures organisèrent une attaque qui détruisit la moitié de la race humaine et leur permit de prendre le contrôle du monde.

Les humains ont été parqués dans des camps pour être testés. L'esprit, la force, l'intelligence, la beauté et la lignée déterminaient le sort de chaque être inférieur. La plupart ont été exterminés, ne laissant que 300 000 individus pour le triage officiel.

L'Alliance de Sang a instauré des dispositions légales qui convenaient à la fois aux lycans et aux vampires et qui répartissaient les mortels dans les camps requis. Tous les droits moraux ont été supprimés, rétrogradant les humains au rang de biens et leur assignant ainsi le rôle d'objets à posséder à sa guise.

Je frissonnai devant cette description très réaliste de ma raison d'être en ce monde. Les vampires me voyaient comme de la nourriture sur pied, faite pour leur bon plaisir et sinon ignorée.

Toutefois Darius m'avait ouvert les yeux sur une tout autre vision de mon espèce. Il m'avait permis de le regarder, de lui parler, et m'avait donné du plaisir.

Mais tout cela pourrait m'être arraché d'un seul mot de sa part.

J'enfonçai mes ongles dans la page, réfléchissant à son but. Il m'avait demandé de lire les manuels, disant que je devais venir le voir quand j'aurais fini de parcourir ceux qu'il avait choisis, ainsi que d'autres sur les étagères. J'avais fait ce qu'il m'avait demandé, mais je ne comprenais toujours pas pourquoi il m'avait confié cette tâche.

Voulait-il me torturer avec l'histoire de mon espèce ? Comment les humains avaient été rabaissés au rang de jouets au bon plaisir des vampires et des lycans ?

Ou était-ce purement informatif, une façon d'améliorer ma formation générale ?

Je passai à la section suivante, qui définissait les différents secteurs mortels. Fermes de sang, collèges, concours de sélection d'immortels, harems royaux, tanières d'élevage des clans, camps de procréation humaine… Mes yeux se plissèrent sur un paragraphe qui se rapportait à moi spécifiquement.

Les vierges de sang constituent peut-être le développement le plus intrigant. Leurs lignées sont uniques et l'on considère qu'elles créent une dépendance presque mortelle. Une disposition spéciale a été prise pour permettre leur reproduction génétique à l'usage exclusif des vampires, et en échange les lycans ont reçu leur propre lignée mortelle pour leurs jeux de pleine lune.

Mais ce qui est vraiment fascinant, c'est que ces vierges de sang sont préparées pour l'élite de la société. Hommes et femmes sont séparés et formés aux arts intellectuels – contrairement à la plupart des humains – pour mieux se mêler à la haute société.

Elles sont également dressées pour être des partenaires sexuelles parfaites, bien que la plupart d'entre elles ne servent qu'une seule fois avant d'être rejetées. Les plus chanceuses retournent au Coventus pour former de futures vierges, tandis que la majorité est envoyée dans le cycle de reproduction pour procréer, puis finalement dans les fermes.

Je restai bouche bée sur la dernière ligne de la page.

Le cycle de reproduction – pour créer d'autres vierges de sang.

Ma matrone avait toujours dit que la majorité retournait au Coventus. Les notes de Darius indiquaient que ce n'était pas le cas, que ma destinée serait de forniquer jusqu'à ce que je ne sois plus féconde.

Un frisson glacé parcourut ma colonne.

J'existais pour servir mon maître en lui offrant un accès illimité à mon sang et à mon corps. C'était là ma seule raison de vivre. Autrement, je n'étais rien, rien qu'un animal à utiliser selon son bon plaisir.

Puis je serais rejetée pour créer d'autres bêtes à plaisir.

Or ces livres racontaient une histoire où les humains gouvernaient – pas très bien, à en juger par les guerres et les batailles, mais au moins ils *vivaient*. Alors que je ne faisais que servir.

Mes yeux se brouillèrent de larmes tandis que la confusion perçait des trous dans la bulle de mon existence.

Pourquoi moi ?

Pourquoi était-ce ma destinée ?

À cause de mon sang.

Et telle une malédiction, je serais forcée de produire d'autres créatures de mon espèce. Puis ces enfants seraient envoyés au Coventus pour être formés, tout comme moi, à servir un nouveau maître avant de reproduire le cycle.

Mon estomac gargouilla, me rappelant que j'avais oublié de manger aujourd'hui. Mais quelle importance ?

Je jetai le journal par terre et repris le livre d'histoire qui représentait un leader féminin puissant, une humaine. Elle ne souriait pas, mais ses yeux brillaient d'intelligence et de détermination. Les miens ne ressembleraient jamais aux siens. Quand je me regardais dans un miroir, je voyais une créature sans âme qui ne connaissait rien de la vie. Car je vivais dans une coquille formée par mes supérieurs vampires.

Ils étaient plus puissants, plus forts, et immortels. Ce qui leur conférait la capacité de contrôler quiconque inférieur à eux et de posséder quelqu'un comme moi.

Les humains avaient des droits avant.

Pourquoi Darius m'avait-il demandé d'apprendre tout cela ?

Cela ne servait à rien d'autre qu'à corroborer ma place et balayer tout espoir. Était-ce ce qu'il voulait me montrer ? Au cas où je me ferais des idées sur ce que nous faisions ici ?

Je préférais mon état d'ignorance, où l'Alliance de Sang existait depuis toujours comme pouvoir suprême. Où les humains n'étaient jamais en position d'autorité. Où je n'avais pas la moindre idée d'un avenir optimiste.

Il m'avait enlevé tout cela avec cette bibliothèque.

Pourquoi ?

Je mis de côté la leader féminine et me levai, déterminée.

Qu'avais-je à perdre ? Dans tous les cas, il avait l'intention de se servir de moi avant de me jeter. Je pourrais aussi bien exiger des explications. Peut-être me tuerait-il en réponse. Ce serait toujours mieux qu'une reproduction forcée.

Les poings serrés, je sortis à grands pas de la bibliothèque et gagnai le vestibule. Il m'avait dit de ne lui rendre visite que pour le plaisir. Il m'avait dit aussi de venir le trouver quand j'aurais terminé. Eh bien, j'en avais plus qu'assez.

Au diable les règles et l'étiquette.

J'avais besoin de réponses, et je les voulais maintenant.

— Juliet ! appela Ida quand j'arrivai au pied de l'escalier.

D'habitude, je lui répondais par un sourire timide ou un salut poli, mais ma bouche se révolta contre ces deux actions quand je me tournai vers elle. Si elle remarqua mon manque de politesse, elle ne le montra pas.

— Si vous cherchez Maître Darius, il est dehors avec Maître Ivan.

Elle m'adressa un clin d'œil et s'éloigna de sa démarche bizarrement enjouée.

Darius ne lui avait évidemment pas donné le même devoir de lecture que moi, sinon elle ne serait pas aussi satisfaite de son sort.

Mais elle n'allait pas non plus être envoyée dans un camp de reproduction pour produire d'autres vierges de sang.

Je pinçai les lèvres.

Dehors.

Je ne m'étais pas encore aventurée au-delà des portes de cette grande maison. Darius m'avait donné la permission de me balader où je voulais, mais je craignais que ce soit un test. À présent, je ne me souciais plus de le réussir ou non.

Une douce odeur me chatouilla les narines quand je traversai la cuisine en direction de la salle à manger. Quelques servantes de Darius qui s'affairaient là me jetèrent des regards curieux alors que je gagnai les portes vitrées donnant sur le gigantesque patio.

J'hésitai. Il voulait peut-être que je réagisse précisément de cette façon, et peut-être qu'il m'attendait dehors pour me punir.

Mais il avait dit aussi de venir le trouver quand j'aurais fini ma lecture.

Les poils se dressèrent sur mes bras alors que j'envisageais de briser la seule règle que je ne devais jamais briser, d'après ma matrone. Exiger un entretien avec un vampire valait à un humain un châtiment sévère, voire la mort.

Mais il m'avait ordonné de le retrouver une fois ma tâche terminée, et j'en avais fini avec ces bouquins.

Je préférais mourir qu'être forcée de procréer.

Et les fermes ?

Je frémis. Ce mot à lui seul dépeignait une image que je ne voulais pas avoir en tête.

Ce n'était pas mon avenir.

Je le refusais.

Parce que tu as le choix ?

Les yeux de la femme leader sur la photo, si clairement *vivants*, surgirent de nouveau dans mon esprit. De quoi aurais-je l'air si je tenais tête à Darius ? D'une guerrière ? Ou bien mes yeux sans vie fixeraient-ils le ciel vespéral ?

Est-ce que ça avait une quelconque importance ?

Lèvres pincées, j'abaissai la poignée de la porte.

Je n'avais rien à perdre. Je n'avais pas de vie qui valait la peine d'être vécue. Rien que des règles qui dictaient chacun de mes actes. Darius en avait déjà brisé plusieurs. Qu'était-ce qu'une de plus ?

Les dalles du patio rafraîchirent mes pieds nus quand je m'avançai dehors. Je fis quelques pas avant de réaliser la gravité de mon acte.

L'unique autre fois où je m'étais aventurée à l'extérieur était quand les gardes m'avaient escortée jusqu'à la limousine de Darius. Et là, je me baladais dehors comme si c'était un acte anodin.

Pas d'alarmes.

Pas de gardes.

Je clignai des yeux.

Si jamais j'étais parvenue à atteindre une porte de sortie au Coventus, j'aurais été encerclée dès que j'aurais touché la poignée. Non pas que j'aie songé à essayer.

C'était juste infaisable. Pourquoi me serais-je échappée ? Pour aller où ?

Le clair de lune illuminait un chemin menant aux arbres, m'incitant presque à l'emprunter. J'avais vu par la fenêtre de ma chambre que la forêt s'étendait à l'infini, mais elle devait bien s'arrêter quelque part. Où ce chemin me mènerait-il ? Vers un destin pire ou meilleur ?

Je m'avançai, puis fis halte quand une nouvelle texture me chatouilla les pieds.

De l'herbe.

Comme c'était… bizarre.

Je m'agenouillai pour toucher les brins froids quand un chuchotement, sur ma gauche, me fit sursauter.

— Juliet…

Le murmure caressa mon oreille, annonçant la présence de Darius alors qu'il se matérialisait derrière moi. Sa chaleur m'enveloppa quand il appuya sa poitrine dans mon dos et enroula son bras autour de mon bas-ventre.

— Hello, chérie.

Il déposa un baiser dans mon cou, alors que Maître Ivan apparaissait devant moi. J'avais à peine envisagé de m'enfuir que deux puissants vampires m'avaient déjà piégée entre eux.

Ivan se tenait assez près de moi pour me toucher, mais il s'en abstint. La lubricité faisait briller ses yeux bruns tandis qu'il me fixait avec une arrogance que je ne pourrais jamais égaler. Il savait qu'il pouvait m'écraser d'une simple chiquenaude, et s'en réjouissait. Ses lèvres se retroussèrent en un large sourire, attirant mon attention sur le sang qui luisait à leur commissure. Cela donnait un attrait vorace à son visage par ailleurs très beau.

— Pas de révérence et un contact visuel, constata-t-il. Même avec un invité. C'est ce que j'appelle un progrès, Darius.

Ses paroles me firent l'effet d'une douche glacée, me

figeant sur place. Je n'avais pas eu l'intention de contempler son visage ni de croiser son regard, mais j'avais pris un rythme décontracté après avoir passé je ne sais combien de jours à la bibliothèque. J'étais perdue dans un brouillard historique et j'avais oublié toute ma formation.

Ou peut-être que j'avais *choisi* de l'oublier.

— En effet. (Sur ces mots, les lèvres de Darius frôlèrent mon pouls.) Tu es sortie pour nous nourrir, chérie ?

— N-nourrir ? balbutiai-je, la gorge sèche.

Ivan passa ses doigts dans ses cheveux noirs et me jaugea de ses pupilles étincelantes.

—Je crois que ta Juliet a d'autres intentions. Dommage.

— Ivan a-t-il raison ? Tu veux m'entretenir d'un autre sujet, Juliet ?

Darius repoussa mes cheveux bouclés sur une épaule, dévoilant toute ma gorge, tandis que je m'efforçais de respirer.

— Tu as terminé ta lecture ?

Ses dents éraflèrent ma peau sensible, provoquant un nœud dans mon estomac.

Je connaissais les sensations qui accompagnaient sa morsure à présent, et une partie sombre en moi en désirait une autre. J'avais l'impression que ce n'était qu'hier qu'il m'avait enlacée dans ma chambre, mais je savais que c'était faux. Il y avait une semaine, peut-être ? J'avais été…

—Juliet. (Il me mordilla le cou en signe d'avertissement, me ramenant au moment présent.) Est-ce que tu as achevé la tâche que je t'ai confiée ? C'est pour ça que tu nous as rejoints ?

Je déglutis – ou j'essayai, du moins. Sa chaleur dans mon dos anéantissait ma résolution. Je voulais exiger des réponses, mais l'intention et le recours inévitable n'avaient rien à voir.

Il pourrait me briser comme une brindille.

Ou m'envoyer créer d'autres humaines…

— J'ai tout lu, répondis-je lentement d'une voix rauque. Les vierges de sang rejoignent le cycle de reproduction avant d'être envoyées dans les fermes. (Je déglutis encore avant d'ajouter :) C'est ma destinée.

Mon ton était sous-tendu par une note acerbe que je n'avais jamais entendue chez moi. Il ne me laissa pas le temps de me pencher dessus.

— Mmmh, tu as trouvé mon journal.

Il me fit tourner dans ses bras en un éclair et fourra ses doigts dans mes cheveux. Le clair de lune projetait des ombres sinistres sur son visage tout en éclairant ses iris verts. Ils flamboyaient d'une faim que je pouvais presque goûter. Il semblait avoir une ecchymose qui se résorbait sur la joue droite. J'étais plutôt satisfaite de la voir là, sans pouvoir déterminer pourquoi.

— Ta destinée semble te déplaire, Juliet, remarqua-t-il. Une raison particulière à cela ?

— Me déplaire, répétai-je, goûtant à ce mot. Que je sois forcée d'engendrer d'autres de mon espèce ? Que ma progéniture soit vendue au plus offrant, puis soit forcée de continuer le cycle ? Et que j'aille inévitablement finir dans une ferme ? (Ma voix se renforçait à chaque mot, passant d'un chuchotement à une hauteur qui n'était encore jamais sortie de ma bouche.) Après avoir appris que les humains ont eu des droits ?

Pourquoi m'avait-il enseigné tout cela ?

Avait-il l'intention de me torturer ?

De se moquer de mon sort ?

De narguer la pauvre fille humaine avec de faux espoirs qui n'existaient plus ?

— Elle n'a pas l'air contente, remarqua Ivan en souriant.

Je serrai les poings en réponse. Une réaction violente que je n'aurais jamais envisagée avant…

— On le dirait bien, acquiesça Darius avec un grand sourire.

Leur amusement plein de suffisance me fit planter mes ongles dans mes paumes. Comme ils étaient cruels de s'en prendre à la mauviette que j'étais et de se moquer de mon sort. Je n'avais *jamais* eu le choix.

J'étais plus que *mécontente*.

Ma tête tournait dans un enfer de détails qui embrouillait mes pensées dans une brume rouge. Des émotions étrangères affluaient à ma conscience, chauffant mon sang.

Cela me consumait.

S'emparait de chacun de mes nerfs, exigeant quelque chose que je ne pouvais pas articuler.

Ma poitrine grondait du besoin de crier.

Et mes poings se serraient du besoin de faire mal.

Je ne pouvais pas faire ça. Je ne pouvais pas respirer. Pas quand il était aussi près.

Je tentai de me dégager de sa prise, mais il ne céda pas. Au lieu de ça, il se mit à glousser.

Mes yeux s'écarquillèrent tandis qu'un feu s'allumait dans mon cœur et faisait tournoyer mes sens hors de tout contrôle.

Je voulais lui faire mal.

Le frapper.

Le *tuer*.

Tous autant qu'ils étaient.

Je n'aurais jamais envisagé une chose pareille, mais savoir que des humains avaient autrefois lutté à mort contre son espèce encourageait toutes sortes d'idées.

— Oui, murmura-t-il. Voilà l'émotion que je voulais.

— Ouais, bon courage pour la dompter, mec, dit Ivan en se dirigeant vers le patio. Je n'envie pas ton boulot.

Darius

Au moment où le parfum de Juliet frappa mes narines, je venais de me synchroniser à la propriété, Ivan sur mes talons. J'utilisais rarement mes capacités de téléportation, mais je voulais savoir ce qui l'avait fait sortir.

Et je ne pouvais être plus ravi de l'expression furieuse de ses traits à présent. Elle teintait ses joues d'une charmante nuance de rose et augmentait l'attrait de ses lèvres pleines. Mais c'était l'éclat de ses yeux sombres qui m'intriguait le plus.

C'était bien là la femme que je voulais convier à jouer.

— Qu'as-tu lu d'autre dans mon journal ? demandai-je. À propos du lien immortel ?

Ses narines s'évasèrent.

— Vous avez l'intention de vous servir de moi selon l'usage puis de m'envoyer dans un camp de reproduction.

J'esquissai un sourire en coin.

— C'est la voie habituelle, mais dis-moi ce que tu as lu d'autre.

Elle tenta encore de se dégager, mais je la tenais fermement.

— Je ne veux pas procréer ! cria-t-elle, à ma grande surprise.

— Juliet…

Elle se tortilla violemment, tout son corps secoué d'émotions indomptables, des larmes perlant à ses yeux.

D'accord, la rage, j'appréciais.

Mais pas à ce point cependant.

Je voulais détruire sa formation, pas la femme.

— Stop, ordonnai-je, resserrant ma prise. Juliet.

— Non, je préfère mourir, dit-elle d'une voix hachée.

Ses jambes cédèrent et elle s'amollit dans mes bras. Je la soulevai sans peine et la berçai contre ma poitrine, la laissant pleurer en silence.

Ma résolution faiblit en voyant sa formation reprendre le dessus pendant qu'elle pleurait. Montrer une émotion forte était puni par mes semblables, d'où sa tentative de masquer ses sanglots en restant silencieuse.

Je secouai la tête.

— Tu n'as pas lu après le passage sur la reproduction, n'est-ce pas ?

Ses lèvres bougèrent, mais aucun son ne s'en échappa.

J'interprétai cela comme une confirmation qu'elle n'avait pas terminé mon journal. Elle avait sans doute été trop choquée pour passer à la page suivante. Dommage, vu que cela lui aurait donné un aperçu de l'espoir dont elle avait tant besoin.

Ivan avait déambulé jusqu'à la maison au premier signe d'émotion et m'attendait à la porte de derrière. Il ne dit pas un mot quand je passai devant lui et le personnel, Juliet dans mes bras.

J'envisageai un instant de la monter dans sa chambre, mais décidai qu'un détour par la bibliothèque nous serait plus profitable.

Elle ne bougea pas ni n'émit le moindre son quand je franchis le seuil de la pièce où elle avait pratiquement vécu ces dix derniers jours.

Je parcourus du regard sa disposition bizarre des livres

sur le sol. Une photo familière d'une ancienne présidente me lança des regards noirs, me rappelant une époque où les humains gouvernaient sans succès. Juliet avait dû la trouver fascinante, pour la laisser sur le fauteuil à la vue de tous.

La tenant d'un seul bras, je me penchai pour ramasser mon journal par terre.

— Tu n'as pas fini de le lire.

— Je m'en fiche, dit-elle dans un murmure étouffé. Punissez-moi. Tuez-moi. Je m'en fiche.

Ces derniers mots avaient été plus exhalés que prononcés, mais je comprenais sa résolution. Elle préférait la mort à son avenir. Je ne pouvais l'en blâmer. N'importe qui dans sa position ressentirait la même chose.

Je m'installai dans la méridienne en la gardant sur mes genoux.

— Je n'ai aucune envie de te tuer, Juliet.

Ce serait perdre une exquise vierge de sang. De ma main libre, j'écartai ses cheveux de son joli minois, tout en tenant mon carnet de l'autre.

— Termine la lecture.

Elle écarta le livre et se lova contre ma poitrine.

— Non, fit-elle d'un ton suppliant, baissant le menton pour cacher son visage.

— Non ? répétai-je, quelque peu impressionné par son refus.

Elle semblait à la fois s'opposer à moi et chercher du réconfort auprès de moi. Une étrange combinaison qui découlait du fait que son monde était sens dessus dessous. Je n'allais pas m'excuser, mais je pouvais me montrer indulgent avec elle. Dans une certaine mesure.

— Alors je vais te faire la lecture à la place.

En espérant qu'une explication supplémentaire arrangerait la situation.

Je feuilletai les pages familières, à la recherche de mon récit sur le processus de tri.

Ce carnet avait été ma façon de traiter de la formation de notre nouveau monde.

En tant qu'ancien professeur, je vivais dans un monde de livres et de recherches. La documentation me venait naturellement, mais j'avais cessé d'écrire quand l'Alliance de Sang avait atteint un statu quo, près d'un siècle plus tôt. Elle fonctionnait sans heurt grâce à cent ans d'affinage de ses contours et d'élimination de tous ceux qui s'opposaient au mouvement – tel que Cam.

Les rumeurs d'une révolution étaient mortes avec le décès proclamé de mon créateur, me laissant sans rien de nouveau à documenter.

Jusqu'à récemment.

Je trouvai la section que je cherchais, qui se terminait sur les lignes au sujet des fermes. Juliet ne me l'avait pas confirmé, mais j'étais certain que c'était là où elle avait cessé de lire, donc je tournai la page.

— « Ensuite, il y a les quelques élues qui sont dotées d'une éternité de servitude. Certaines peuvent considérer la mort comme une alternative préférable à ces nouvelles coutumes, car la cérémonie qui nécessitait autrefois un accord mutuel est désormais entachée d'esclavage. Bien que la société se moque de la notion de partenaires liés, elle est toujours considérée comme une pratique acceptable selon les lois de l'Alliance du Sang. »

Je marquai une pause pour m'assurer que j'avais capté son attention, et je vis qu'elle étudiait le livre dans ma main. Ses épaules tremblaient toujours, mais ses sanglots avaient cessé. Je pris cela comme un encouragement à continuer.

— « Une fois qu'une vierge de sang – ou n'importe quel humain, d'ailleurs – a suivi la cérémonie, l'humain est considéré comme un bien de valeur et se voit accorder certaines permissions. L'une d'entre elles est la possibilité d'assister à des événements sociaux avec son maître. Même si l'élite de la société se moque du rituel, celui-ci est immanquablement respecté et jouit d'un certain prestige qui suscite l'envie de beaucoup. Toucher la vierge de sang d'un autre vampire, surtout si elle s'est vue accorder des droits cérémoniels, est passible d'une peine de mort immédiate. »

C'était ce dernier point qui m'intriguait le plus. Car certains mâles ne pouvaient pas résister à cet interdit, surtout s'il avait le calibre de Juliet. La marquer comme mon *Erosita* la rendrait irrésistible pour mes frères, en particulier ceux qui avaient soif de pouvoir.

Je baissai le journal et me concentrai sur la magnifique femme lovée sur mes genoux. Elle portait une autre de ces minirobes, ce qui m'amena à me demander ce qu'Ida lui avait acheté. Peut-être un pantalon et une chemise ordinaires ?

— Je... (Juliet se lécha les lèvres, sourcils froncés.) Je ne comprends pas ce que vous essayez de me dire.

Oui, je m'en doutais un peu. Ou bien elle en avait une idée, mais n'osait pas espérer. Je posai le journal sur la table basse et glissai mes bras autour de sa taille pour la serrer contre moi.

Ce geste de réconfort parut la troubler encore plus, mais il était plutôt pour moi que pour elle. J'aimais la sensation de serrer une femme dans mes bras, surtout une dont l'odeur était décidément appétissante.

— Lire tous ces livres avait pour but de te donner un aperçu de l'histoire de l'humanité.

Je jetai un œil par-dessus elle sur l'étalage de bouquins par terre. Ils allaient des mythologies anciennes à la dernière guerre mondiale.

— Tu as lu tous ceux-là ?

— Oui, chuchota-t-elle. Mais je n'ai pas fini le carnet.

Je le savais déjà.

— Tu en as lu plus qu'assez pour comprendre que les lycans et les vampires n'ont pas toujours régné, et que le monde n'a pas toujours fonctionné comme aujourd'hui.

Elle acquiesça, ce feu brasillant dans ses yeux attirants.

Bien. C'était ce que je désirais de sa part, cette colère. Elle m'aiderait à dérouler cette conversation à mon avantage.

— Si tu crois que le traitement des vierges de sang est injuste, alors tu devrais assister à une Journée du Sang.

Je caressai doucement ses bras nus afin de tempérer mon vif désir de la posséder. Savoir que je pouvais faire ce que je voulais sans châtiment ne m'aidait guère. Mais je savais que si elle acceptait de m'aider, ce serait bien plus doux que de la forcer à agir.

— Donc le but était de me montrer que ma vie pourrait être pire ?

La nuance d'irritation dans son ton me fit sourire.

— Non, chérie, le but était de te donner un contexte. J'ai une proposition à te faire, tu vois, et je ne pouvais pas la faire sans une leçon d'histoire.

Elle se tourna sur mes genoux pour planter ses yeux dans les miens. J'avais exigé d'elle qu'elle garde un contact visuel quand elle parlait, mais celui-ci était différent. Plus fort, plus confiant – comme si elle estimait avoir le droit de m'étudier. Cela indiquait une fissure dans son conditionnement, ce qui me ravit.

— Une proposition, répéta-t-elle, l'air pincé. Je suis à vos ordres, Sire. Pourquoi voudriez-vous me proposer quoi que ce soit ?

Je posai une main sur sa nuque et effleurai du pouce son pouls régulier. Elle s'était bien calmée depuis notre arrivée dans la bibliothèque. Elle avait encore les joues rouges et les yeux gonflés, mais son souffle était revenu à la normale.

— Mmmh…

Ses lèvres étaient les plus attirantes qui soient. Je tentais de les ignorer, mais en étant si près d'elle, son corps souple sur les genoux, c'était difficile de résister.

— Ta raison de vivre a toujours été de servir un maître, dans l'intention que ce soit temporaire, pas vrai ?

Le rythme cardiaque de Juliet s'accéléra – juste un peu – mais l'éclat habituel de la peur n'apparut pas dans ses yeux quand elle acquiesça. *Intrigant.*

— D'après ce que j'ai compris, ils t'ont enseigné à t'attendre à mourir.

C'était une manière d'entraîner les humains à ne pas réagir à l'inévitable. Cela agissait également comme un lavage de cerveau, pour leur rappeler leur place tout en bas de la chaîne alimentaire. Je l'observai attentivement en ajoutant :

— Je ne veux pas que tu me serves temporairement.

Elle se passa la langue sur les lèvres tandis que mes mots faisaient leur effet.

— Vous voulez parler de… de la cérémonie ? Dans votre journal ?

— Oui. (Je promenai mon pouce sur ses vertèbres cervicales en suivant le mouvement des yeux.) Mais je veux quelque chose en échange.

— Que pourriez-vous obtenir de plus ? demanda-t-elle d'une voix douce. Je suis déjà toute à vous.

— Mmmh, c'est vrai. (Je faufilai mes doigts dans ses cheveux et l'attirai plus près, ma bouche à quelques centimètres de la sienne.) Je possède ton corps et ton sang, mais ce que je désire, c'est ton âme.

— Vous désirez me tuer, Sire ? souffla-t-elle contre mes lèvres.

— Non, chérie. Je veux te modeler en un poison parfait.

J'effleurai de mon nez sa joue rougissante avant de poser un baiser sur sa gorge.

La tentation personnifiée.

Mes incisives se languissaient de la mordre. Dix jours sans son sang, c'était trop long. J'en avais pris à quelques donneurs sur ma propriété, mais cela avait aiguisé mon appétit plutôt qu'autre chose. J'avais encore plus faim d'elle.

Elle déglutit.

— Un poison ?

Je souris dans son cou.

— Oui. Un poison mortel.

— Je ne suis pas sûre de vous suivre, Sire.

— Tu es irrésistible, Juliet, soupirai-je contre son oreille. En te faisant mienne grâce à la cérémonie, je crée un fruit défendu auquel mon espèce sera incapable de résister. Et j'utiliserai cette tentation à mon avantage.

Elle constituait le poison parfait, et j'avais bien l'intention de l'exploiter en ce sens.

— Mais comment allez-vous m'utiliser, Sire ? Qu'exigerez-vous de moi ?

L'excitation rendait son ton plus rauque tandis que son corps répondait instinctivement à mes désirs non refoulés. Ce genre de formation ne pouvait pas être enseigné ; tout était lié à sa lignée et à sa réponse naturelle à mes côtés. Certains considéraient cela comme un mécanisme d'accouplement, d'autres comme un don du ciel. Je le voyais plutôt comme une opportunité.

— Je pourrais te répondre de bien des façons, chérie. (Mais je savais ce qu'elle voulait dire.) Si tu es d'accord pour la cérémonie, je me servirai de toi pour détruire mes ennemis. Ils ne sauront jamais ce qui les frappe. Et je me servirai surtout de toi pour assouvir tous mes besoins.

Car l'avoir ici sans profiter du luxe de sa compagnie serait gâcher une amante parfaite.

— J'ai à peine commencé à te montrer ce que je peux t'offrir, Juliet. (Je déposai un baiser bouche ouverte derrière son oreille et souris au frisson qu'elle eut en réaction.) Et je crois t'avoir montré que vivre ici peut être assez agréable pour nous deux, pas vrai ?

— Vou… (Elle s'éclaircit la gorge.) Voudriez-vous que ça c-continue ?

— Que je te séduise ?

— Et les autres choses ?

— Tu veux parler du plaisir ?

Elle gémit quand j'explorai sa nuque avec ma langue.

— Ou-oui.

Je ne sus si c'était une invitation à continuer ou une réponse à ma question. Peut-être les deux.

— Comme je l'ai mentionné durant notre visite de la propriété, tu es la bienvenue dans ma chambre à chaque fois que tu désires plus de plaisir. (Je reculai pour la regarder dans les yeux.) Mais cette nuit, je l'exige.

Sa poitrine se souleva et s'abaissa en un rythme rapide. Elle était si belle. J'avais envie de lui arracher sa robe pour exhiber ces seins magnifiques et les mordiller partout. Cette fois, je prendrais autant que je donnerais.

— Je suis là pour assouvir vos besoins, quels qu'ils soient, dit-elle à mi-voix.

— Mmmh, mais j'insiste pour que tu me donnes tout, Juliet. (Je repoussai la tentation de son sang pour capter son regard hypnotique.) Tu as été formée pour te mêler à la haute société, pour converser dans diverses langues, et pour séduire d'un seul regard. Ce sont toutes des qualités admirables, mais ce que je désire t'enseigner est largement différent de ce que tu connais déjà.

Elle leva les yeux sur moi avec une innocence que je prévoyais de détruire. Je supposais que cela faisait de moi le méchant de son histoire – ou peut-être son sauveur.

— Es-tu d'accord pour en apprendre plus, Juliet ? (Je relâchai ma prise dans ses cheveux pour enrouler mes doigts dans ses boucles épaisses.) En échange, je peux t'offrir la cérémonie initiale. Elle t'accordera des privilèges uniques au sein de la société et te marquera comme mienne, ce qui te protègera de tout avenir alternatif. Et t'empêchera de vieillir.

Du moins temporairement. L'échange de sang devait être répété plusieurs fois avant que je ne revendique son corps, mais même les premières étapes lui procureraient certains droits et certaines forces.

— M'empêcher de vieillir ? répéta-t-elle.

— Oui. Le lien entre nous t'offrira l'immortalité, chérie.

Ses pupilles se dilatèrent.

— L'immortalité ?

Une touche de crainte respectueuse nuança sa voix douce. Elle n'avait clairement pas compris mon commentaire dans le journal concernant une servitude éternelle.

— Et, heu… que nécessite la cérémonie ?

— Ta volonté de répondre à mes besoins, répondis-je. Quant au rituel lui-même, tu boiras mon sang.

Et puis je te sauterai jusqu'à l'extase totale.

Elle écarquilla les yeux.

— C'est interdit, Sire.

Je souris.

— Non, c'est seulement la transformation qui est illicite. La cérémonie est tout à fait légale. Tu comprendras quand nous aurons assisté à notre premier événement social.

Certains se moqueraient de mes actions, mais la plupart les envieraient. Les vierges de sang, surtout aussi attirantes que Juliet, étaient rares et convoitées. L'acheter avait été la première étape pour attirer l'attention sur ma réémergence dans la société. La garder serait la deuxième. Il fallait parfois jouer le jeu avant d'en briser les règles.

Je rassemblai ses boucles sur une épaule et me forçai à me détendre dans le fauteuil. La toucher m'obsédait, et je devais me concentrer.

— L'immortalité, le plaisir et la sécurité, Juliet. C'est ce que je t'offre. En retour, je veux ta docilité et ta coopération dans tout ce que je désire. Ce ne sera pas facile, et tu feras pour moi des choses qui ne te plairont pas, mais je crois que les avantages l'emporteront sur les inconvénients au bout du compte. Cependant, la décision t'appartient.

JULIET

« *Cependant, la décision t'appartient.* »

Faux. Rien dans ma vie n'avait jamais été *ma* décision. J'existais pour fournir sexe et subsistance à un maître – ce que j'avais toujours accepté. Ce n'était pas un sujet de débat ni d'opinion, juste une réalité.

Sauf que les livres étalés autour de nous dépeignaient un monde différent, où les humains avaient des choix et le droit de vivre comme ils voulaient.

Ce monde n'avait plus cours.

Je n'avais aucun droit ici.

Aucun choix.

Je vivais pour le plaisir de Darius aussi longtemps qu'il voudrait de moi. Ma matrone m'avait préparée à mon rejet inévitable, mais n'avait jamais mentionné les alternatives.

Le journal de Darius clarifiait tout. Les vierges de sang n'étaient pas nécessairement tuées par leurs maîtres, pas plus qu'envoyées ailleurs pour procréer.

Et à quelques heureuses élues était offerte la cérémonie.

Darius ne m'avait pas expliqué tout ce qu'elle entraînait, mais j'en déduisais assez pour comprendre sa proposition.

Si je la refusais, il me renverrait au Coventus ou dans un endroit pire. Ou il me tuerait, peut-être. Il le pouvait, et nul ne s'en soucierait.

Pourtant il prétendait que la décision me revenait.

Mensonge.

Accepter la cérémonie était la seule option, même si cela nécessitait que je lui donne tout. Or ma vraie raison d'être était de le satisfaire, avec ou sans son offre d'immortalité. Ce qui faisait de sa proposition une sorte de cadeau, vu qu'il ne me devait rien du tout.

Et jusqu'ici, vivre avec lui avait été loin d'être aussi horrible que je le craignais au départ. Il m'avait donné du plaisir quand la plupart infligeaient de la douleur. Même à présent, on lisait dans son regard une faim dévorante qu'il contrôlait avec une aisance admirable. Les quelques vampires de ma connaissance n'attendaient pas, ils prenaient. Or Darius possédait une patience que j'admirais, et un toucher qui me faisait très envie.

Je n'avais pas le choix.

J'accepterais.

Refuser ne me rapporterait rien, tandis qu'accepter m'offrait une chance, même si elle était temporaire.

Ce ne serait jamais vraiment un consentement, pas sans une autre alternative possible. Mais les humains n'avaient pas le droit de décider ; on faisait simplement ce qu'on nous disait. Ce qui rendait ma réponse facile.

— Je ferai tout ce que vous désirez, Sire.

C'est pourquoi je suis ici.

— Mmmh. (Il pencha la tête de côté et promena son pouce sur ma lèvre inférieure.) Tu le feras, oui, mais ce n'est pas tout à fait ce que je voulais. (Il m'étudia, pupilles dilatées.) Bon, c'est un début, je suppose. On pourra revoir mes exigences quand je t'en aurai dit plus sur ce que je *souhaite* que tu fasses.

— Bien sûr, Sire.

Je doutais qu'il me convainque autrement. Même s'il décidait de me changer en un poison – quoi que cela signifie

– je ferais tout ce qu'il voudrait. Car il n'y avait pas d'autre choix, à moins de vouloir procréer ou être envoyée dans les fermes. J'espérais que je ne le décevrais pas.

— Alors nous allons commencer la cérémonie, murmura-t-il, posant ses mains sur mes hanches.

Je déglutis.

— Maintenant ?

— Oui. (Il resserra sa prise.) Chevauche-moi.

Un courant électrique parcourut mon échine tandis que je remuais sur ses genoux pour placer mes jambes de chaque côté de ses cuisses. Ce mouvement retroussa ma robe, qui se plia près de ses doigts.

— Tu n'auras pas besoin de boire beaucoup de mon sang. (Il fit courir ses mains le long de mes flancs, déclenchant une traînée de feu à travers le fin tissu.) Mais je prendrai davantage du tien en retour, surtout que je ne me suis pas bien nourri ces deux dernières semaines.

Je remarquai les cernes sous ses yeux. La plupart des vampires exigeaient une nourriture quotidienne, mais les plus forts et les plus anciens pouvaient survivre avec peu. Le fait qu'il ne soit pas venu me voir tous les jours pour son repas en disait long sur son statut. Je n'y avais pas songé jusqu'à présent.

Mais s'il ne s'était pas bien nourri, comme il disait, il allait m'en prendre beaucoup en effet. Ce qui intensifierait sa morsure et, potentiellement, le plaisir qui l'accompagnait. Il avait indiqué qu'il l'exigeait ce soir.

Un frisson parcourut mes membres comme je réfléchissais à ce que cela impliquerait. Il voulait sans doute dire qu'il allait également me déflorer.

Ça ferait mal.

Mais je pourrais aussi l'apprécier.

Il y a vraiment quelque chose qui ne va pas chez moi.

Toutes ces lectures et conversations inattendues avaient fait dérailler mon jugement. Je ne savais plus à quoi m'attendre, mais une chose était certaine.

—Je suis prête, Sire.

Le satisfaire ne serait pas une épreuve, même s'il me faisait mal. Je rassemblai mes cheveux sur une épaule pour exposer ma gorge afin qu'il y accède facilement. C'était ma façon de l'inviter à se nourrir, même s'il n'avait pas besoin de mon consentement.

Ses mains atterrirent sur mes cuisses découvertes, il se détendit sur la méridienne et leva sur moi des yeux mi-clos. Tous les vampires étaient attirants, mais j'eus le souffle coupé par le désir qu'irradiaient les traits magnifiques de Darius. C'était vraiment le plus bel homme que j'aie jamais vu.

Non, ce ne serait pas une épreuve du tout.

Il glissa ses pouces sous le bord de ma robe et la releva. Les poils se hérissèrent sur mes bras quand il longea le pli de mes fesses.

Je déglutis.

Il va me toucher de nouveau.

Le plaisir…

L'air frais caressa ma chair intime, provoquant un tremblement au fond de moi.

Oui.

— Mmmh, c'est bien ce que je pensais, murmura-t-il, pendant que le tissu se froissait autour de ma taille. Tu ne portes rien sous cette robe.

Son regard tomba sur l'apex entre mes cuisses.

— On m'a appris à ne jamais porter de sous-vêtements, chuchotai-je.

— Une règle qu'on peut conserver.

Sa main trouva la fermeture éclair dans mon dos. Il la descendit lentement, peu à peu.

Mon souffle hoqueta quand il atteignit le bas. Je m'étais déjà trouvée nue devant lui, mais cette fois-ci c'était différent. Mon cœur ne battait pas de peur, mais de désir.

Mords-moi, faillis-je lui dire, retenant mes mots juste avant qu'ils ne s'échappent dans un gémissement.

Il abaissa le haut de ma robe, exposant mes seins. Mes tétons durcirent en pointes douloureuses dans l'attente de ce qui allait venir.

Mais il ôta ses mains et se détendit de nouveau dans le fauteuil.

— Merveilleuse.

Ma peau chauffait sous sa lente inspection visuelle. Une sensation s'éveilla entre mes cuisses, me suppliant de trouver à quoi me frotter, et je peinai à rester immobile.

Oh, Déesse…

Je voulais me tortiller.

Me coucher contre lui.

Trouver du réconfort.

Quelque chose. *N'importe quoi.*

— Sire, articulai-je d'une voix qui me parut étrangère.

— Oui, Juliet ? (Il croisa les mains derrière sa tête.) Que désires-tu ?

— Je… (Je me léchai les lèvres.) Je désire vous faire plaisir.

Il haussa un sourcil.

— Vraiment ?

— Oui, acquiesçai-je.

Cela me distrairait de la douleur au fond de moi et me permettrait aussi de le toucher – de l'explorer.

— Oh oui. Énormément.

Ces mots sortirent sans ma permission, mais je ne pouvais les reprendre. Il avait l'air amusé.

— Très bien. À genoux, Juliet.

Son ordre m'apaisa et me fournit les instructions qu'il me fallait.

Je glissai depuis ses genoux jusqu'au sol et adoptai une position soumise, comme demandé. C'était là l'entraînement que je connaissais. Il vint placer ses pieds de chaque côté de moi, m'encadrant de ses cuisses musclées.

— Tu peux me faire plaisir de deux façons, murmura-t-il en ouvrant son pantalon.

Ce n'était pas son costume habituel, mais un pantalon de sport. Je crus qu'il allait l'enlever, mais à la place il porta son poignet à ses lèvres et le mordit assez fort pour en faire jaillir du sang.

— Bois.

— Pour la cérémonie, exhalai-je.

— Oui. (Il abaissa sa blessure devant mes lèvres.) Maintenant, avant que ça ne se referme.

— Oui, Sire.

Je ne pouvais me dérober, pas quand il employait ce ton. Je lui pris la main et léchai timidement l'endroit désiré.

Sa douce essence toucha ma langue et me surprit.

Ce… n'est pas si horrible.

En fait, c'est même agréable.

Je fermai les lèvres autour de la lacération et en aspirai davantage dans ma bouche. Il serra le poing dans ma main, l'autre main plaquée sur l'arrière de mon crâne pour me maintenir contre lui. J'interprétai ce geste comme une indication à continuer de boire, et m'exécutai.

Un bourdonnement couvait dans mon esprit, qui me fit fermer les yeux. Il me forçait à en prendre plus, à sucer plus fort. Je réagis instinctivement, aspirai davantage de son sang dans ma bouche et avalai, jusqu'à ce qu'il fourre ses doigts dans les cheveux et m'arrache de son poignet.

J'étais pantelante, mon corps en désirait encore, mais il me retint sans peine.

— Je veux que tu fasses ça sur ma queue.

Son ton tranchant secoua mon étourdissement et me força à agir. Il me lâcha pour baisser son pantalon. Mon cœur manqua un battement à la vue de son érection saillante. Tous les hommes n'étaient pas créés égaux, et Darius aurait pu faire honte à nombre de ceux que j'avais vus.

Et il a l'intention de mettre ça dans moi…

Je serrai les cuisses en réaction.

— Ta bouche, Juliet. Maintenant.

— Oui, Sire, répondis-je d'une voix rauque.

Je peux le faire.

Ma matrone m'avait enseigné plusieurs techniques, à la fois par des démonstrations et par des pratiques sur des objets de forme similaire. Mais je n'avais jamais pris un homme de cette manière.

J'empoignai la base et donnai à son membre une caresse hésitante.

Si chaud… Je ne m'attendais pas à cela, ni à la peau douce.

Il palpitait dans ma paume, m'encourageant à glisser ma main dessus, avec un peu plus de pression cette fois.

— Arrête de m'allumer et suce-moi, ordonna-t-il.

Je me penchai en avant pour le prendre au fond de ma bouche, d'une façon que je savais qu'il apprécierait. Il pencha la tête en arrière avec un grognement d'approbation qui résonna dans toutes les fibres de mon corps. J'avalai le plus de lui que je pouvais avant de me rétracter et de recommencer.

— Putain, grogna-t-il, saisissant ma tête à deux mains pour guider mes mouvements.

Un désir ardent montait entre mes cuisses tandis que le l'imaginais entrer dans mon corps comme il le faisait dans ma bouche.

Oh, Déesse, je n'aurais jamais pensé désirer cela, mais c'était le cas.

Je gémis autour de sa hampe épaisse, les cuisses serrées à bloc.

— Refais-moi ça, dit-il d'une voix rauque. Gémis mon nom.

Je le fis non parce qu'il me l'avait demandé, mais parce que j'en avais *besoin*. « Darius » roula de ma langue sur son gland bulbeux, puis je le suçai si fort qu'il tapa au fond de ma gorge.

Il empoigna mes cheveux de chaque côté et poussa encore plus loin en moi, m'empêchant de respirer. Je saisis ses hanches pour me soutenir tandis qu'il plongeait brutalement sa queue entre mes lèvres.

Darius grogna mon nom et une série de jurons pendant que je luttais pour respirer. Chaque rude poussée narguait la douleur qui palpitait en moi, suscitait un désir ardent qu'il me prenne de la même manière sauvage. Cela me ferait mal, mais ce qu'il me faisait aussi, et j'aimais ça.

Les larmes me piquèrent les yeux quand ses doigts m'agrippèrent encore plus fort, tirant sur mes mèches. Ses mouvements s'exacerbèrent – un signe que je reconnus.

— Respire à fond, Juliet, grinça-t-il.

J'inhalai autant qu'il me le permit et détendis ma gorge du mieux que je pus pour accepter son plaisir. Il s'enfonça à une profondeur impossible, mais lèvres touchant la base de son membre, et libéra sa semence avec un grognement possessif.

Jambes tremblantes, je m'efforçai de ne pas étouffer sous son invasion impitoyable. Il relâcha sa prise juste assez pour me laisser respirer et avaler, tout en restant dans ma bouche.

Je levai les yeux sur lui quand j'eus fini, ce qui lui fit retrousser les lèvres.

— Tu vaux largement ce que j'ai payé et même plus,

chérie. (Ses doigts toujours dans mes cheveux, il se retira lentement de ma bouche.) Mais j'ai toujours besoin de me nourrir.

— Oui, Sire, chuchotai-je, la trachée douloureuse.

Il sourit.

— Enlève ta robe.

À genoux devant lui, je rassemblai l'étoffe autour de ma taille, la fit passer par-dessus ma tête et la jetai par terre. Il remonta son pantalon, à quelques centimètres de mon visage.

Il baissa les yeux sur moi et me caressa la joue.

— Tu étais si belle avec ma queue dans ta bouche. On va refaire ça très bientôt.

J'allais abonder dans son sens, mais Darius posa un doigt sur mes lèvres, m'intimant le silence.

— Allonge-toi sur la méridienne en écartant les jambes, murmura-t-il. Sur le dos.

Mes genoux protestèrent quand je tentai de me relever, et il me tendit la main pour m'aider. J'acceptai avec un « merci » du bout des lèvres, puis m'installai sur les coussins dans la position qu'il demandait.

Il me contempla un moment, son regard explorant tous les recoins exposés.

— Glisse-toi plus haut.

Je bougeai jusqu'à ce que ma tête atteigne le coussin supérieur de la méridienne. Il s'agenouilla au pied du fauteuil. Ses mains se posèrent sur mes mollets puis glissèrent plus haut, forçant mes jambes à s'écarter davantage.

Il s'installa entre mes cuisses, s'appuyant sur les coudes, et amena son visage juste au-dessus de mes replis trempés.

— Mmmh, tu mouilles pour moi. J'apprécie, chérie.

Je tressaillis quand il déposa un baiser bouche ouverte sur ma zone la plus sensible.

— Oh… (Je plantai les ongles dans les coussins.) S-Sire… Je…

Je n'avais plus de mots. Mon pubis rua contre sa bouche tandis qu'il suçait mon bourgeon intime.

C'était…

Étrange.

Chaud et froid.

Je frissonnais en même temps qu'un feu couvait en moi. Ses doigts coururent sur l'intérieur de mes cuisses et se joignirent à sa bouche pour me torturer plus encore. Deux doigts me pénétrèrent ensemble, me faisant glapir et gémir en même temps.

Je n'avais jamais imaginé une telle chose, même dans mes rêves les plus fous.

Sa langue… J'ignorais qu'elle pouvait bouger ainsi. Darius l'aplatissait ou l'enroulait, pile là où je le désirais le plus. Mes jambes tremblaient sous son assaut et mes veines brûlaient d'un fluide exubérant.

Ses dents éraflèrent mes délicates terminaisons nerveuses, envoyant une onde de choc dans tout mon corps. Il ne pouvait pas me mordre ici. Ça ferait bien trop mal, et…

Un hurlement jaillit de ma gorge quand il perça ma peau juste au-dessus, pas assez pour se nourrir, mais suffisamment pour me faire saigner.

— D-Darius, gémis-je.

Les flammes engloutirent tout mon être. Il avait fait quelque chose, sa morsure avait répandu en moi comme une vague d'extase qui me fit palpiter de la tête aux pieds d'une façon incontrôlée.

— Accepte-le, Juliet.

Ses paroles vibrèrent sur ma chair tendre, me faisaient convulser. Puis il me téta plus fort, et des étoiles explosèrent dans mes yeux.

Je ne me souciais plus de savoir si je hurlais ni si c'était son nom qui résonnait dans l'air. Il m'avait fait quelque chose de si incroyable, de si puissant, que je n'arrivais même pas à l'appréhender.

Mon âme se détacha de mon corps, revint, et s'échappa de nouveau, me laissant toute tremblante, à gémir et crier. Je ne pouvais pas m'arrêter. L'euphorie me submergea vague après vague, et je remarquai à peine que Darius s'était déplacé de mon centre sur ma cuisse. Son pouce décrivait des cercles sur mon bouton enflammé tandis qu'il s'abreuvait directement à mon artère fémorale, m'affaiblissant de minute en minute.

Mais je n'arrivais pas à me concentrer assez pour m'en soucier.

Je ressentais simplement.

Et flottais.

Et m'abandonnais.

— Darius, soupirai-je.

Les ténèbres occultèrent les étoiles. Une partie de moi savait que nous empruntions un chemin dangereux. Je luttai pour émerger suffisamment afin de le prévenir, l'implorer…

— D…

Ma bouche était plus sèche qu'elle n'aurait dû. Épaisse. Je voulus me lécher les lèvres, mais je ne parvenais pas à remuer la langue.

Tout était bien plus froid que quelques instants plus tôt.

Engourdi.

Darius.

Minuit consumait ma vision et je clignai des yeux dans une nuit sans étoiles.

Tellement seule.

Je m'étais toujours attendue à mourir…

Je n'avais jamais pensé vouloir vivre.

Jusqu'à aujourd'hui.
Jusqu'à ce que Darius m'ait insufflé l'espoir.
Un autre jeu cruel de vampire.
J'aurais dû le savoir…

Darius

— Dors, chuchotai-je en couvrant Juliet d'une couverture.

Elle était très pâle, mais son cœur battait sainement à mes oreilles. Les marques sur ses cuisses guérissaient déjà.

— Ma magnifique Juliet.

J'écartai des boucles de son visage et me penchai pour l'embrasser sur le front. Nous avions tout juste commencé la cérémonie, mais cela suffirait pour le moment. Au matin, je démarrerais sa formation. Peut-être après avoir de nouveau baisé sa belle bouche.

Lui prendre sa virginité attendrait. Pour l'instant. Je voulais la tester d'abord, afin de déterminer jusqu'où elle était prête à aller pour me *satisfaire*.

Je la garderais, quoi qu'il en soit. À genoux, elle avait plus que prouvé sa valeur, mais si je pouvais la former ailleurs qu'au lit, elle deviendrait sans prix pour moi.

— Ça m'impressionne que tu sois allé aussi loin, déclara Ivan, adossé bras croisés au mur de ma chambre. Mais tu as encore du chemin à faire, mec. C'est une belle poupée, mais le look ne fait pas tout pour ce boulot.

Je caressai son bras du bout du doigt, puis me redressai.

— Elle a du courage.

— Oui, mais est-ce suffisant ?

— Seul le temps le dira, admis-je. Mais avec une bonne motivation, je pense que ça va le faire.

Ivan se gratta le menton.

— Si tu t'en tires bien, tu vas gagner ce siège.

— On sait tous les deux que c'est plus qu'une question de pouvoir.

Ses yeux bruns brasillèrent.

— Oui, mais c'est un avantage en plus.

— L'avantage en plus, répétai-je, baissant les yeux sur la beauté qui reposait sur mon lit, sera de voir nos ennemis tomber aux mains de leur propre création.

Ce serait la plus douce des vengeances, et amplement méritée.

— Si quelqu'un peut y arriver, c'est bien toi, insista Ivan en s'écartant du mur. Tu as toujours eu envie de l'impossible.

Je souris.

—Je préfère appeler ça un défi.

— Bien sûr, mec.

Il sortit en agitant la main, me laissant seul avec ma future *Erosita*. Cette pauvre Juliet qui voulait me satisfaire n'avait pourtant aucune idée de ce que je désirais vraiment de sa part.

— Tu apprendras, murmurai-je en caressant sa joue de mes jointures. Et quand j'aurai réussi, tu seras l'arme la plus mortelle de tout mon arsenal.

À la fois attirante et mortelle.

À moi de la former.

Merde à l'Alliance de Sung.

DEUXIÈME PARTIE

CHASTEMENT REVENDIQUÉE

DARIUS

Six semaines plus tard…

— ELLE N'EST PAS PRÊTE.

Ivan baissa le ton pour être entendu de moi seul.

Je sirotai mon bourbon en observant la salle.

— Oui, je le vois bien.

— Tu mets sa vie en danger, Darius.

— C'est mon choix et ma prérogative, Ivan.

De plus, je ne la perdrais pas de vue, et si elle se trouvait en difficulté, je la sauverais. Ce soir, il s'agissait de présenter à Juliet notre avenir commun, non de lui faire du mal.

J'ajustai ma cravate et Ivan secoua la tête.

— Le spectacle commence quand ?

— Dès que Viktor exprimera son intérêt, répondis-je.

— Bon, vu comme il est en train de baver sur elle, ça ne devrait pas tarder.

Je manifestai mon accord par un sourire en coin.

La robe translucide de Juliet ne laissait pas grand-chose à l'imagination, et pourtant elle la portait magnifiquement. Ce n'était pas tant de l'assurance que de l'acceptation. Exposer son corps dans une salle pleine de vampires l'effrayait à peine. Elle gardait baissés ses yeux noirs, tirant profit de son obéissance apparente.

Et son sang…

Putain, il excitait toute la salle. Tout le monde sentirait sa chasteté, ainsi que sa raison d'être ici : divertir et nourrir.

Or nul ne pourrait la toucher sans ma permission, car elle m'appartenait.

Pour la sauter.

Pour la faire jouir.

Pour la dévorer.

Pour la partager.

Tout ce que je voulais.

Son regard sombre croisa le mien, puis s'abaissa de nouveau. Je réprimai un sourire devant sa flagrante attitude de défi. Croiser le regard d'un maître sans sa permission était expressément défendu, même si je le permettais à la maison. Ici, toutefois, c'était un risque pour nous deux.

Peut-être qu'elle allait me surprendre, après tout.

— Elle l'intéresse, murmura Ivan près de moi. Connard lubrique.

Je souris contre mon verre.

— Tu es juste amer que je me sois chargé de le tuer.

— Non, j'ai les boules que tu risques sa vie pour un job que je pourrais faire en dormant, rétorqua-t-il.

Je grognai. Il avait raison, bien sûr, mais cela entraînerait des conséquences si Ivan assassinait un membre prestigieux de l'Alliance de Sang. Or Juliet nous procurait une occasion unique.

Toucher sans permission la propriété d'un autre vampire entraînait des conséquences terribles. Lui faire du mal aggravait le crime, pour lequel la mort était un verdict fort acceptable. Même pour un politicien de haut rang.

— Regarde-le, reprit sombrement Ivan. Il va l'allonger dans quelques secondes. Elle n'a pas une chance.

J'étudiai le mâle blond par-dessus le bord de mon verre et haussai les épaules.

— Je lui ai donné un couteau.

— Dont elle sait à peine se servir, objecta Ivan.

Rhétorique. Je lui avais montré les mouvements clés auparavant.

— Tout ce qu'elle doit faire, c'est provoquer une scène, peut-être le couper au passage, et je m'occupe du reste.

— Parce que *ça* va être facile pour elle avec son passé. (Ivan secoua la tête.) Tu surestimes gravement ses capacités.

— Au contraire, je connais bien ses talents.

Mes paroles étaient pleines de sous-entendus. J'observai Juliet. Je l'avais amenée là pour aider l'autre humain à servir amuse-gueules et boissons dans la salle, ce qui, je l'espérais, la mettrait à l'aise. Cela lui donnait aussi un objectif élargi, qui lui permettait de se mêler librement aux invités tout en étant reluquée au maximum.

— Aucun d'eux n'a de rapport avec une complicité d'assassinat d'un vampire, grogna mon vieil ami. Laisse-moi m'occuper de celui-là.

— Non. (Un ordre catégorique, du genre que peu auraient le courage de contredire.) Je ne peux briser son conditionnement sans comprendre pleinement comment il fonctionne. Donc tu n'interviens pas. C'est à moi de gérer.

Ivan serra les lèvres juste assez pour que je le remarque. C'était clair qu'il n'approuvait pas mes méthodes, mais il garda le silence.

— Fais gaffe, mon vieux, le taquinai-je à mi-voix. Ou je vais finir par croire que tu te soucies vraiment de cette fille.

— Ce n'est qu'une poupée sexuelle, railla-t-il. (Le terme favori d'Ivan et Trevor pour mon joli petit jouet.) Je pense juste que tu gâches un gros investissement.

C'était vrai. Juliet m'avait coûté une petite fortune, mais c'était précisément l'objet. La posséder ajoutait à mon prestige, ce qui me donnait de l'influence dans l'arène politique. Les vampires admiraient la richesse par-dessus tout parce qu'elle était synonyme d'âge et de pouvoir, et je possédais ces trois traits en abondance.

— Darius, m'interpela une voix grave sur ma gauche.

Pas mon pigeon de la soirée, mais un membre important de la société.

— Sebastian. (Je lui tendis la main.) Ça fait un bail.

— En effet, opina-t-il en la serrant. Je commençais à me dire que tu avais décidé d'hiberner pour l'éternité.

— Non, juste un siècle, gloussa Ivan.

Je feignis de trouver ça drôle.

— C'est difficile d'hiberner avec Ivan qui n'arrête pas de passer m'asticoter.

— Santé. (Ivan siffla le reste de son verre et le posa sur une table.) Il fallait bien que quelqu'un s'assure que tu étais toujours en vie.

— Je vais très bien, répliquai-je d'un ton sec. J'ai simplement apprécié ma vie privée ces derniers temps.

— Oui, quand j'ai entendu dire que tu avais mis le nez dehors pour la dernière vente aux enchères, j'ai pensé que c'était sûrement une erreur.

Sebastian détaillait Juliet avec intérêt à travers la salle.

— Eh bien non, comme tu peux le voir, répliquai-je. J'ai décidé qu'il était temps de m'adonner davantage aux raffinements de la société et j'ai souhaité qu'une chose délicieuse m'accompagne.

— Je dirais que tu as réussi ton coup.

Sebastian ne la quittait pas des yeux, ce dont je ne pouvais le blâmer complètement. C'était pour cela qu'elle était là, après tout.

— Oui, je crois, murmurai-je, content de son évaluation.

— C'est bon de te voir de retour. (Le ton de Sebastian était tout à fait sincère, tout comme son regard quand il le reporta enfin sur moi.) Du moins, je suppose que c'est l'objectif de ta présence ce soir ?

— Je m'y remets doucement. (Je terminai mon bourbon et posai le verre sur la table à côté de celui d'Ivan.) Ça m'a paru un événement raisonnable pour voir du monde. Peut-être que j'assisterai aussi au couronnement cette année.

La pure vérité était que j'avais l'intention d'être couronné nouveau souverain de cette région. Ce qu'ignorait encore toute personne en dehors de mon cercle – pour l'instant.

Sebastian haussa les sourcils.

— Tu veux dire que tu vas t'engager en politique ?

Je m'autorisai un petit sourire.

— *M'engager* est un bien grand mot. Disons simplement que j'ai envie de me mêler à quelques vieux amis.

Et gagner leur faveur au passage. En commençant ce soir. Viktor était l'un des candidats envisagés, et j'avais bien l'intention de rectifier le tir en utilisant Juliet comme appât.

— Mmmh, eh bien, si tu décides d'entrer dans le jeu, viens m'en parler. Je pense qu'une alliance pourrait être bénéfique à un homme comme toi, avec tes compétences.

Je dissimulai mon sourire. Sebastian pesait un certain poids dans l'arène politique. L'avoir de mon côté serait certainement bénéfique, exactement le genre de soutien que j'espérais recruter.

— J'apprécie ton vote de confiance, répliquai-je avec aisance. Et je tiendrai compte de tes suggestions.

— Je t'en prie, m'encouragea-t-il. (Il me tendit sa carte.) On devrait en discuter sérieusement, peut-être autour d'un dîner dans la semaine ?

Pendant qu'il parlait, son regard dériva sur Juliet ; sa demande sous-jacente était claire.

— Bien entendu, murmurai-je, satisfait. (Juliet remplissait déjà son objectif en m'aidant à recruter des alliés. Et tout ce qu'elle avait à faire, c'était d'exister.) Je t'appelle pour organiser ça.

— Génial. (Il me tendit la main, que j'acceptai.) Tu m'as manqué.

— Moi pareil, mentis-je.

Ivan se tenait silencieux à mes côtés tandis que Sebastian prenait congé, puis il demanda :

— Est-ce que je suis invisible ?

— Seulement pour un homme de haut rang, souris-je.

— Tu es un homme de haut rang et tu as l'air de me remarquer pas mal.

— Parce que tu es toujours à me tourner autour.

Comme un moustique énervant qui bourdonnait en permanence dans mon espace personnel. Sauf que lui, je l'appréciais vraiment.

— Imbécile, marmonna-t-il, ce qui me fit sourire.

Bien peu oseraient me traiter ainsi, mais Ivan le faisait avec un talent que j'admirais beaucoup. C'était pourquoi je l'avais choisi pour meilleur ami.

— Tu as l'air de bien te débrouiller, remarqua Trevor en nous rejoignant dans le coin. Et ta petite poupée sexuelle fait plutôt sensation.

— Vraiment ? plaisantai-je, suivant son regard jusqu'à Juliet près du bar, qui tenait un plateau de boissons toutes enrichies au sang. Je n'avais pas remarqué.

— Menteur, gloussa Trevor. Tu l'auras nue sur tes genoux dès que tu seras parti.

Vrai.

— Cette robe lui va plutôt bien.

— On appelle ça comme ça ? s'étonna Ivan. Parce que ça m'évoque plutôt une lingerie.

— Elle descend jusqu'à ses pieds, remarquai-je. C'est juste qu'elle est translucide et fendue des deux côtés jusqu'à ses hanches. Comme ça j'ai un accès plus facile à son artère fémorale.

Je claquai des doigts et elle leva aussitôt la tête, et ses yeux noirs croisèrent les miens une fraction de second avant qu'elle ne se dirige vers nous avec le plateau. Nul ne tenta de l'arrêter, mais plusieurs de mes semblables observèrent sa déambulation à travers la salle.

Quand elle arriva près de moi, elle fit une révérence.

— Sire…

— Tout va bien, chérie ? lui demandai-je à mi-voix en prenant une flûte sur son plateau.

Ivan et Trevor firent de même.

— Oui, Sire, chuchota-t-elle.

— Tu es prête, alors ? la pressai-je, sachant déjà qu'elle était loin d'être préparée pour la tâche à venir.

Mais elle acquiesça malgré tout.

— C'est ce que vous souhaitez, Sire. Alors oui.

Ivan leva les yeux au ciel et Trevor émit un sourire diabolique. Il était clairement impatient de voir Viktor mourir. Je croisai le regard de ma cible et lus sa requête dans son expression.

— Il semble être prêt aussi, murmurai-je.

J'inclinai discrètement la tête vers la porte près de moi. Derrière s'étendait un vestibule desservant plusieurs quartiers privés. J'avais déjà indiqué à Juliet lequel je souhaitais qu'elle utilise. Viktor devrait être capable de la repérer à son seul parfum.

Je déposai un baiser sur sa tempe et passai son plateau à Ivan.

— Ne me déçois pas, Juliet, lui chuchotai-je à l'oreille.

Aux yeux de Viktor, ce serait comme si je venais de lui donner un ordre, tandis que le reste de l'assistance me verrait simplement converser avec mon animal domestique. Tout cela constituait une danse très délicate. Si quiconque surprenait l'échange subtil entre Viktor et moi, le plan échouerait.

C'était pourquoi Trevor et Ivan étaient là, pour observer.

Tous deux hochèrent discrètement la tête en signe d'approbation, confirmant que personne n'avait remarqué.

— Ou-oui, Sire.

— Rappelle-toi mon avertissement, ajoutai-je, mes lèvres effleurant son pouls. Vas-y maintenant.

— Sire.

Elle s'inclina de nouveau avant de s'éclipser par la porte.

Je rajustai ma cravate et souris avec bonhomie à mes amis proches.

— La punir tout à l'heure de son échec va être marrant.

Ivan fit tourner le contenu de sa flûte, l'air mauvais.

— T'es qu'un enfoiré de sadique, D.

— Plutôt un génie, corrigea Trevor.

— Ne t'inquiète pas, Ivan. Je vais faire en sorte qu'elle apprécie aussi.

Ou j'essaierais, du moins. Tout dépendait à quel point elle se louperait.

Viktor s'approcha, les yeux assombris par une faim vorace. Mon sourire s'estompa légèrement à l'idée de ce que j'étais sur le point de déchaîner sur Juliet. À en croire ce regard, il me faudrait de gros efforts pour ne pas venir trop tôt à sa rescousse.

— Merci, exhala-t-il en passant devant moi en direction de la porte.

Je haussai un sourcil en le voyant la franchir, à la fois un geste pour l'assistance et une réponse à son évidente grossièreté.

— Son art de la conversation laisse beaucoup à désirer.

— On dirait qu'il est pressé, remarqua Trevor.

Celui-ci jouait son rôle à la perfection. Sa voix était juste assez forte pour que quelques-uns l'entendent, mais pas trop haute pour rendre son jeu évident.

— Quel malpoli, acquiesça Ivan, sirotant nonchalamment sa flûte.

Je fis de même, appréciant le liquide pétillant, feignant une aise que j'étais loin de ressentir. Tous mes sens étaient tendus vers Juliet, guettant la moindre trace de panique ondulant à travers notre lien encore hésitant. La cérémonie nous avait liés juste assez pour que je ressente ses émotions, comme le début de panique et de doute d'elle-même qui pointait à travers notre connexion.

Oui, il semblait bien qu'elle allait échouer misérablement.

Oh, ma Juliet chérie.

Je terminai lentement mon verre et le posai sur la table à côté. Puis je desserrai ostensiblement ma cravate en regardant la porte par où Juliet et Viktor étaient sortis.

— Messieurs, si vous voulez bien m'excuser, j'ai besoin d'une autre sorte de rafraîchissement.

Ivan eut un sourire narquois.

— Je savais que tu n'arriverais pas à passer la soirée sans te livrer à quelques préliminaires.

— Tu vas le lui reprocher ? demanda Trevor.

— Pas moi, en tout cas, commenta un homme à proximité, le coin des lèvres retroussées par son amusement.

— Moi non plus, renchérit son compagnon. Elle a une odeur fantastique.

— Eh bien, je suis content que vous approuviez, remarquai-je sèchement en me dirigeant vers la porte.

Parce que vous êtes tous là pour un sacré spectacle.

Que la fête commence.

JULIET

INSPIRE.

Expire.

Mes mains tremblaient.

Tu peux le faire.

Il n'y avait pas d'autre choix. Darius me l'avait ordonné, donc j'effectuerais cette tâche. Même si elle impliquait de prendre une vie.

Mes lèvres se retroussèrent en un sourire attirant, mais j'étais gelée à l'intérieur.

— Eh bien, voilà un morceau bien tentant, n'est-ce pas ?

La voix de ténor profond provoqua un frisson dans mon dos qui n'avait rien d'agréable. Je fixai pudiquement les chaussures du vampire, ainsi que l'exigeait l'étiquette pour quelqu'un dans ma position.

Une vierge de sang. Une possession. Une humaine sans droits.

— Si jolie…

Le souffle à l'odeur de tabac du mâle s'attarda sur mes lèvres tandis qu'il suivait du doigt le profond décolleté en V de ma robe noire. C'était Darius qui avait choisi la tenue et avait remonté mes cheveux sur ma tête pour mieux exposer ma gorge. Je ne portais rien sous le tissu fin et transparent, ce que le vampire qui me touchait appréciait beaucoup.

— Comme c'est généreux de la part de ton maître de te partager avec moi, reprit-il.

Il pinça fort mon mamelon. Je me mordis la langue pour retenir le glapissement que me provoquait son geste.

La lame sanglée à l'intérieur de ma cuisse me suppliait d'agir, mais mon instinct me retenait.

Pas encore, me chuchotai-je intérieurement.

Lâche, répliqua ma conscience. *Tu n'es pas prête pour ça.*

— Chevauche-moi, ordonna le vampire.

Mon corps bougea de son propre chef, obéissant à sa volonté comme si j'étais une marionnette. Pendant ce temps mon cerveau se rebellait, osait supplanter mes anciens apprentissages par les nouveaux, mais tous mes actes étaient comme envoûtés par son ordre.

Les humains obéissent.

Alors obéis à l'ordre de ton maître.

Mes yeux menaçaient de se fermer pendant que mon cœur et mon cerveau se livraient une lutte acharnée.

Blesser un vampire était strictement interdit. De même que désobéir à un maître. Dans tous les cas, je brisais une règle d'or.

Les mains du vampire coururent le long de mes flancs quand je me glissai sur ses genoux en pilotage automatique. Son érection s'installa entre mes jambes, une chaude invite que je n'avais aucune envie d'accepter. Mais s'il me prenait, je devrais me soumettre.

C'était Maître Darius qui m'avait mise ici.

Pour défier l'être que je chevauchais.

Pas pour le satisfaire.

Un test.

Auquel j'échouerais si je ne glissais pas mes doigts sous ma robe pour prendre la dague et la plonger dans ce vampire.

Oh, Déesse… Comment ma vie avait-elle tourné ainsi ? La

vente aux enchères me paraissait avoir eu lieu une éternité auparavant. J'étais censée être la nouvelle vierge de sang d'un maître, pour lui fournir nourriture et sexe, pas devenir la complice d'un meurtre.

Mon estomac se révolta quand je sentis les crocs du vampire sur ma clavicule, qui remontaient vers mon cou. C'était mal. Seul mon maître Darius avait le droit de me toucher ici. Sauf qu'il m'avait offerte à ce mâle blond sans nom et laissé pour unique instruction de provoquer une scène.

Sers-toi de la lame.

La chair de poule hérissa ma peau.

Non. Elle n'est là que pour te protéger.

De l'air chaud caressa ma peau, le vampire préparant mon pouls pour sa morsure. Darius m'avait dit de ne pas laisser le mâle frapper, de me défendre si nécessaire…

Attrape le couteau.

Oh, Darius serait très fâché contre moi si j'échouais. Je n'avais pas encore mérité sa colère et son châtiment, mais cela viendrait à coup sûr si je ne sortais pas cette arme et ne m'en servais pas.

Et si je ratais mon coup ?

Et si je n'étais pas assez rapide ?

Et si quelqu'un m'attrapait ?

Le chaud et le froid alternaient dans mon sang et me paralysaient. Puis la piqûre d'un croc transperça ma peau, et je succombai à la compulsion d'obéir.

Mes vingt-deux années au sein du Coventus l'emportèrent sur les deux mois de tutorat de mon maître. La mémoire musculaire était un outil puissant.

Succombe.

Laisse faire.

Cède.

La douleur dansa dans le brouillard de mon esprit quand

le vampire approfondit son baiser mortel. Darius était le seul à avoir jamais goûté mon sang, et il y avait toujours instillé de l'euphorie… Mais ce n'était pas Darius.

Mes lèvres s'ouvrirent sur un hurlement que je ravalai de toutes mes forces. Montrer des signes de souffrance ne faisait que les encourager. Je le savais pour l'avoir constaté au cours de mes nombreuses leçons.

Des mains rêches empoignèrent ma robe et la déchirèrent de la poitrine à la taille. Sa bouche suivit, pinça mon sein en une morsure cruelle qui me brûla les entrailles.

Aucun plaisir.

Rien qu'une douleur atroce.

Une préférence que semblaient partager la plupart des vampires.

Pas Darius…

Mes mains volèrent vers le couteau, mais le vampire en prenait trop, trop vite. Mes membres s'étaient refroidis en quelques secondes, me laissant impuissante sur ses genoux.

Et très, très seule.

Une unique instruction.

Refuser que le mâle se nourrisse en hurlant ou en me débattant. Quelque chose, *n'importe quoi* pour attirer l'attention, et à présent je pouvais à peine crier, encore moins hurler.

J'avais échoué.

Je n'avais même pas sorti la dague de son fourreau fixé à ma cuisse.

Et ce serait là mon châtiment – subir le sort que j'avais toujours craint : la mort par un vampire trop zélé. Mon sang était enivrant, et d'après la façon frénétique dont ce mâle me tétait maintenant, il était clairement tombé sous le charme.

Tout le monde s'en ficherait.

Même Darius.

J'étais un bien. Un jouet cassé que mon maître n'avait

pas réussi à reformer. Peu importait qu'il m'ait jetée au feu sans expérience. J'aurais dû mieux faire. Il me permettrait certainement de succomber à cette mort.

Ma poitrine se brisa en éclats de souffrance, dus à mon échec ou au vampire, je n'aurais su le dire.

J'avais mal partout.

Un liquide chaud coulait sur ma peau, me trempant de cette vie cruellement aspirée de mon corps.

Un coup sur ma tête me fit voir trente-six chandelles – c'était le vampire qui tentait de me ramener à la lucidité, sans doute pour admirer son œuvre.

Ou pour me déflorer.

Car Darius ne l'avait jamais fait, et maintenant j'allais le décevoir.

Il devrait recommencer avec une autre.

Me remplacer lors d'une nouvelle enchère.

Je n'avais jamais rien été pour lui.

N'en sois pas peinée, me morigénai-je. *Ne sois pas idiote.*

Mais c'était un gentil maître, bien meilleur que ce que j'aurais cru, en dépit même de son intention de me modeler en son poison personnel.

— Juliet.

La voix de Darius me parvint telle une chaude caresse qui me tira presque de ma rêverie.

Même après la mort, il me hanterait.

— Juliet !

Plus dure à présent, suivie d'une secousse qui ébranla mes sens. Je me sentais lourde. Couverte d'une substance chaude et visqueuse qui s'écoulait lourdement sur ma poitrine. Cela me faisait mal de respirer.

— Je dirais que c'est justifié, déclara une voix mâle, neutre, inconnue.

Qu'est-ce qui est justifié ? me demandai-je.

— C'est clair, trancha Darius. Comme s'il y avait le moindre doute.

— Mmmh. Bon. J'espère qu'elle n'est pas souillée trop profondément. Ce serait dommage.

La même voix neutre.

Mes cils papillotèrent, mais je demeurais aveugle.

Trop de… quelque chose.

— Si elle l'est, j'exercerai des représailles sur toute sa lignée, grogna Darius.

— Ça me paraît juste. (Un froissement de tissu – un pantalon de costume, peut-être ? – puis la voix s'éloigna.) Je vais faire mon rapport de l'événement à l'Alliance. Tu ne seras pas tenu pour responsable.

— Je vais faire de même, déclara un autre homme, qui me rappela Trevor…

— Moi aussi.

Et là c'était Ivan.

Où suis-je ?

— Merci à tous, répliqua Darius d'un ton quelque peu apaisé. Maintenant, si ça ne vous dérange pas, j'aimerais m'occuper de ma future *Erosita*.

Erosita ? Avais-je bien entendu ? Qu'entendait-il par là ?

— Bien sûr, opina la voix froide. Si tu as besoin de quoi que ce soit, tu sais où me trouver.

— C'est noté, murmura mon maître.

Il posa sa main sur mon cou. Tout parut bouger autour de moi. Des plats savoureux et de l'alcool se mêlaient dans l'air frais du soir. Puis du cuir. Neuf ou fraîchement nettoyé.

Ma tête tournait.

Quelque chose de chaud toucha mes lèvres.

Décadent.

Liquide.

Addictif.

Parti.

Le monde autour de moi continuait de changer, flottant dans une brume de sensations et d'odeurs étrangères, jusqu'à ce que le silence noie le bourdonnement dans mes oreilles.

— Ah, Juliet, soupira Darius. J'avais espéré mieux, mais au moins je sais par où commencer. (Ses lèvres effleurèrent les miennes.) Réveille-toi. Maintenant.

Son ton de commandement titilla toutes mes terminaisons nerveuses, m'obligeant à ouvrir les yeux.

Malgré l'éclairage tamisé de la limousine, je discernais les lignes sévères de son beau visage. Des pommettes hautes. De longs cils sombres. Des cheveux bruns luxuriants. Une mâchoire carrée et masculine. Des iris verts ardents.

— Bordel, qu'est-ce qui s'est passé, Juliet ?

Je déglutis.

— Je... (Ma bouche était comme du papier de verre. Non pas d'avoir frôlé la mort, mais à cause de son regard intense.) Je n'ai pas pu le tuer.

— Ça veut dire que tu as désobéi à mon ordre. (Il m'attrapa le menton pour planter ses yeux dans les miens.) Et qu'est-ce qui se passe quand une vierge de sang désobéit à son maître, Juliet ?

— Une punition, chuchotai-je.

— Plus fort, chérie. Je veux être sûr que tu comprends les conséquences de ton acte.

Ma gorge remua tandis que je m'efforçai de répéter :

— Une punition.

Ma voix était toujours rauque.

— Mmmh. (Sa main glissa sur ma gorge et appuya juste assez pour être menaçante.) Que vais-je faire de toi ?

C'est alors que je me rendis compte qu'il m'avait fait asseoir sur ses genoux, mes jambes pendant d'un côté, et me tenait fermement d'un bras passé autour de ma taille. Normalement, je n'aurais pas craint d'être aussi près de lui, mais le danger était tapi dans son attitude tendue.

— Ce que vous désirez, Sire, répondis-je doucement.

Je le pensais vraiment. Il me possédait. Mon esprit, mon corps et mon âme. Ma raison d'être était de l'apaiser et j'avais échoué. Je méritais d'être punie.

— En effet. (Il suivit ma mâchoire de son pouce, et sa voix était caressante, mais menaçante quand il reprit :) Il t'a mordu, Juliet. Sais-tu comment je me sens ?

J'avais du plomb dans l'estomac. Vu que j'avais brisé la règle numéro un, nul doute qu'il était…

— En colère.

— Possessif, corrigea-t-il. Il a touché ce qui m'appartient, et pourquoi ? Parce que tu n'as pas réussi à faire ce que je t'avais demandé.

Je léchai mes lèvres soudain sèches.

— Je-je suis désolée, Sire.

— Vraiment ? rétorqua-t-il du même ton velouté.

Sa main glissa sur ma poitrine nue. Mon pouls manqua un battement quand il en pinça la pointe raidie entre le pouce et l'index.

— Il avait sa bouche ici. À boire cette essence qui m'appartient.

Je ravalai un gémissement de douleur quand Darius pressa durement ma peau tendre. Normalement, ses attouchements me procuraient du plaisir. Celui-ci n'était pas censé en donner – pas complètement, en tout cas.

— Darius, haletai-je quand il tordit sa prise.

— Sais-tu ce que ça fait à un vampire de voir sa possession caressée par un autre ? (Une souffrance accrue traversa ma poitrine sous sa prise subtile. Déesse, comment son pouce et son index pouvaient-ils me *faire* ça ?) Et tout ça parce que tu l'as laissé faire. Pourquoi, Juliet ? Pourquoi l'as-tu permis ? Je t'ai avertie de ce qui arriverait si tu laissais quelqu'un d'autre te mordre, n'est-ce pas ?

Je hochai la tête, et il claqua mon sein si fort que je sursautai. *Sainte...*

— Des mots, Juliet. Parle avec des mots.

— Oui ! m'écriai-je.

Je tremblais à la fois à cause de son ton et des sensations bizarres que provoquait son attouchement. De la souffrance... mêlée de désir ?

Qu'est-ce qui ne va pas dans mon corps ?

— Dis-m'en plus, grogna-t-il, ses doigts passant à mon mamelon intact. *Pourquoi* l'as-tu laissé faire ?

— Par habitude, admis-je alors qu'il le pressait. Je... je suis formée... à la soumission.

— Et la raison ne suffit pas à briser les chaînes du Coventus ?

Trop mal... Ça faisait trop mal...

— Ce n'est pas si simple, dis-je, les larmes au bord des yeux. Je ne... Les règles... Je ne peux pas.

Tout mon corps vibrait sous son contact. Ça me brûlait entre les jambes, chauffait ma peau nue, cuisait et engourdissait ma poitrine.

— Darius, je vous en prie... suppliai-je. (J'ignorais ce je voulais : qu'il s'arrête ? Qu'il continue ?) Je suis désolée de vous avoir déçu !

L'angoisse roulait dans ma voix – une réponse alambiquée à sa torture sensuelle couplée à son évidente irritation.

Je ne m'étais jamais battue contre personne, je n'en avais jamais eu envie.

Même en sachant que les vampires et les lycans avaient détruit l'humanité, relégué les humains en des factions spécifiques, supprimé tous nos droits, et créé ma lignée tout spécialement pour le plaisir des vampires...

— Je ne suis pas une combattante, Darius, chuchotai-je, les yeux clos. Je ne peux pas faire ça.

Darius

— C'est là où tu te trompes, Juliet.

Une guerrière était tapie sous sa peau ; il fallait juste que je l'amadoue pour la faire sortir.

La tester cette nuit était la première étape.

Sa punition constituerait la seconde.

Je lâchai le sein de Juliet et réfrénai un sourire en la voyant se tortiller sur mes genoux. Même dans la douleur, elle cherchait encore à plaire.

Parfaite.

Magnifique.

Mienne.

Pourtant, malgré tous mes avertissements, elle avait laissé volontiers un autre la mordre. Si je n'avais pas attendu que Viktor perde le contrôle, elle aurait pu en mourir.

Je saisissais le moment exact où ses pensées endoctrinées avaient repris le dessus, la forçant à succomber aux besoins de Viktor. J'aurais pu arrêter ce dernier à ce moment-là, mais j'avais besoin de son agression pour une mise en scène crédible. Ce qui n'aurait pas été nécessaire si elle avait simplement réagi comme je le lui avais demandé.

Tuer un vampire sans nécessité provoquait une montagne de paperasse inutile. Retrouver Juliet presque saignée à blanc m'avait donné une bonne raison pour agir. Ce que j'avais fait prestement, décapitant Viktor alors même qu'il continuait de se nourrir. Une scène gore, certes, mais les messages forts passaient mieux dans le sang.

Mais même l'assassinat de Viktor n'avait pas réussi à apaiser la brûlure en moi après l'avoir vu retourner Juliet. Pire, elle avait simplement accepté son sort.

Je me pinçai l'arête du nez.

Cette belle créature avait été conçue et modelée pour devenir la tentatrice parfaite. Elle pouvait parler plusieurs langues, tenir une conversation intelligente sur une variété de sujets, traverser nue une pièce remplie d'hommes sans sourciller, et elle avait la bouche d'une déesse.

Et elle était soumise dans tous les sens du terme.

D'un claquement de doigts, elle tomberait à genoux et me sucerait aussi longtemps que je le désirerais. Elle procurerait du plaisir à quiconque je la donnerais, y compris un parfait étranger, tout ça parce que le Coventus avait enraciné ce sens du devoir dans sa jolie petite tête.

Je détestais et adorais ces enfoirés tout à la fois.

Quel casse-tête ! Je voulais qu'elle pense par elle-même, or mon côté sinistre savourait toutes les façons dont son corps pouvait satisfaire le mien. Encore et encore.

Ma queue palpitait sous elle, suppliant de pouvoir aller jouer. Mais ce n'était pas le moment. Sa vie dépendait de sa capacité à suivre mes ordres jusqu'au bout.

Si elle ne pouvait pas se battre, elle n'avait aucune valeur pour moi hors de la chambre.

Je fis glisser mes doigts dans ses longs cheveux presque noirs et en enroulai des mèches autour de mon poing. Elle glapit quand je tirai fort, forçant son regard à rencontrer le mien.

— Je t'ai donné mon sang, Juliet. C'est l'unique raison pour laquelle tu vis encore. (Mon immortalité l'avait guérie vite et bien, mais cela démentait tout l'intérêt de cet exercice.) Tu aurais été heureuse de mourir sous ses crocs. En satisfaisant un autre maître. Comme c'est déloyal de ta part.

— Non !

Ses yeux sombres se dilatèrent quand elle croisa les miens, et une première lueur de défi brilla dans leur profondeur. Comme elle ne continuait pas, je haussai un sourcil.

— Non ?

— Vous m'avez donnée à lui.

Son ton voilé et légèrement renfrogné suggérait une résolution hésitante, mais ses mots étaient clairs.

— Pour le combattre. Pas pour le sexe ni la nourriture.

Elle s'était retrouvée nue sur les genoux du vampire, les seins offerts à sa bouche, et elle ne lui avait même pas crié d'arrêter.

Car elle s'y attendait. L'acceptait. L'adoptait.

Putain de Coventus.

C'était un miracle que Viktor n'ait pas vu le couteau sanglé sur sa cuisse. Ç'avait été le premier objet que j'avais empoigné pour le tuer. Toute la scène était un cauchemar.

— Je suis une vierge de sang, murmura-t-elle d'une voix hachée. C'est notre destinée.

— Ce n'est pas *ta* destinée, Juliet. (Je relâchai légèrement mon étreinte.) Mais si tout ce que tu souhaites, c'est me faire plaisir, alors mets-toi à genoux.

Elle se raidit.

— Maintenant ?

— Oui.

Ma queue apprécierait l'attention pendant que je lui enseignerais une leçon. Je la lâchai complètement et haussai un sourcil.

— Tu vas me faire attendre ?

— Non, Sire.

Elle s'agenouilla au sol et posa ses mains tremblantes sur

mes cuisses. L'avoir ainsi entre mes jambes tempérait quelque peu la fureur qui bouillonnait en moi. Je pensais vraiment ce que je disais à propos de mon instinct possessif. Elle m'appartenait, à moi et à personne d'autre. Et ce vampire l'avait touchée en des endroits réservés à mes mains et mes lèvres.

Nous allions corriger cette erreur tout de suite.

— Fais ton travail, Juliet.

Des mots cruels, mais efficaces.

— Oui, Sire.

Sa poitrine ensanglantée se souleva en une profonde inspiration tandis qu'elle portait ses mains à ma ceinture. Elle défit la boucle d'un geste expert, le bouton et la fermeture éclair suivirent rapidement. Mon membre surgit pratiquement à sa rencontre, mais je ne montrai aucune émotion sur mes traits. Cette leçon n'était pas censée être agréable.

Elle sortit sa langue pour humecter ses lèvres et caresser ma hampe d'un bout à l'autre. Je me détendis sur le siège en cuir, sans lui donner la satisfaction d'une réponse autre que celle qu'elle tenait dans sa main. Si elle voulait que ce soit là sa seule raison d'être, je la lui ferais travailler. Le manque d'éclairage dans la limousine contribuait à la situation. Elle ne pouvait pas me voir aussi bien que je la voyais.

— Plus profond, Juliet.

Elle savait ce que j'aimais, après plusieurs semaines à me prodiguer un plaisir oral. Je ne l'avais pas encore prise toute entière, car je désirais son plein consentement, et non la soumission que le Coventus avait instillée en elle.

Ma queue qu'elle suçait à fond cognait au fond de sa gorge. Je faillis grogner, mais me retins au dernier moment. Putain, cette femme avait la bouche la plus douée que j'aie jamais connue. Pas de haut-le-cœur. Pas d'hésitation. Juste une compréhension pure et naturelle de ce dont j'avais envie exactement.

Je faisais des efforts considérables pour rester détendu et impassible en surface, alors que mon sang commençait à bouillir sous ses bons soins.

Si parfaite.

Si chaude.

Si étonnante.

L'électricité bourdonnait dans mes veines, renforcée par son contact visuel constant. Le désir illuminait son regard, lui donnant l'attrait d'une déesse. C'était une femme magnifique, même couverte du sang d'un autre homme.

Merde.

Je consacrais toute mon énergie à rester neutre alors que mon aine palpitait. Peut-être que Juliet était vraiment à sa place, à genoux pour me servir. Parce que merde, je ne la voulais pas ailleurs.

Mes doigts me démangeaient de s'enrouler dans ses cheveux, de la forcer à me prendre jusqu'à la garde, durement, encore et encore. J'allais jouir puissamment au fond de sa gorge magnifique. Et elle avalerait tout jusqu'à la dernière goutte, comme elle le faisait toujours.

Mienne.

Elle était faite pour mon plaisir.

Formée à tous les arts du sexe, y compris les désirs les plus sombres.

J'étais impatient de tous les explorer. Au bon moment. Bientôt.

Maintenant.

Je cédai à l'une de mes envies : je fourrai mes doigts dans ses cheveux et sans avertissement, me poussai au fond de sa gorge. Ses yeux s'élargirent une fraction de seconde, mais elle ne me résista pas. Attendit simplement que je la laisse respirer de nouveau.

Soumise jusqu'à la moelle.

Confiante.

Sans hésitation.

Des larmes perlèrent au bord de ses iris, seul indice qu'elle avait besoin d'air.

Mais toujours pas d'autre réaction, pas même une plainte. Si excitante, et pourtant si exaspérante. Comment pourrais-je briser une fille si manifestement brisée ?

En recollant les morceaux selon un nouveau schéma.

Un schéma qui siérait à une guerrière.

Je me permis une nouvelle poussée aller-retour avant de m'arracher complètement à elle. Mon autre main empoigna ma hampe et la pompa violemment, tandis que mes boules se crispaient à l'approche de l'explosion.

— Tu es à moi, grognai-je. Personne d'autre ne te touche.

— Oui, Sire, acquiesça-t-elle, les pupilles dilatées sous mon regard noir.

En une secousse finale de ma queue, je me déchargeai sur ses seins tout en agrippant ses cheveux pour la forcer à regarder.

Son nom me titillait la langue, mais ne sortit pas à l'air libre. Je ne voulais pas lui faire plaisir alors que j'étais sacrément mécontent.

— Étale-le sur ton corps, ordonnai-je dès que j'eus fini.

Je voulais qu'il efface la présence de l'autre homme. La marque comme *ma* propriété, de la façon la plus dégradante.

Mais elle ne bougea pas, ne répondit pas.

Je lui tirai sèchement les cheveux. Pas assez pour lui faire mal, mais assez pour capter son attention.

— Maintenant, Juliet.

Ses paumes se plaquèrent sur ses seins et les massèrent en étalant mon essence partout sur elle. Je l'observai de haut, la regardai se couvrir de ma semence.

— Ne t'arrête pas.

Ces mots sortirent sur un ton brusque et un peu bourru, ce qui fit remuer ses doigts plus vite sur ses tétons. Évidemment, elle avait compris mon désir puisque c'était l'endroit où Viktor l'avait mordue. Chaque coup de pouce réaffirmait ma place ici, ma propriété.

Quelle bonne petite vierge de sang.

J'attirai Juliet à moi et sa bouche s'ouvrit d'elle-même, sa langue sortit pour lécher le fluide couvrant ma fente. Elle ronronna de contentement avant de me prendre au fond de sa bouche et téter mon membre jusqu'à la dernière goutte.

Je ne relâchai pas ma prise. Au contraire, je la resserrai pendant qu'elle dévorait ma queue d'une manière que bien peu pouvaient connaître.

Ses mains continuaient à masser ses seins pendant qu'elle me suçait d'une façon plus lente et plus intense à présent.

Elle avait adopté un rythme érotique qui intensifiait son excitation.

Je pris une profonde respiration, me délectant de son parfum enivrant.

Mmmh… Trop, trop bonne.

Une chaleur humide irradiait d'elle, qui dégoulinait sans aucun doute entre ses cuisses.

Elle aimait que je possède son corps. Ma domination.

Et maintenant, ma chère petite Juliet voulait jouir.

Parfait.

Je la laissai continuer, me délectant du léger tortillement de ses hanches tandis qu'elle cherchait à obtenir la friction qu'elle désirait. Ses mamelons formaient de petits pics durs à présent, quémandant mon toucher, et ses pupilles éclipsaient ses iris.

— Tu as aimé ça, murmurai-je.

— Oui, Sire.

Elle prononça ces mots autour de mon érection toujours

ferme. Ses attentions n'avaient fait que me soulager superficiellement. Je désirais bien davantage d'elle, mais pas avant qu'elle n'ait appris sa leçon.

— Rhabille-moi, Juliet.

Nous étions arrivés au manoir depuis quelques minutes, mais j'avais laissé notre moment se prolonger assez longtemps pour m'assurer de sa sensibilité. Si elle écartait les jambes, je trouverais sans doute une chatte bien humide et gonflée, prête à me recevoir.

Pas encore.

Ses doigts ne tâtonnèrent pas pour remettre ma gaule dans mon pantalon. Je m'en occuperais plus tard.

La portière s'ouvrit à peine une seconde plus tard – mon chauffeur sentait clairement mon prochain mouvement – et je sortis dans la nuit en tendant la main à Juliet. Elle pressa sa paume dans la mienne tout en fronçant les sourcils, confuse. À chaque fois qu'on se livrait à ce genre d'activités, je lui retournais le plaisir.

Mais pas cette nuit.

À moins qu'elle ne le réclame.

Une fois sortie de la voiture, je glissai son bras sous le mien. Ses pieds nus n'appréciaient sûrement pas les pavés, mais c'était le but. Je voulais qu'elle soit chaude, inquiète et mal à l'aise.

Elle marcha à mes côtés sans broncher, me suivit dans la maison et en haut de l'escalier, sans se soucier apparemment de ne porter rien d'autre que du sang mêlé de semence. Au moins, son assurance demeurait intacte.

J'ouvris la porte de ses quartiers et ses narines se dilatèrent, tandis que son excitation imprégnait l'air. Elle pensait que j'allais la dévorer sur le lit. Pauvre chérie. Non, ce n'était pas à ce jeu que nous allions jouer cette nuit.

À la place, je l'emmenai dans la salle de bains et ouvris la douche.

— Tu as la permission de prendre un bain, Juliet. Je te suggère de profiter de cette occasion pour te laver soigneusement. (Je laissai un moment cette insinuation en suspens avant de continuer :) Puis va dormir. Nous avons une longue journée demain.

— Ou-oui, Sire, balbutia-t-elle en faisant la moue.

— À moins que tu n'aies besoin d'autre chose ? repris-je en haussant un sourcil.

Elle cilla. Fronça les sourcils. Secoua la tête.

— N-non, Sire. Je vais prendre un bain et dormir.

Mmmh. Décevant.

— Bien, dis-je plutôt. À demain.

Dans cette maison, la règle était claire : Juliet était invitée à me rejoindre dans ma chambre chaque fois qu'elle voulait du plaisir. Vu comme son excitation titillait mes narines quand je quittai sa chambre, je pouvais parier à coup sûr qu'elle se languirait de moi cette nuit. Beaucoup. Ce serait à elle de choisir de me rejoindre.

D'où la leçon principale de cette nuit : vivre.

Un cadeau que peu d'humains recevaient dans ce monde, mais que je lui avais volontiers accordé. Malheureusement, je ne pouvais la forcer à l'accepter.

Vingt-deux ans d'entraînement à subir sa destinée sans tenir compte de sa satisfaction personnelle, c'était une mentalité difficile à changer.

J'avais besoin que la combattante tapie sous sa peau fasse surface et s'amuse. Une fois que je l'aurais fait sortir, nous pourrions vraiment commencer la reconversion.

Jusque-là, je n'avais vraiment qu'une coquille de femme avec laquelle travailler, et je désirais tellement plus.

— Rejoins-moi, Juliet, chuchotai-je dans le vestibule désert. Je t'en prie.

JULIET

Mon corps était en feu.

Pas littéralement, mais il me brûlait si intensément que je ne pouvais pas dormir sous les couvertures. Et le ventilateur au plafond n'aidait guère à rafraîchir ma peau brûlante.

Je sentais encore Darius sur moi, même après la douche. Son essence embrasait tout mon être, imprégnait mon âme.

Il me possédait bel et bien. Je le savais depuis le début, mais le ressentir d'une telle façon était enivrant. Addictif. À la fois frustrant et excitant.

Je balançai d'un coup de pied les couvertures hors du lit et soupirai d'irritation.

Comment étais-je passée de m'attendre à être vidée jusqu'à la mort à espérer les agréables attentions de Darius ?

J'étais là pour assouvir ses besoins, pas les miens. Pourtant, il m'avait toujours rendu la pareille.

Sauf ce soir.

Pourquoi ? Parce que je l'avais déçu. Était-ce sa version d'un châtiment ?

Je me redressai d'un bond. Le Coventus m'avait présenté des méthodes variées de réprimande, toutes impliquant une douleur sévère et parfois la mort. Aucune d'elles ne s'appliquait ici.

Un test, alors ?

— Un test de quoi ? murmurai-je pour moi-même. Qu'est-ce que tu veux ?

J'examinai notre lien cérémoniel, curieuse de voir si je pourrais ressentir quoi que ce soit venant de lui.

C'était là – une connexion psychique noyée dans les ténèbres –, comme si nous étions sur le point de relier nos pensées, mais pas tout à fait.

Darius m'avait expliqué que ce n'était pas encore complet, qu'il faudrait encore plusieurs échanges de sang pour y parvenir. Était-ce de cela qu'il parlait ?

Pourtant je *savais* qu'il était éveillé, comme s'il faisait partie de moi. Mais ses émotions étaient coupées.

Il attend.

Je fronçai les sourcils à cette idée. Une supposition ou une intuition ?

Quelle importance ?

Il m'avait dit que je pouvais entrer dans sa chambre selon mon bon plaisir.

« *Mais je dois t'avertir,* avait-il dit. *Si tu viens me rendre visite, j'en déduirai que tu as besoin de prendre du plaisir, et j'exigerai que tu me rendes la pareille.* »

Je frissonnai au vif souvenir de ses incisives effleurant mon pouls tandis qu'il prononçait ces paroles. Une promesse et une menace entremêlées.

Mon sexe palpitait d'une envie torride qui me poussait à accepter l'offre en suspens. Si cette douleur entre mes cuisses était censée être une punition, me renverrait-il dans ma chambre insatisfaite ? Ou me récompenserait-il de lui avoir demandé d'assouvir mes besoins ?

Je me mordis la lèvre, réfléchissant. Il n'y avait qu'une seule façon de le savoir.

Tu es folle, me chuchota une petite voix intérieure. *Il peut te tuer d'une simple chiquenaude, ou pire encore.*

Vrai.

Toutefois, depuis presque deux mois que nous nous connaissions, il ne m'avait jamais vraiment fait mal. Sa notion de la douleur était toujours mêlée de plaisir. Mon ventre souffrait au souvenir de la scène dans la limousine. Ç'avait été douloureux quelque part, mais ç'avait aussi allumé un brasier au fond de moi qui brûlait encore.

Je gémis et mes tétons durcirent sous ma légère nuisette. Même la soie était trop lourde à présent. Je ne m'étais pas embêtée avec des sous-vêtements. Il y avait un plein tiroir de lingerie que j'avais choisi de ne pas porter, sans doute parce que c'était interdit au Coventus. Les seules pièces que j'avais jamais envisagées étaient les plus sexy. Darius les aimerait.

Je haussai les sourcils.

Si j'allais dans ses quartiers vêtue d'un de ces ensembles, il pourrait être plus enclin à me gâter.

Peut-être.

Je sautai du lit pour chercher la lingerie la plus aguichante dans le tiroir. Darius avait l'air de préférer les couleurs sombres. Un négligé noir au tissu translucide attira mon regard. J'échangeai ma nuisette en soie pour ce fin tissu et frissonnai quand il chatouilla le haut de mes cuisses.

Une culotte assortie complétait l'ensemble, mais elle étouffa ma vulve excitée au point que c'en était désagréable. Je l'arrachai, haletant au soulagement que me procura ce petit geste.

Mes jambes tremblèrent sous le désir qui me submergeait. J'avais les bras couverts de chair de poule malgré la chaleur qui bouillonnait en moi, et un gémissement s'échappa de mes lèvres.

J'aurais pu me soulager moi-même, ou du moins essayer, mais je convoitais la compétence experte de Darius. Il n'y avait que lui qui pouvait me soulager vraiment de cette palpitation incessante. Son toucher était devenu une addiction que mon corps réclamait à présent. Sans lui, j'allais continuer de brûler.

Une paire de talons de dix centimètres et un peignoir en soie complétèrent ma tenue. Je quitterais ce dernier sitôt dans sa chambre – en supposant qu'il me laisse entrer.

Poussant un grand soupir pour me calmer, je m'engageai dans le couloir en direction de ses quartiers. Les mots qu'il avait prononcés lors de ma visite initiale soutenaient mes pas, me rappelant que j'étais invitée en permanence à le rejoindre pour cette raison même.

Il était peut-être toujours fâché contre moi à cause de ce qui s'était passé, mais il ne m'avait jamais dit que je devais rester dans ma chambre.

Juste prendre un bain et dormir.

Ce qui pourrait bien avoir été un ordre…

Stop. On va le faire.

Je m'arrêtai devant sa porte, la main levée.

Toque.

Cours.

Tape du poing sur cette porte. Doucement.

Retourne dans ta chambre.

Tu as déjà été lâche ce soir ; ne recommence pas.

Choisis la raison.

Choisis le plaisir.

Mes jointures toquèrent timidement au panneau de bois tandis que je serrai les cuisses. J'avais besoin de ça – de lui. Je raffermis ma résolution, renforçai mes muscles et tapai légèrement plus fort.

— Entre.

Sa voix fusa à travers la porte et parut caresser chaque fibre de mon être.

J'abaissai la poignée et pénétrai dans sa chambre. Il était assis torse nu, un bloc-notes sur les genoux, calé contre les oreillers à la tête de son lit géant.

— Juliet, murmura-t-il, reposant son stylo. Que puis-je faire pour toi ?

Je refermai doucement la porte et m'avançai sous la douce lumière tombant du haut plafond.

— Je n'arrive pas à dormir, avouai-je. (Je fis tomber mon peignoir.) Je suis… J'ai *besoin*.

Ses yeux verts se promenèrent sur mes formes, les détaillant avant de croiser mon regard.

— De quoi as-tu besoin, chérie ? Dis-moi.

— De plaisir, chuchotai-je.

Il haussa un sourcil défiant.

— Plus fort, chérie.

— De plaisir, répétai-je, la gorge sèche et les cuisses tremblantes. Je vous en prie, Sire. Je suis si chaude que ça me fait mal.

— Es-tu mouillée pour moi ?

— Oui.

Je lâchai ce mot dans un gémissement en serrant mes jambes. Un peu plus et j'allais tomber en pâmoison.

— Montre-moi.

Sa voix basse associée à sa demande alluma un volcan de sensations en moi. C'était si intense que je ne pouvais plus respirer. Plus bouger. Plus penser.

Ses muscles roulèrent quand il ôta le bloc-notes de ses genoux pour le poser sur la table de nuit, puis se recala contre les coussins.

— J'attends, Juliet, murmura-t-il, les mains croisées derrière la tête.

Il ressemblait à un ange noir au regard sournois et aux lèvres attirantes.

Le sens de sa demande me frappa au ventre, forçant mes pieds à bouger avant que les mots n'atteignent mon cerveau. Dès lors, c'était déjà trop tard.

Je m'agenouillai sur le lit près de lui et soulevai la dentelle pour qu'il regarde.

— Plus près, mon amour.

Sa voix était une caresse érotique qui titillait tous mes nerfs. Mon corps succombait à tous ses souhaits, faisant exactement ce qu'il voulait sans la moindre question.

Les oreillers derrière sa tête s'affaissèrent quand j'appuyai mes genoux dessus pour placer la partie la plus chaude de moi juste devant son visage. Ses mains glissèrent sous la lingerie translucide pour saisir mes hanches, tandis que j'empoignai la tête de lit pour garder l'équilibre.

— Mmmh, tu es si excitée que tu es toute gonflée.

Son souffle taquina ma chair humide, provoquant un grognement du fond de ma gorge qui ne me ressemblait pas du tout.

— S'il vous plaît, Sire, suppliai-je. Je vous en prie.

— C'est bien parce que tu le demandes gentiment.

Il resserra sa prise et guida ma vulve vers sa bouche. Le premier contact de sa langue sur mon clitoris m'arracha un cri guttural qui ressemblait à son nom.

Mon corps fut pris de tremblements incontrôlables, et seule sa prise me maintenait en place.

J'en avais besoin, ardemment.

Oh, Déesse...

Sa bouche était une pure magie. Juste la bonne pression.

— Darius, haletai-je, mes jambes vibrant violemment.

La tête de lit craqua sous mes mains. C'était presque trop, mais je ne pouvais interrompre cet assaut de plaisir qui me consumait totalement.

Le feu qui couvait dans mon bas-ventre envoya des étincelles dans mes membres. Ma position indécente au-dessus de lui renforçait la sensation. Elle me donnait un faux sentiment de puissance, un semblant de contrôle que je n'avais jamais connu jusqu'ici. Ses mains m'arrimaient, ses lèvres me possédaient, et je me sentais comme une reine.

Sa reine.

Une chaleur en fusion s'accumula entre mes cuisses, me grilla à l'intérieur et provoqua un cyclone d'énergie qui se concentra en un point unique.

— Oh… gémis-je.

Mon corps hurlait qu'on le soulage. Quelque chose d'acéré – les incisives de Darius – effleura le centre de mon plaisir, me perça très légèrement et me fit plonger dans une mer de sombre béatitude.

Son nom déchira l'air, déformé en un grognement, et je me désagrégeai. Tous les capteurs explosèrent en même temps, mon corps se brisa en un fracas extatique si extrême que je ne pouvais même plus penser.

Mon front heurta quelque chose de dur.

Mes mains serrèrent avec une force incroyable.

Des spasmes violents me secouèrent, encore et encore.

— Darius, articulai-je, mon cerveau en miettes, mon cœur en lambeaux, mon âme broyée.

Comment quelque chose d'aussi phénoménal pouvait-il faire mal ?

— Chut, murmura-t-il, me ramenant à lui, à la réalité.

Je chevauchais toujours son visage, les épaules recroquevillées en un plaisir tortueux, ma tête appuyée contre la tête de lit froide. La lumière s'infiltrait lentement dans ma vision. La chaleur de ses paumes se répandait sur mes cuisses. Sa bouche reposait contre ma chair intime.

— Magnifique.

Cette louange émise d'une voix grave me procura un frisson dans le dos. Ses mains effleurèrent mes jambes jusqu'à mes chevilles, où il retira habilement mes talons hauts. Ses doigts massèrent la plante de mes pieds, provoquant des picotements dans mes mollets.

Trop, trop bon…

— Qu'est-ce que je t'ai dit à propos de ta venue ici ? demanda-t-il d'une voix douce.

Ma gorge sèche se convulsa quand je tentai de déglutir.

— La réciprocité, répondis-je d'une voix rauque.

— Bonne fille. (Ses iris s'assombrirent en un vert forêt, et il sourit.) Glisse plus bas. Je veux sentir ton excitation contre la mienne.

Il me fallut bien trop longtemps pour obéir à son ordre, mais il ne me pressa pas. Il me guida de ses mains tandis que je glissais en arrière le long de son corps jusqu'à sa taille nue, et plus bas.

Il n'est pas seulement torse nu ; il l'est complètement.

Je n'avais pas encore vu Darius nu. Il gardait toujours ses vêtements, même quand je le servais. Je posai les mains sur son abdomen pour m'équilibrer, et aussi pour le *toucher*. Des muscles fermes. Splendide. Racé. Un prédateur recouvert d'une peau chaude et bronzée.

Tous les vampires étaient beaux, mais Darius redéfinissait le sens de ce mot. Il le rendait parfait. Tout en finesse, des lignes exquises, un beau visage, une silhouette athlétique et des proportions magnifiques. Son érection était du même acabit. Elle se glissa entre mes replis humides, se moula parfaitement à mon corps comme si nous avions été créés l'un pour l'autre.

— Putain, lâcha-t-il en se cambrant légèrement. Grimpe sur moi, Juliet. Je veux que tu me trempes entièrement.

Nous n'avions pas encore fait ça. C'était intime et bien, mais un peu terrifiant. Son membre ferait plus que me remplir. Il allait déchirer mon hymen et me causer un inconfort certain.

Je devais être prête pour lui, surtout s'il avait l'intention de me prendre enfin cette nuit. Mon corps lui appartenait, pour qu'il me baise comme bon lui semblait, et je le laisserais faire. Quoi qu'il désire.

Je remuai les hanches, le trempant comme il l'avait ordonné, étalant sur lui tout mon plaisir et humectant sa chaude excitation. Chaque fois que son gland rencontrait ma fente, je tressaillais. Il m'avait rendue trop sensible, trop à bout, mais je devais lui donner ce qu'il désirait. Ses doigts dansaient sur mes flancs, sous mon négligé, et se promenaient sur mes seins.

— Tu es tellement parfaite.

Une nuance de vénération sous-tendait sa voix, ce qui me procura une immense satisfaction. Le bas de son corps bougeait en rythme avec le mien, la friction s'intensifiait à chaque poussée. Je m'attendais à moitié à ce qu'il me repositionne pour forcer sa queue en moi, mais il semblait tout à nos mouvements.

Il déchira ma lingerie qui disparut et empoigna mes cheveux pour me faire baisser la tête, afin de ravager ma bouche avec la sienne. Sous l'assaut, j'en oubliai de respirer et perdis tout contact avec la réalité quand il me fit rouler sur le dos.

On y est, songeai-je, terrifiée et excitée à la fois.

Il m'embrassa fougueusement tandis que sa hampe continuait de se frotter à mes replis trempés, en poussées de plus en plus vives. Mon clitoris palpitait sous l'attaque de son gland bulbeux, mais je ne tressaillais plus. Non. Je devenais de nouveau très chaude.

Je me cambrai sur le lit quand je sentis ses crocs percer mon cou.

Je ne l'avais même pas senti bouger. Il avait juste frappé, son baiser vampirique revendiquant mon essence comme sienne.

— Darius, exhalai-je, fourrant mes doigts dans ses cheveux.

— À moi, grogna-t-il.

Il descendit sur mes seins et me mordit au même endroit

que l'autre vampire, quelques heures plus tôt. Il me vint alors à l'esprit qu'il avait fait de même à ma gorge.

Il me marque à nouveau.

Sauf que sa morsure n'était pas douloureuse.

Une décharge électrique fusa dans mon échine et se concentra là où nos excitations se mêlaient, renforçant les sensations.

Puis son membre disparut, il souleva légèrement les hanches et saisit mon poignet pour l'amener plus bas.

— Caresse-moi, Juliet. Je veux jouir sur ton clitoris.

J'enroulai mes doigts autour de son membre épais. Les effets de mon orgasme l'avaient trempé, tout comme il le désirait, me permettant de le caresser facilement de haut en bas, appliquant une pression là où je savais qu'il appréciait. Mon autre main se joignit à l'action, prenant en coupe ses lourds testicules tandis que je pompais résolument son membre palpitant.

— Plus fort, exigea-t-il, ses dents éraflant mon téton.

Je frissonnai quand il me perça de nouveau, buvant mon sang pendant que je massais son intimité.

Il était près de venir. Je le sentais à la façon dont ses bourses se resserraient dans ma paume, dont sa verge grossissait encore. La tentation de la fourrer dans mon vagin me tordit les entrailles, et ma main inclina d'elle-même son gland vers ma fente détrempée.

Ce serait si facile.

Une seule poussée.

Mais ce n'était pas ce qu'il voulait.

Je poursuivis ma tâche, bougeant d'une façon que je savais irrésistible, et je souris quand je sentis son grondement sur mes seins.

Des giclées de semence chaude me frappèrent de toute la force de son orgasme, couvrirent ma chair intime et me marquèrent indéfiniment comme sienne.

Mes hanches se soulevèrent pour se coller aux siennes. J'en désirais plus, je souhaitais qu'il me pénètre au lieu de rester au-dessus de moi. Son essence torride se mêla à la mienne, me provoquant des spasmes d'extase. Ma main le pressa jusqu'à la dernière goutte, et je me délectais de son toucher.

Darius se mit à genoux pour contempler mon entrejambe. Son pouce remonta à travers mes replis détrempés jusqu'à mon clitoris puis redescendit.

— Tu es incroyable comme ça, arrosée de ma semence.

Je frissonnai à la fois de sa caresse et de voir son corps totalement nu accroupi si près du mien. Sa force musculeuse irradiait de lui en une aura de danger. Darius n'était pas juste un vampire, mais l'un des plus anciens.

Il enduisit ma vulve de son essence, réveillant une faim au fond de moi. Puis il glissa son pouce à l'intérieur, introduisant son plaisir dans le mien et les mêlant dans la plus vieille danse du monde.

— Bientôt, chuchota-t-il sombrement. Mais pas encore.

Pourquoi ? voulus-je demander, mais je ne pus émettre qu'un gémissement. Il appliquait juste la bonne pression sur mon bouton sensible et massait notre euphorie mêlée dans ma chair.

De la lave ondula au creux de mon estomac, gonflant à chaque coup de pouce. Darius jouait de mon corps avec une telle expertise, le regard toujours attentif, concentré sur mes réactions. Il me pinçait, me pétrissait, me titillait les nerfs. Je tremblais sous lui, complètement livrée à sa volonté.

Une seule main.

C'était tout ce dont il se servait.

Et il me démontait de nouveau déjà.

Quand il se pencha pour prendre mon mamelon dans sa bouche, je ruai contre lui. Ma respiration s'arrêta. Le monde entier s'évanouit autour de moi. Tout était centré sur Darius.

— Ma semence te possède à présent, chuchota-t-il. Et bientôt mon membre aussi.

Ses paroles accrurent l'intensité qui croissait en moi, atteignirent le volcan qui menaçait d'entrer en éruption. Je tremblais sous la puissance de tout cela, et mon esprit perdait prise sur la réalité.

— Si près. (Il mordilla mes seins.) Je le sens bouillonner sous la surface, attendant mon ordre. Ton corps est magnifiquement entraîné, Juliet.

Il parcourut de baisers ma clavicule et ma mâchoire.

Mes nerfs étaient reliés à un fil sous tension, grésillant d'énergie, près de s'enflammer. Je me sentais prisonnière, figée dans le temps – esclave du désir de mon maître.

— Je vous en prie, haletai-je, souffrant de toute cette force. S'il vous plaît, Sire.

Il sourit contre ma gorge, sa langue suivit mon pouls.

— Tu supplies si joliment, chérie.

J'enfonçai mes ongles dans mes paumes, tout mon être roulant dans les vagues d'un besoin insupportable. Je hoquetais son nom, me tortillais sous ses attouchements, mourais d'envie de cette libération qu'il tenait en réserve.

Ses lèvres frôlèrent mon oreille, son souffle était lourd et enivrant.

— Jouis pour moi.

Le martyre et le plaisir mêlés explosèrent en moi, annihilant ma faculté de bouger et de penser.

Des flashes de lumière.

La fracture de ma conscience.

Un monde d'inconfort et d'euphorie.

Mes hurlements brûlèrent mes poumons tandis que mes membres fondaient en une flaque de satiété.

— Magnifique, murmura Darius, ses lèvres contre les miennes. Une sacrée perfection.

Je plantai mes doigts dans ses bras musclés pour

m'accrocher à lui tandis qu'il m'embrassait. Son goût était doux, avec une touche de sexe, et sa langue magistrale explora ma bouche presque avec tendresse.

— Dors, Juliet. (Il frotta son nez contre le mien.) Demain, on continuera ta formation.

JULIET

J'ÉTIRAI mes bras au-dessus de ma tête et soupirai de contentement à la chaleur qui courait dans mes veines. Une sensation inconnue dont je souhaitais profiter quelques minutes encore.

La plupart des nuits étaient si froides que je m'éveillais avec l'impression que de la glace bruinait sur mon corps. Cela m'engourdissait avant que la journée ne commence, et m'aidait à supporter toute nouvelle épreuve que le Coventus m'imposait.

Me réveiller avec Darius était différent.

Nouveau.

Enivrant.

Ses lèvres rôdaient dans mon cou, sa poitrine nue contre mon dos, tandis qu'il me cajolait doucement pour me sortir de ma rêverie. Je remuai les hanches, j'adorais la sensation de sa chaude érection pressée entre mes fesses.

— Attention, murmura-t-il. Ou je vais accepter cette invitation, chérie.

Je pourrais bien apprécier, songeai-je. Mais je cessai de bouger pour ménager mon corps sensible.

Darius m'avait tellement usée la nuit dernière que je me sentais épuisée aujourd'hui, malgré un sommeil suffisant. Quand il m'avait prise la première fois, il n'avait pas été doux. Aucun vampire ne l'était, et Darius avait plus que montré son penchant pour le sexe brutal. Je m'attendais à ce que ça fasse mal. Beaucoup.

Il caressa mon menton et me tourna la tête pour me voler un baiser.

Mmmh. Longues caresses fluides de sa langue contre la mienne.

Je pourrais devenir accro à un tel traitement. Si gentil, attentionné, presque respectueux.

— Bonjour, chuchota-t-il quand il eut terminé. Ou je devrais plutôt dire bonsoir, vu qu'il est bien après minuit.

Oui, un calendrier de vampire typique. Le soleil ne les gênait pas particulièrement ; simplement, ils préféraient la nuit. De leur côté, les lycans adoptaient la journée. Du moins c'était ce qu'on m'avait dit. Je n'en avais encore jamais rencontré.

— Coucou, articulai-je, la gorge douloureuse.

Il me poussa sur le dos pour que je sois étendue sous lui et me sourit.

— Je suis fier de toi, Juliet.

Je cillai.

— Moi ? Pourquoi ?

Sa bouche frôla la mienne.

— Parce que tu es venue me voir la nuit dernière et que tu m'as dit ce que tu voulais. J'aimerais que ça se produise plus souvent.

Donc c'était un test.

Ou plutôt une sorte de leçon.

Tout ce que faisait Darius semblait avoir un motif.

Il m'embrassa de nouveau, cette fois avec un peu plus de force, tandis que son érection pulsait entre mes cuisses. Je mouillai pour lui automatiquement, et j'avais probablement dormi dans cet état une grande partie de la nuit par pur instinct.

— Mmmh, garde ça en tête.

Il appuya ses mains sur l'oreiller de chaque côté de ma tête et se souleva sans me lâcher du regard.

— Il faut qu'on discute de cette idée que tu as que tu ne serais pas une combattante.

De la glace s'insinua dans mes veines, me figeant sous lui.

— Je ne le suis pas.

— J'admets que tu ne l'es pas, répliqua-t-il. Pas encore. (Il roula loin de moi et me tendit la main.) Viens avec moi.

Son ton ne souffrait aucune discussion. Je pris sa main et il me tira du lit. Mais au lieu de nous diriger vers le vestibule, il m'emmena dans son immense salle de bain en marbre et ouvrit la douche. Je me glissai sous le jet d'eau déjà chaude, attendant ses instructions.

— Ton instinct de survie a été battu en brèche, murmura-t-il en passant ses doigts dans mes cheveux mouillés. Je vais t'aider à trouver ton courage et ta détermination.

Il choisit un flacon et versa un peu d'un gel clair dans sa paume.

— Les vampires et lycans sont des êtres supérieurs, reprit-il en massant mes cheveux avec le shampooing. Il n'y a aucun doute à ce sujet, mais ça ne veut pas dire que tous les humains sont faibles. Avec une bonne formation et un bon état d'esprit, tu as la capacité d'être mon homologue mortelle. Le Coventus t'a appris à séduire. Je t'apprendrai à te battre.

Darius me poussa sous l'eau et passa ses mains le long de mes mèches trempées jusqu'à ce que toute la mousse soit partie. Puis il recommença avec l'après-shampooing.

— Nous avons quatre mois jusqu'au couronnement. (Il baissa le ton.) Je veux que tu m'aides à éliminer mes concurrents.

J'écarquillai les yeux, à la fois à cause de ses paroles et de la confiance qu'elles véhiculaient. Pas une seule fois il n'avait mentionné *pourquoi* il voulait ma coopération.

— Vous avez l'intention de vous présenter, réalisai-je.

— Non, j'ai l'intention de gagner. (Il caressa une mèche rebelle tombée sur un de mes seins.) La meilleure façon de vaincre un ennemi, c'est de devenir l'ennemi.

— Vous faites référence à l'Alliance ? dis-je à voix basse, incertaine.

— Oui.

Il me repoussa doucement sous l'eau et répéta ses gestes précédents. Puis il nous tourna de façon à être plus près du pommeau de douche.

— Le vampire que tu m'as aidé à assassiner la nuit dernière était Viktor Armintrov.

J'en restai bouche bée, tandis qu'il se glissait sous le jet.

— C'était un aristocrate.

C'était sorti en un chuchotement choqué que bien sûr, Darius entendit.

— Oui, et un salaud fini qui a bien mérité son sort. (Il s'ébroua et fit un pas en avant.) Son établissement favori est le bordel. Je suis sûr que ton Coventus t'a expliqué ça ?

Oui. Les vampires aux commandes s'en servaient de menace si l'on se conduisait mal.

— C'est un endroit où sont envoyées les humaines aux lignées moins nobles, dis-je, citant mes manuels. L'espérance de vie moyenne y est de vingt-cinq ans.

— À cause d'hommes comme Viktor, répliqua Darius en se savonnant la tête de shampooing. Crois-moi quand je dis qu'il méritait un sort bien pire qu'une décapitation.

J'y réfléchis pendant qu'il se rinçait et appliquait l'après-shampooing.

— Pourquoi souhaitez-vous rejoindre l'Alliance ? me demandai-je à voix haute. Ça ne m'a pas frappé que vous ayez des motivations politiques.

Peut-être que ce n'était pas mon tour de parler, mais d'après tout ce que j'avais appris, Darius ne rentrait pas dans le moule.

Ses lèvres se retroussèrent en un dangereux sourire.

—Je veux la détruire et rétablir notre chef légitime.

Tout l'air sortit de mes poumons. Il avait parlé d'ennemis, mais ça…

L'Alliance était la colle qui maintenait notre société soudée. Sans elle, lycans et vampires se feraient la guerre, et les humains seraient des victimes collatérales.

Tout s'effondrerait.

Darius posa une savonnette sur mon sein et se mit à le masser en petits cercles.

— Dis-moi, Juliet, es-tu heureuse ? me demanda-t-il à mi-voix. Dans cette vie, je veux dire. Tu apprécies d'être reléguée au rang d'esclave ? D'être une source de nourriture et de plaisir pour mon espèce ?

Ma bouche s'ouvrit et se referma sans qu'aucun son n'en sorte. Ce n'était pas des questions dont je connaissais les réponses, vu que je n'y avais jamais réfléchi. Ma raison de vivre était définie à la naissance. Je n'avais jamais eu le choix. Y avait-il d'autres moyens pour une vierge de sang d'être heureuse ?

— Jadis, les humains avaient une place plus importante dans la société. (Sa main descendit plus bas, étalant plus de savon sur ma peau.) Quand tu es arrivée, je t'ai passé des livres d'histoire afin que tu comprennes. Ce ne sont pas des choses que le Coventus enseigne. Ces informations sont considérées comme hors de propos, ce qui est en réalité une manière détournée de les classifier comme illégales.

Il me retourna et souleva mes cheveux par-dessus une épaule afin de me nettoyer le dos pendant qu'il continuait son discours.

— Il y en a qui ne sont pas d'accord avec la manière dont

fonctionne notre gouvernement de nos jours. Il favorise l'ancienne aristocratie et avilit ceux de lignées inférieures. Ivan et Trevor en sont deux exemples : ils ne peuvent pas prétendre à un poste juridique simplement parce qu'ils sont issus d'une classe inférieure en tant qu'humains. Ça les empêche également de suivre certains parcours professionnels, leur interdit certains événements tels que la vente aux enchères de vierges de sang, et les empêche même d'entrer dans certains milieux sociaux sans représentant. (La paume de Darius descendit sur ma cuisse et il s'agenouilla derrière moi.) Comme tu l'as sans doute remarqué, le sang est très important dans la hiérarchie vampirique. C'est la fondation de notre Alliance. Tourne-toi.

Je m'exécutai, présentant devant ses yeux la partie la plus sensible de mon anatomie. Il déposa un baiser sur mon pubis rasé avant de nettoyer doucement l'objet de ses attentions de la nuit dernière.

— Que sais-tu des lycans ? demanda-t-il, ses iris verts captant les miens.

— Les lignées sont également importantes chez eux, répondis-je. Ils ont des maisons royales et une hiérarchie dans leurs meutes.

— Une évaluation grossière, mais juste, opina-t-il. Les mâles alpha contrôlent tout, y compris les femelles sur leur territoire. Ils peuvent échanger leurs biens contre une femme de leur choix, et ils croient fermement à la reproduction forcée. Vu comme ils traitent leur propre espèce, tu peux imaginer que les humains subissent bien pire.

Je frémis. Les lycans n'étaient pas des prédateurs dont je devais m'inquiéter, donc je n'avais guère passé de temps à les étudier, mais je connaissais leur propension à la violence. Des rumeurs couraient sur ce qui arrivait aux humains choisis lors d'une pleine lune. Aucun d'eux ne survivait.

— Ce que je veux dire, c'est que notre système est

imparfait et qu'il y en a – dont moi – qui ne sont pas d'accord avec la façon dont tout est géré, et nous souhaitons y remédier. (Il se releva.) Rince-toi.

Je retournai sous l'eau tandis qu'il se savonnait d'une manière bien plus efficace, puis nous échangeâmes nos positions quand il fut prêt à rincer la mousse. Je l'observai d'un air hébété s'écouler à nos pieds en tourbillonnant dans la bonde.

Entre tous les maîtres, j'avais été choisie par celui qui désirait du changement.

Un monde sans l'Alliance. Je n'arrivais même pas à imaginer à quoi cela pourrait ressembler.

Darius souleva mon menton et capta mon regard.

— Ma lignée est purement aristocratique, ce qui m'identifie comme un candidat idéal à l'ascension sociale.

— Qu'est-il arrivé à l'ancien souverain ? Adrian Loughton ?

J'avançai ce nom d'après ses commentaires concernant Viktor. Je me souvenais de sa région grâce à mes études et je savais qu'il résidait en dessous d'Adrian.

— Je suis impressionné, me félicita Darius. Pour répondre à ta question, M. Loughton a connu une fin malheureuse aux mains de quelques lycans malavisés. Tragique.

Cela n'avait pas l'air de l'affecter le moins du monde.

— Vous l'avez orchestrée.

Une autre supposition, que je devinai correcte d'après la lueur dans ses yeux verts.

— Comme j'ai dit, c'est tragique.

Il coupa l'eau et tira une immense serviette du porte-serviettes. Le chaud coton me couvrit des épaules aux genoux.

— Dans cette région, plusieurs ont les qualités requises pour le remplacer, et je suis moi-même l'un de ces candidats.

Mais j'ai évité la politique pendant presque un siècle, préférant vivre seul.

— Pourquoi ? m'enquis-je, curieuse.

Il sourit tristement.

— Je te raconterai cette histoire un autre jour, chérie. Nous avons d'autres activités qui tendent à être prioritaires, notamment un dîner avec Ivan et Trevor.

— Un dîner ? répétai-je.

— Mmmh. (Il enroula une serviette autour de sa taille.) Oui. Ce sera un coup d'essai pour plus tard dans la semaine.

— Qu'est-ce qui va se passer plus tard dans la semaine ?

Ces mots étaient sortis avant que je ne puisse les arrêter, indice d'une erreur dans mon conditionnement. Interroger un maître était mal, bien que Darius ne semble pas s'en soucier. Au contraire, il parut amusé.

— Un rendez-vous avec Sebastian Cromwell.

Mes yeux s'arrondirent.

— Le Régent ?

Il était commandant en second du souverain et d'une puissance notoire. Ça ne pouvait pas être le vampire dont il parlait…

— Lui-même, confirma-t-il. Il l'a demandé.

— Pourquoi ?

Apparemment, je ne pouvais empêcher ma bouche de s'exprimer.

Son amusement se dissipa quelque peu quand il s'avança vers moi, m'obligeant à m'adosser au mur derrière. Il appuya ses mains sur le marbre de chaque côté de ma tête, me coinçant entre ses bras musculeux.

— Une cérémonie est rare, Juliet. Si rare que la dernière en date a eu lieu il y a plus d'un demi-siècle. Et si la nôtre n'est pas encore terminée, les premières étapes ont commencé, ce qui a suscité une certaine curiosité chez mes frères.

— Ce qui veut dire qu'il vient pour moi, en déduisis-je.

— Oui. (Il laissa cette réponse faire son chemin, l'air patient comme s'il attendait une question supplémentaire, mais il m'avait réduite au silence.) Sais-tu à quoi sert habituellement une vierge de sang accouplée pendant un dîner ?

Je me remémorai tous mes manuels sans trouver la réponse. Aucun d'eux n'avait jamais abordé la cérémonie, et encore moins l'étiquette qui l'accompagnait.

— Non, Sire.

— Au partage, murmura-t-il.

Je plissai le front sans comprendre.

— Au partage de quoi ?

— Toi, ma chérie. Sebastian souhaite que je *te* partage, et étant donné ma réponse naturelle à Viktor hier soir, je dois faire preuve de patience à cet égard. Donc, nous allons commencer par Ivan et Trevor. Aujourd'hui.

Darius

— Tu lui as parlé du but final ?

Malgré sa cravate et son costume élégants, Ivan paraissait prêt pour un pugilat, mon visage étant sa cible principale.

— Oui.

Je n'entrai pas dans les détails, car où voulait-il en venir ?

Partager mes désirs avec Juliet convenait au moment présent. Qu'elle comprenne mes objectifs était crucial pour sa formation.

— Oui, répéta Ivan, faisant les cent pas. Oui, c'est tout ?

— Oui.

Cette fois je le dis pour l'énerver, et ça marcha. Mon vieil ami s'en prit à moi, son nez à quelques centimètres du mien.

— Elle pourrait se rendre à la putain d'Alliance et te faire assassiner. Tu réalises ou pas ? (Sa colère était provoquée par son inquiétude à mon sujet, ce qui était l'unique raison pour laquelle je n'avais pas réagi extérieurement à sa proximité physique.) Merde, il est où ce foutu royal quand j'ai besoin de lui ? Si quelqu'un peut t'insuffler un peu de bon sens, c'est bien *lui*.

Je fis courir mes doigts sur ma cravate et j'affrontai résolument son regard.

Personne ne croirait une vierge de sang déblatérant sur un vampire de mon statut, à supposer qu'elle ait accès à quelqu'un de l'aristocratie pour l'informer. Par-dessus tout, elle est mienne et ne répètera pas un mot à qui que ce soit.

Quant à son commentaire sur « ce foutu royal », il se référait à mon plus vieil ami et allié. Après tout, c'était en grande partie son idée. *Pour Cam.*

Ivan haussa les sourcils jusqu'à sa frange de cheveux noirs.

— Tu lui fais confiance ?

— Je la possède, précisai-je. La confiance n'est pas requise avec une propriété.

Une affirmation sévère, mais néanmoins vraie.

—Je n'aime pas ça.

— Tu n'as pas besoin d'aimer ça pour l'accepter.

Il prit son verre de bourbon et l'éclusa avant de l'abattre sur mon bureau.

— Très bien. Mais si elle finit par te mettre en danger, n'attends de ma part aucune pitié.

— Bien noté, gloussai-je. Bon, où est Trevor ?

— Sans doute en train de s'assouvir d'une rousse quelconque, marmonna Ivan.

— Alors que je lui ai proposé ma vierge de sang pour la soirée ?

— *Parce que* tu la lui as proposée.

Je souris. Trevor avait clairement peur de perdre le contrôle. Bon, ce ne serait pas un problème, car j'avais prévu de m'occuper de tous les détails. Personne ne ferait du mal à ma Juliet.

— Est-ce qu'elle est terrifiée ? s'enquit Ivan.

— Oui.

J'avais flairé sa terreur quand je lui avais parlé de la partager, puis quand je l'avais envoyée se préparer pour le dîner. La tenue que je lui avais demandé de porter n'arrangeait pas les choses. Au lieu du noir, j'avais opté ce soir pour un rouge sombre. Ce serait magnifique sur sa peau pâle.

— Alors tu ne lui as pas dit clairement comment ça allait se passer.

— Bien sûr que non, grognai-je. Qu'est-ce qu'il y aurait de drôle sinon ?

— Toujours un enfoiré, à ce que je vois.

— Pourquoi ça changerait ? rétorquai-je avec un sourire en coin. Bon, si on allait prendre un peu de bon temps ?

— Tu es un homme mauvais, Darius.

— Une autre chose qui ne changera jamais, remarquai-je en prenant le chemin du vestibule.

L'odeur de Juliet était devenue plus forte – indiquant qu'elle avait quitté sa chambre – et je voulais observer ses réactions tandis qu'elle descendait le grand escalier. Sa robe pailletée capta la lumière du lustre au-dessus, illuminant ses courbes quand elle s'arrêta en haut des marches.

— Merde, grogna Ivan à mes côtés. Je te déteste.

— Tu sais comme moi que ce n'est pas vrai, lui répondis-je à mi-voix.

Juliet s'avança vers nous sur ses talons hauts de dix centimètres. Pas une fois elle ne chancela, malgré son évidente nervosité quant à ce qu'allait entraîner ce dîner.

Ses seins se balançaient à chaque pas, ce qui me conforta dans mon choix de cette robe pour ce soir. De fines chaînes dorées maintenaient l'étoffe sur ses épaules, et le décolleté descendait jusqu'à son nombril. Il n'y avait pas de dos, les fentes de la jupe montaient jusqu'à mi-cuisse et, comme avec tout ce qu'elle portait, le tissu transparent révélait tout en dessous.

—Juliet, murmurai-je en l'embrassant sur la joue quand elle nous rejoignit. On va faire comme si c'était une affaire traditionnelle – juste pour le dîner – en guise d'entraînement en vue d'événements futurs. Tu devras donc t'incliner comme tu le ferais normalement tandis que je te présente à Ivan de la bonne manière.

Ils s'étaient déjà rencontrés en diverses occasions, mais ce soir était une répétition de notre repas avec Sebastian. Et pour ce faire, il fallait bien faire un peu semblant.

Ses yeux noirs s'écartèrent des miens, et sa soumission reprit aussitôt le dessus.

— Oui, Sire.

Je lui relevai le menton, désirant retenir son regard un instant encore.

— Je serai là tout le temps, mon amour. Et je te guiderai tout du long, d'accord ?

Elle déglutit.

— Oui, Sire.

Je pris sa joue en coupe et l'embrassai sur la bouche.

— Il ne t'arrivera rien que tu n'apprécierais pas, chuchotai-je contre ses lèvres. Tu verras.

— D'accord.

Elle n'avait pas du tout l'air convaincue, mais je lui prouverais mes dires d'ici la fin du repas.

Je la lâchai et reculai d'un pas.

— Bien que ça me fasse mal de le dire, incline-toi devant Ivan, s'il te plaît.

Quelle formalité ridicule, mais les humains étaient relégués au plus bas échelon de la société, au même niveau que le bétail.

Juliet effectua une révérence avec une aisance accomplie, son regard sur ses chaussures. Elle ne se relèverait pas tant que je ne lui en donnerais pas la permission.

— Quand Sebastian arrivera cette semaine, tu descendras l'escalier avec la même assurance et t'inclineras dès que tu atteindras le vestibule.

— Oui, Sire.

Sa voix ne recelait aucune trace de peur, nul doute que ce genre de formalité était habituel chez elle.

— Ivan, l'interpelai-je.

Il me lança un regard irrité avant de le poser sur la forme soumise de Juliet. Les mains dans les poches, il lui tourna autour, observant chaque atout visible tandis qu'il la frôlait exprès. Elle ne tressaillit pas, garda tout le temps une posture impeccable.

— Elle est adorable, Darius. (Il s'arrêta derrière elle.) Je peux ?

Mes instincts se rebellèrent, mais je répondis :

— Bien sûr.

Je pouvais supporter cela.

Je le devais.

— Agenouille-toi devant Maître Ivan, ordonnai-je.

Juliet s'assit sur ses talons, les mains sur les cuisses, la tête toujours baissée en signe de respect. Ma queue durcit à la vue de cette position désormais familière. C'était vraiment une femme splendide.

Ivan frôla sa joue de ses jointures avant de glisser sa main vers son cou, vers les chaînettes dorées qui ornaient ses épaules. Tandis qu'il poursuivait son exploration, je surveillai le rythme cardiaque de Juliet et admirai sa régularité, même quand Ivan appuya ses jambes contre son dos nu.

Il lui saisit le menton pour la forcer à lever la tête et il darda dans ses yeux un de ses regards de braise avec un sourire séducteur.

— Salut, mon chou.

— Bienvenue, Maître Ivan, le salua-t-elle.

Que du naturel. Pas de tremblement ni de dissimulation, juste une totale conformité dans une situation dangereuse. Le Coventus avait vraiment fait du bon boulot. Dommage que j'aie dû défaire tout leur travail.

Oh, en surface elle resterait la même, mais pas en

LEXI C. FOSS

dessous. Et ses réactions aujourd'hui démontraient que tout était possible. Juliet m'avait questionné ouvertement sans crainte – un bond en avant dans notre arrangement, qu'elle en ait conscience ou non.

Ivan passa son pouce sur les lèvres de Juliet, qu'il suivit lentement et minutieusement.

— Tu as une bouche très baisable. Peut-être que ton Sire me laissera l'essayer.

Je ravalai la réponse que j'aurais choisie à cette déclaration et conservai mon air indifférent. Une amélioration par rapport à l'épisode Viktor.

— Oh, j'ai raté les présentations ? résonna la voix de Trevor dans le vestibule.

Il était entré sans frapper – un signe de notre amitié. Très peu pouvaient faire une chose pareille sans risquer leur vie.

— Tu arrives juste à temps, répliqua Ivan, sa paume sur la joue de Juliet. Viens voir la favorite de Darius.

Trevor s'avança d'un pas nonchalant dans son costume noir sur mesure et s'arrêta devant Juliet, tandis qu'Ivan continuait de lui caresser doucement la mâchoire. Trevor abaissa lentement son regard le long de son profond décolleté jusqu'à sa taille et sur ses cuisses légèrement écartées, puis il remonta.

— Elle est délicieuse, Darius, complimenta-t-il, jouant convenablement son rôle.

— Tu aimerais la toucher ? proposai-je.

— Mmmh, oui, j'aimerais bien. Avec ta permission.

Il leva poliment ses yeux bleu-vert sur moi.

— Accordé.

Ce mot avait un goût amer dans ma bouche, mais parut normal. Un indicateur que je pourrais peut-être achever cette soirée sans tuer l'un de mes meilleurs amis. Bien sûr, on en était à la partie facile.

152

Trevor toucha son épaule avant de suivre le tracé de sa robe jusque par-dessus le gonflement de ses seins et retour.

— Si douce, murmura-t-il, les yeux fixés sur ses mamelons qui durcissaient. Et réactive.

Son corps réagissait au contact d'un vampire – encore une impulsion inculquée en elle par des années de conditionnement. Était-ce pour cette raison qu'elle se soumettait à moi si facilement ? Ou était-ce autre chose ?

Est-ce important ?

Oui.

— On peut se rendre à la salle à manger ?

Ma voix ferme n'avait rien à voir avec celle qui se rebellait dans ma tête.

— Sûr, je meurs de faim. (Ivan lâcha Juliet, mais demeura auprès d'elle.) Ta favorite est exquise.

Pendant ce temps, Trevor poursuivait son exploration, allant de sa clavicule à sa mâchoire.

— Je peux l'accompagner ? demanda-t-il en me jetant un regard.

Je me forçai à sourire.

— Tout à fait.

— Excellent. (Il tendit la main, paume en l'air.) Ma beauté ?

Juliet haussa un peu les sourcils, étonnée par ce compliment, tandis qu'Ivan souriait devant cet évident dérapage social. Mais Trevor s'en fichait. Il faisait plus qu'apprécier d'être snobé par l'aristocratie.

Juliet accepta son aide, se releva et glissa son bras sous celui qu'il lui offrait.

— C'est un plaisir, ma petite.

— Merci, Maître Trevor.

Il gloussa.

— Oh, comme j'apprécie ces mots sortant de la bouche d'une femme, surtout aussi belle que la tienne.

— Je doute que Sebastian se montre aussi aimable, remarqua Ivan en suivant le couple dans le couloir.

Je restai quelques pas en arrière, afin de montrer confiance et respect.

— Sûrement pas, grogna Trevor. Ce type a une bite dans le cul.

— Un balai, corrigea Ivan.

— Non, je dis bien une bite.

Trevor ouvrit la marche jusqu'à la salle à manger, affichant tout du long un grand sourire qui me fit secouer la tête.

— Je t'ai dit qu'il ne tiendrait pas plus de cinq minutes, remarqua Ivan sur le ton de la conversation. C'est peut-être à cause de ses cheveux blonds ? Il les a trop décolorés à l'époque où il faisait du surf ?

— Sérieux, une blague de blonde ? rétorqua Trevor. Je suppose que je ne dois pas espérer mieux de la part d'un ancien Angliche.

— Le pauvre Mister America ne comprend pas notre ironie, D, murmura Ivan. Tu crois que c'est parce que son ancien système politique ne valorisait pas l'éducation comme nous ?

— Tout à fait, opinai-je, bien que je n'aie pas été élevé à la même époque.

Mes deux amis étaient nés bien, bien plus tard que moi.

— Que signifient ces surnoms ? demanda Juliet, croisant inopinément mon regard dans la salle à manger.

Tout le monde cessa de sourire et l'ambiance se refroidit nettement. Juliet ouvrit des yeux ronds en se rendant compte de son faux pas social, et sa lèvre inférieure se mit à trembler.

Mmmh. Si Sebastian avait été là, je n'aurais eu d'autre choix que de la punir publiquement pour un tel éclat. Cependant, comme Trevor avait déjà brisé les formalités, je pouvais laisser courir.

De plus, c'était le type de comportement que je désirais : une fracture dans son conditionnement que je pourrais exploiter.

Trevor s'écarta tandis que je m'avançai, et Juliet se fendit aussitôt d'une révérence formelle. Je me mordis la langue pour m'empêcher de la réprimander pour cela. Elle pensait que nous étions toujours en répétition, ce qui signifiait que je devrais appliquer sa sanction maintenant. Mais non. Je n'avais aucune envie de la réprimander pour avoir fait preuve de curiosité.

Ivan et Trevor restèrent bouche bée quand je m'agenouillai devant elle et pris son visage à deux mains pour qu'elle me regarde.

— L'Amérique et un ancien pays où techniquement, nous vivons à présent. Angliche est un terme péjoratif pour Anglais, qui vient d'Angleterre ou encore Royaume-Uni. Ces pays ont disparu avec la chute de l'humanité. De nos jours, tout est divisé en régions.

Ses yeux bruns pénétrèrent profondément dans les miens.

— J'ai lu des choses à ce sujet dans les livres d'histoire. Tellement de guerres…

Je réfrénai un sourire.

— Oui, ils ont participé à plusieurs d'entre elles, mais la plupart des humains l'ont fait au cours des siècles. Rappelle-moi de te passer des textes sur les Croisades un de ces jours.

Une période dévastatrice à laquelle je n'aurais pas aimé vivre.

— Vous êtes anglais ? me demanda-t-elle à mi-voix.

— En fait, non. (Je souris en me relevant et lui tendant la main pour qu'elle me rejoigne.) Je suis né dans la région de la Gaule, qui s'est appelée plus tard Europe de l'Ouest. Je te montrerai sur une carte. Mes ancêtres étaient des Romains. Plus tard, j'ai vécu dans la province britannique, quand elle était connue sous le nom de Bretagne romaine.

— Ce qu'il essaie de dire, c'est qu'il est sacrément vieux, traduisit Trevor.

Je l'ignorai et me concentrai de nouveau sur Juliet.

— Presque trois millénaires, pour être précis.

Elle ne parut pas choquée le moins du monde par cette information, suggérant que soit elle l'avait anticipée, soit les êtres éternels l'indifféraient. Les deux, probablement.

— Vous avez l'air en forme pour votre âge, répliqua-t-elle, me surprenant encore une fois.

— Était-ce… ? commença Ivan.

— Une plaisanterie, acheva Trevor. Oh, je savais que je l'aimerais.

— Tu n'arrêtes pas de la traiter de poupée sexuelle.

— Ce qu'elle est, mais du genre futé.

— Assez, tranchai-je, agacé que cet aparté ait brisé ce moment.

Juliet tressaillit et baissa les yeux.

— Je suis désolée, Sire. J'ai dit ça comme un compliment.

— Je sais, chuchotai-je. (Impossible qu'elle ait soudain adopté un sens de l'humour.) Merci.

J'embrassai son front et enroulai mes bras autour d'elle en un câlin. Ivan et Trevor me regardaient tous deux comme s'il m'était poussé une seconde tête.

— Eh bien quoi ? Tu as foutu la répétition en l'air dans le vestibule, Trevor. On reprendra dans un moment.

Ce n'était pas comme s'ils se souciaient des convenances. On ne les suivait jamais ici.

J'embrassai bruyamment Juliet sur la bouche pour lui montrer mon plaisir de la voir franchir les limites de sa formation. Si magnifiquement désobéissante. Je voulais en voir davantage, mais uniquement entre les murs de notre maison.

— Tu ne peux pas agir comme ça en société, Juliet. (Je

156

soutins son regard, m'assurant qu'elle comprenait l'importance de mes paroles.) Seulement ici.

— Oui, Sire. (Elle fronça les sourcils.) Je n'avais pas l'intention de parler de façon déplacée. Je ne sais pas trop pourquoi je l'ai fait.

— Parce que tu es en train d'apprendre à vivre, l'informai-je à mi-voix. Maintenant, prends la chaise du milieu. Trevor et Ivan vont s'asseoir de chaque côté de toi, et moi en face.

Nous étions loin d'en avoir terminé.

Je devais encore la partager.

Physiquement et sexuellement.

JULIET

— Ouvre, commanda Trevor.

J'ouvris mes lèvres en gardant les yeux fermés, comme ordonné. Quelque chose de chaud et décadent glissa sur ma langue, et je réfrénai un gémissement.

Ils m'avaient dit de ne pas parler ni émettre le moindre son − une demande qu'ils semblaient tester en jouant à me faire goûter des desserts sucrés. Briser la règle me vaudrait une punition, et ces hommes souhaitaient manifestement que je désobéisse à leurs ordres.

— Je crois qu'elle aime ça, remarqua Ivan. Donne-lui un autre morceau.

Ohhhh, soupirai-je mentalement. J'étais déjà trop pleine. Après des années à manger des aliments uniquement pour leur valeur nutritionnelle, c'était difficile d'apprécier les plats comme le faisaient Darius et ses amis. Mon estomac avait du mal à tolérer ces riches saveurs.

— Rien qu'un seul, conseilla Darius d'un ton égal.

— Rabat-joie, grogna Trevor.

— Allez, chérie, ouvre, m'intima Ivan, glissant une cuillère dans ma bouche.

J'obéis docilement. Une nouvelle tranche de paradis sucré tortura mes papilles sous-développées pendant que je me forçais à mâcher et avaler.

— Magnifique, complimenta Trevor.

Quelqu'un versa une substance gluante le long de ma clavicule. Je faillis y jeter un œil, mais me rappelai leur ordre de fermer les yeux.

Quelque chose d'humide – une langue – lécha ma peau et nettoya ce qui avait été appliqué sur mon épaule. Ils avaient fait ça quelques fois pendant le dîner, leurs mains et leurs bouches me touchant pour une raison quelconque. Mais jamais sous la robe, et toujours avec la permission de Darius.

— Mmmh, j'ai envie d'autre chose pour le dessert.

Les paroles d'Ivan flottèrent jusqu'à moi, et l'insinuation dans sa voix fut ponctuée par sa paume glissant sur ma cuisse.

— Darius ?

— Oui.

Le bruit d'une chaise raclant le parquet, puis des pas.

Mon cœur manqua un battement.

Les caresses et léchouilles pendant le dîner ne m'avaient pas dérangée autant que je le pensais, car Darius était assis tout près. De plus ils étaient tous occupés à manger, tout à leurs conversations politiques, utilisant mon corps comme amusement secondaire.

Mais à présent j'étais sous les projecteurs.

Je les ressentais dans toutes les fibres de mon corps, ces trois regards sur moi – voraces.

Oh, Déesse…

C'était comme ma première nuit chez Darius, quand je croyais qu'ils avaient tous l'intention de me dévorer. Sauf que cette fois, je *savais* que c'était leur plan.

Me partager.

Trois hommes.

Pourrais-je supporter ça ?

J'y arrivais à peine avec Darius…

Une main chaude se promena dans mes cheveux, s'enroula dans ma nuque tandis que je baignais dans l'odeur familière de Darius.

— Tu as très bien agi, ma chérie. Mais maintenant c'est le moment du vrai test. (Son pouce caressa mon pouls emballé.) Debout.

Trouver mes appuis au sol les yeux clos n'était pas facile, mais j'y parvins. La chaise disparut et Darius appuya sa poitrine dans mon dos. Ses mains trouvèrent mes hanches.

— Ouvre les yeux.

J'obéis et ne trouvai rien de changé. Trevor et Ivan étaient tous deux à la même place, avec un air de prédateur.

— Messieurs, vous vous êtes assurés que l'appétit de Juliet soit bien assouvi. Désirez-vous qu'elle vous rende la pareille ? demanda Darius d'un ton sombre et sensuel.

Mon cœur palpita. *Rendre la pareille…*

Ivan se leva et lissa sa cravate. Ses iris couleur caramel formaient une fine ligne autour de ses pupilles dilatées. Il avait l'air d'avoir faim. Très, très faim.

— J'adorerais ça.

— Moi aussi, ajouta Trevor en se levant à son tour.

— Parfait.

Darius déposa un baiser dans mon cou – signe de sa possession ouverte – et écarta ses doigts sur mes flancs.

— Nous rendons-nous dans le grand salon ?

Le regard brûlant d'Ivan dansa sur moi, et il tordit les lèvres.

— Je pense que ce serait plus confortable.

Trevor sourit et se tourna pour ouvrir la marche, Ivan juste derrière lui.

— Suis-les, chuchota Darius quand mes pieds refusèrent de bouger.

Je déglutis, la gorge sèche.

— Oui, Sire.

Il me fallut un moment pour mouvoir mes jambes, figées par l'appréhension. Le Coventus m'avait bien préparée pour ce qui allait venir. Bien que je ne l'aie jamais pratiqué moi-même, j'avais observé plusieurs plans à trois et à quatre pendant ma formation. Beaucoup de sang, et toutes les mortelles ne survivaient pas.

Darius a besoin de moi vivante. Ou du moins, c'était ce qu'il avait dit. Espérons que lui et ses amis s'en souviendraient.

Trevor et Ivan s'arrêtèrent de part et d'autre d'une méridienne géante dans le salon décoré du manoir. Des fauteuils et canapés luxueux meublaient cette pièce immense, offrant de multiples autres possibilités de s'asseoir, ce qui laissait à penser qu'ils avaient choisi cet endroit dans un but précis. Il offrait toutes sortes d'angles pour dévorer leur dessert – moi.

Je me retins d'essuyer mes paumes moites sur ma robe et restai les yeux baissés, attendant les instructions de Darius. Ses doigts coururent légèrement sur mes bras, provoquant de la chair de poule dans leur sillage, puis ses mains se posèrent sur mes épaules.

Trevor ôta sa veste et la posa sur le dossier d'une chaise.

— Comment s'appelait le vin, ce soir ? s'enquit-il en retroussant les manches de sa chemise blanche impeccable.

— C'est un vieux vin français qui n'est plus produit.

Les pouces de Darius caressaient mes clavicules, ses doigts jouaient avec les chaînettes dorées de ma robe.

Ivan imita les gestes de Trevor en murmurant :

— C'est dommage.

— En effet.

Darius glissa lentement les chaînettes sur mes épaules, ses lèvres dans mon cou.

— Dois-je révéler votre dessert ?

Mon cœur battait à un rythme chaotique contre mes côtes. Ils pouvaient déjà voir à travers ma robe, diminuant l'impact de ma nudité prochaine. Pourtant, à l'idée de Darius ôtant l'unique barrière entre moi et ces trois hommes…

— Oui.

Aucune hésitation de la part d'Ivan, bien que je n'en attende pas.

— Absolument, ajouta Trevor avec un sourd grognement qui roula sur ma peau.

Avec un petit rire sombre, il fit glisser les chaînes le long de mes bras, exposant mes seins petit à petit. Mes mamelons se dressèrent en réaction à la fois à l'air froid et à la tension sexuelle qui embrasait la pièce.

— Splendide, murmura Ivan quand le tissu atteignit mon ventre.

Je *sentais* leurs regards sur moi, étudiant ma chair, ou plus probablement, cherchant où me mordre en premier.

Mon sang chauffait et refroidissait, mon corps luttait pour savoir comment répondre. Les baisers vampiriques de Darius me procuraient toujours du plaisir, mais je savais que ce n'était pas comme ça que se nourrissaient la plupart de ceux de son espèce. Que ressentirais-je avec Ivan et Trevor ? Est-ce que ça ferait mal ? Est-ce que j'aimerais ça ?

Les pouces de Darius glissèrent sur mes hanches, la robe suivit et descendit lentement le long de mes jambes pour tomber en vrac à mes pieds.

— Laisse-lui les talons hauts, intima Ivan d'un ton mêlé d'un désir ardent. S'il te plaît.

— Bien sûr. Juste une chose, d'abord.

Darius me retourna si vite que je serais tombée si son bras au bas de mon dos ne m'avait pas retenue. De l'autre main, il saisit une pleine poignée de mes cheveux. D'un coup sec, il força mon regard à capter le sien – deux orbes ardents du vert le plus profond.

Sa bouche scella la mienne en un baiser punitif qui me fit me demander ce que j'avais fait de mal. Était-ce la chair de poule ? Mon pouls battant la chamade ? Les deux étaient considérés comme des fautes mortelles. Le Coventus avait tenté de briser mes réactions instinctives par des heures d'observation forcée. Hélas, je n'avais jamais réussi à maîtriser l'art de dissimuler les réactions de mon corps. Tout comme je ne pouvais pas nier la chaleur que Darius provoquait en moi maintenant, avec ses coups de langue dominateurs contre la mienne.

J'empoignai sa veste pour garder l'équilibre alors qu'il approfondissait sa revendication. Ma tête me cuisait à cause de la force avec laquelle il tirait mes cheveux, tandis que mes tétons raides se délectaient du contact de sa veste de laine fine qui se frottait à ma peau nue. Il invoquait à la fois le plaisir et la douleur, me laissant sur ma faim. Je ne savais pas si je devais crier ou gémir, et cette ribambelle d'émotions alambiquées ne faisait qu'empirer à mesure que du sang emplissait nos bouches.

Ma respiration se fit pantelante contre lui, incertaine de cette possession. L'essence gluante recouvrait ma langue et ma gorge, me donnant la nausée. Cela ne fit que l'aiguillonner davantage, son bras me serrant plus fort et ses doigts noués dans mes cheveux me lâchant pour courir sur mon visage.

— Prends ton souffle, m'intima-t-il, faisant sursauter mon cœur.

Pourquoi ? me demandai-je en obéissant. Puis il me boucha le nez en recollant ses lèvres sur les miennes.

Mes yeux s'ouvrirent tout grand.

Je n'arrivais plus à respirer.

Du sang remplit encore ma bouche, me noyant, me forçant à en avaler de grosses gorgées pendant que mes poumons brûlaient en quête d'air.

Des larmes brouillèrent ma vision, mon corps était douloureux, mon cœur battait à deux cents à l'heure.

Pourquoi ? cillai-je. *Qu'est-ce que j'ai fait de mal ?*

Mes ongles se plantèrent dans sa veste pendant que j'avalais l'épaisse substance qui tapissait ma gorge. Je n'osais pas inhaler, mais j'y serais bientôt contrainte s'il ne me libérait pas.

La domination.

Darius me possédait. Chaque subtil coup de langue sur la mienne confirmait son pouvoir, et l'érection contre mon bas-ventre disait qu'il jouissait de sa domination. J'étais à lui pour son bon plaisir – baiser, saigner, étouffer, tuer. Cette notion de contrôle total et absolu me calmait malgré l'enfer qui s'insinuait dans mes poumons.

Il va me laisser respirer.

Cette pensée confiante perça le brouillard de ma peur et provoqua un frémissement au fond de mon ventre. Si contraire à l'acte en cours. J'aurais dû crier et me débattre ; au lieu de cela, je me détendis. Mon corps céda à ses désirs et lui faisait confiance de la manière la plus cruciale.

Je suis brisée. En miettes. À lui. Juste comme le Coventus m'a formée à l'être. Un jouet humain.

Les lèvres de Darius s'écartèrent des miennes et sa main remonta dans mes cheveux, sa prise plus douce que précédemment.

Ce sursis inattendu provoqua une secousse dans mon corps, une décharge d'électricité dans mes terminaisons nerveuses qui me réchauffa jusqu'au plus profond de moi-même. J'inhalai à fond, complètement, mon corps tremblant de peur et d'un besoin mortel de *davantage*. Le feu lacérait mes veines, enflammait ma peau de messages contradictoires tandis que mes poumons pleuraient de joie.

L'excitation assombrissait les iris de Darius en un vert forêt dangereux, tandis qu'il m'étudiait intensément.

— Tu as aimé ça.

Je frissonnai, mon corps enflammé par son contact et son baiser. *Que venait-il de me faire ?*

Il frotta sa bouche contre la mienne et sourit.

— Oui, tu as vraiment apprécié.

Je léchai le sang sur mes lèvres et frissonnai de nouveau en avalant. *Si doux. Tellement addictif. La vie sous forme liquide.*

Mes sourcils se froncèrent devant ces pensées dévoyées, puis se haussèrent quand s'éveilla ma compréhension.

Pas mon sang.

Darius m'avait forcé à avaler *son* essence, pas la mienne. « Pourquoi ? » formulai-je muettement. Est-ce que cela renforcerait le lien cérémonial entre nous ? Il avait mentionné, après la première fois, que nous devrions nous consommer à nouveau.

— Protection, chuchota-t-il en me frôlant la joue du bout des doigts. Maintenant, va t'allonger sur la méridienne et écarte les jambes.

Darius

Juliet m'évoquait une déesse avec ses cheveux noirs déployés sur les coussins. Ses seins parfaits se soulevaient et s'abaissaient au rythme de sa respiration, et son pouls tambourinait dans mes oreilles.

Son attitude était magnifique – si soumise. Elle avait écarté ses longues jambes crémeuses tout comme je l'avais demandé, offrant à nos regards chaque parcelle de son intimité. La faim irradiait de Trevor et d'Ivan, qui avaient adopté une posture de prédateurs. Au moindre signal de ma part, ils se jetteraient sur elle, mais pas avant. Je contrôlais ce moment, cette pièce, cette femme.

Mon sang chantait tandis que mon essence se diffusait en elle, l'enrobant d'une nouvelle couche d'immortalité qui approfondissait notre lien. J'aurais pu lui demander de se nourrir sur mon poignet, mais cela me paraissait trop chaste. L'homme possessif en moi voulait du spectacle, une déclaration à ceux qui se trouvaient là que je la possédais. Quoi qu'il se produise dans les prochaines minutes, Juliet était *mienne*.

J'ôtai ma veste et l'ajoutai à la pile sur la chaise.

— Ça va faire mal, Juliet.

Un avertissement dont elle n'avait sans doute pas besoin. Le regard que me darda Ivan disait aussi que cela heurtait le protocole. Tout comme mon baiser d'éternité. Je n'en avais rien à foutre. C'était un galop d'essai pour une bonne raison.

— Oui, Sire.

Son pouls chantait une tout autre chanson que le ton de sa voix. Je m'agenouillai près d'elle et embrassai sa tempe.

— Ta peur est enivrante, ma chérie.

Je frottai mon nez contre sa mâchoire et son cou, et mordillai son pouls tonitruant. *Mmmh, tentation divine.* Je lançai un regard à mes amis.

— Ivan, Trevor, vous désirez vous joindre à moi ?

Enfoiré, semblèrent dire les yeux sombres d'Ivan.

— J'ai cru que tu ne demanderais jamais.

Oh, j'ai vraiment envisagé cette option, songeai-je en souriant.

— Je t'en prie.

Haussant un sourcil arrogant, il s'installa sur la méridienne, entre les cuisses écartées de Juliet. Bien trop près à mon goût, mais nous avions convenu qu'il pouvait puiser dans son artère fémorale.

Trevor restait debout, focalisé sur les seins de Juliet. Le souffle coupé, il promena un doigt entre eux.

— Nerveuse, murmura-t-il.

— On doit travailler là-dessus avant la visite de Sebastian. (Ivan lui empoigna les cuisses, reporta son attention sur son pubis rasé.) Même si son excitation va lui plaire. (Il déposa un baiser sur sa hanche, puis un peu plus bas, et sourit à son frisson.) Oh oui, ça va beaucoup lui plaire en effet.

Je combattis l'envie de cogner mon meilleur ami, me concentrai plutôt sur le souffle de Juliet, les battements de son cœur, ses pupilles dilatées. Elle inspira vivement quand Trevor posa une paume sur son sein, puis expira lentement. Il pinça son téton – fort, d'après ce que je vis – et sourit de son manque apparent de réaction.

— C'est mieux, ma belle, la félicita-t-il en s'installant près d'elle.

Ses yeux bleu-vert croisèrent mon regard, me demandant la permission d'explorer davantage. C'était sa manière de déférer à son aîné et supérieur avant de s'amuser avec ce jouet délectable.

Si je leur disais de partir, ils le feraient sans hésiter. Bien sûr, Ivan me sonnerait les cloches par la suite, mais ma domination dans cette pièce était absolue. Les deux mâles attendaient que je leur donne la permission de continuer.

Nous avions revu les principes de base en profondeur quand nous avions discuté de cet exercice, et je leur faisais confiance pour ne pas franchir les limites que j'avais établies. C'était pourquoi ils étaient ici. Je n'aurais confié Juliet à personne d'autre. Pas encore. Voire jamais.

J'entourai sa gorge de ma main, mon pouce posé sur sa jugulaire, et pressai.

— Regarde-moi.

Elle obéit aussitôt, ses grands yeux bruns fixèrent les miens avec soulagement. Avait-elle eu besoin de mon regard pendant tout ce temps ? La fierté s'épanouit en moi à cette perspective – une autre fêlure dans son conditionnement.

— Sire, souffla-t-elle, les joues rouges.

Je levai mon autre main et fourrai mes doigts dans son épaisse chevelure. Sous mon pouce, le martèlement de son pouls ralentit, son corps se soumettant à ma volonté. Nous avions développé la confiance, une composante importante de nos futurs plans. Je fixai son regard encore un moment, avant de reporter mon attention sur Ivan et Trevor.

— Vous pouvez y aller, dis-je doucement.

Juliet ne se tendit pas et n'émit pas le moindre son quand les deux hommes se penchèrent pour faire courir leur bouche et leurs mains sur sa peau nue – Trevor sur ses seins, Ivan autour de son artère fémorale.

Je maintins son regard, resserrant à peine ma prise sur son cou pour la garder dans l'instant présent. Mes amis ne seraient pas gentils. C'était la seule façon de m'assurer qu'elle comprenait bien les futures attentes de mes homologues. Je ne pouvais me permettre qu'elle réagisse négativement à Sebastian ou n'importe qui d'autre.

Elle écarta les lèvres, les traits troublés par un mélange de plaisir et de douleur. Je caressai de nouveau son pouls avec mon pouce avant de baisser les yeux sur son corps nu dont mes amis se régalaient. Trevor avait un de ses mamelons dans la bouche, les crocs fermement plantés dans sa peau. Une profonde rougeur s'étendait sur sa poitrine, remontait vers son cou et jusqu'à ses joues. Au lit, ma Juliet appréciait une certaine rudesse. Que cela vienne d'elle-même ou de son éducation, je ne le saurais jamais.

Elle hoqueta quand les incisives d'Ivan percèrent son artère fémorale, et que sa bouche se mit à aspirer méchamment. Un baiser de vampire typique, qui ne procurait aucune extase à la victime, uniquement au prédateur. Mon espèce s'épanouissait dans la cruauté, se délectait de la souffrance d'autrui. La peur était enivrante pour un prédateur, parfois plus qu'un être qui se tord dans le plaisir de l'orgasme.

Les yeux de Juliet s'embuèrent de larmes, mais son corps demeura détendu, son souffle égal. Une tolérance à la douleur impressionnante.

Ses lèvres frémirent. Je saisis l'inférieure entre mes dents, dissimulant sa réaction à mes amis.

Juliet ne pouvait montrer aucune faiblesse devant mes frères. Les humains d'élevage étaient habitués aux tortures, aux jeux sanglants, au sexe violent et à la domination. Être effrayée par une simple morsure soulèverait des questions sur notre relation que nous ne pourrions pas tolérer.

Une partie de cet exercice me servait à apprendre

comment l'aider à survivre dans notre monde. Les vierges de sang accouplées étaient rares pour une bonne raison, et j'avais pleinement l'intention de garder la mienne en vie.

Je mêlai ma langue à la sienne, essuyai la larme sur sa joue, resserrai ma prise sur sa gorge. Ce n'était pas une punition, mais un rappel de ma présence − une façon de la garder avec moi, de lui apporter du réconfort. Malgré les deux mâles qui se nourrissaient sur son sein et sa cuisse, j'étais le seul à contrôler son destin, et j'espérais bien maintenant qu'elle réalisait que je n'avais aucune intention de la perdre.

Elle me retourna mon baiser avec de gracieuses caresses, son corps fondant sous mon commandement.

Très bien, mon cœur, la félicitai-je muettement. Son rythme cardiaque accélérait pour une tout autre raison à présent, son sang chantait une mélodie séduisante qui amenait des idées délicieuses. Je souris contre ses lèvres, enchanté par elle au-delà des mots, et promenai ma bouche le long de sa mâchoire jusqu'à son oreille.

— Pauvre petit animal en manque d'affection… (Je mordillai le tendre lobe en une feinte réprimande. Elle frissonna et sa gorge s'agita sous ma paume.) Mmmh, je sens ton excitation, Juliet. (Elle planait dans l'air, tentait mes sens carnivores.) Ma vilaine adorée, chuchotai-je en faisant descendre mes lèvres le long de son cou jusqu'au sein le plus proche.

Trevor s'était emparé de son autre téton, ses crocs enfoncés profond dans sa peau. Deux piqûres encadraient sa pointe rose, gouttant du sang grâce à la morsure maladroite de mon ami. C'était typique, ce manque de soin pour un humain.

Je passai ma langue sur mes incisives allongées − tout comme je l'avais fait avant d'embrasser Juliet − et léchai chaque trou pour l'aider à guérir plus vite. Ses yeux étaient plongés dans les miens, ses pupilles étaient deux points noirs de désir. Je souris et la léchai de nouveau, tandis que ma main quittait son cou et descendait plus bas pour couvrir son sexe.

À moi, lui dis-je d'un regard qui la fit rougir. Elle ne pensait plus à Trevor ni Ivan. Seulement à moi. Je voulus la récompenser pour cela, pour son abandon, sa parfaite soumission.

Je glissai un doigt entre ses replis moites tout en traçant un chemin de baisers jusqu'à son cou. Elle demeura totalement immobile sous mes attouchements, mais la chaleur qui irradiait de sa peau confirmait l'ardeur de son désir.

Et merde pour le test. Mon âge et ma position dans cette société m'autorisaient à faire ce que je voulais, comme je le voulais. Et j'avais *besoin* qu'elle jouisse.

Mes incisives s'enfoncèrent profond en elle, aspirèrent dans ma bouche son essence enivrante, enrobant ma gorge douloureuse de sa substance vitale. Le sang le plus délicieux, plus décadent que n'importe quel aliment, et il était tout à moi. L'art du partage était une pratique de l'ancien monde, qui solidifiait les relations et scellait les accords commerciaux. Bon. Je pouvais gérer ça, mais à mes conditions.

Son gémissement était une musique à mes oreilles. Il brisait les règles, la faisant entrer dans mon jeu de ma façon préférée. Quand son dos se cambra, j'entendis le sifflement de frustration d'Ivan. Je l'ignorai. Mes doigts glissèrent dans sa chaleur impatiente tandis que mon pouce encerclait son clitoris. Ses parois internes se resserrèrent autour de mes doigts, faisant panteler ma hampe de désir.

Bientôt, promis-je.

Ma pénétration était peu profonde, je ne voulais pas perturber son innocence – pas encore. Mais je suçais fort son cou. Trois vampires se nourrissant de son corps délicat lui voleraient rapidement sa conscience, mais merde, je pouvais bien lui offrir un peu d'extase pour inspirer ses rêves. Car c'était le seul endroit où elle était à l'abri de moi, de ce monde et des cauchemars qui nous entouraient. C'était le moins que je puisse faire, un remerciement qu'elle méritait amplement.

Sa tension s'intensifia, ses gémissements s'allongèrent. Un coup d'œil plus bas m'en montra la raison : Trevor et Ivan s'étaient joints au jeu. Ils ne la touchaient pas hors de leur zone désignée, ils avaient plutôt choisi d'injecter de l'euphorie à leur morsure tout en continuant de boire.

De la sueur glissa sur sa peau hypersensible, et tout son corps tremblait de retenue. Elle attrapa sa lèvre entre ses dents et la mordit jusqu'au sang. Je lâchai son cou pour en lécher les gouttes, puis frottai mon nez sur sa joue cramoisie.

— Tu es si belle comme ça, m'émerveillai-je. À attendre mes ordres.

Elle se gardait bien de lâcher prise sans ma permission. Je n'avais même pas eu besoin de le lui dire ou de l'avertir : elle comprenait.

Tellement parfaite.

Ses yeux bruns brûlaient d'un désir ardent, et son corps était si tendu qu'elle hurlerait si je l'y autorisais. J'appliquai une pression sur son clitoris et elle se mordit de nouveau la lèvre, avec une expression de souffrance et de bonheur mêlés et enrobés d'un pur désir.

—Jouis pour nous, Juliet, exigeai-je. Ne te retiens pas.

Ma queue était impatiente de la rejoindre.

Quand elle explosa, elle lâcha mon nom dans un cri qui me pénétra jusqu'au fond de mon âme.

Tellement chaude. Je ne me lasserais jamais de son expression d'extase ni de ses tremblements sous l'assaut de plaisir.

Des ondes d'électricité irradièrent depuis notre lien, et

172

son corps se cramponna à mon immortalité pour attirer dans tout son être une vie plus que nécessaire. Trevor et Ivan s'étaient mis à boire sérieusement à présent, puisant dans ses réserves, tandis qu'elle se tordait dans les affres d'un orgasme sans fin, à la fois brutal et extatique.

Je continuais de la caresser, mes attouchements variant de doux à rudes, et ses paupières s'alourdissaient sous ces sensations violentes. Ses joues avaient perdu toute couleur tandis que son sang s'écoulait dans les bouches avides des hommes qui se nourrissaient de son essence addictive.

Puis ses lèvres bleuirent, alors qu'elle tremblait encore sous le voile incroyable de l'hédonisme. Ses pupilles lancèrent un dernier éclat, son cerveau déclenchant bien trop tard un mécanisme de lutte ou de survie, et une larme roula au coin de ses beaux yeux. Je la cueillis avec ma langue et posai un baiser sur ses paupières qui se fermaient.

Quelques ultimes étincelles scintillèrent entre nous quand la magie de mon être s'étendit sur elle, l'entourant d'une coquille protectrice.

Son souffle s'amenuisait, son cœur ralentissait.

Mon front toucha le sien tandis qu'une douleur s'éveillait dans ma poitrine. D'une étrange intensité, et malvenue.

Je déteste ça. Ces règles, ces pratiques, cet aspect monstrueux de nos propensions. N'était-ce pas précisément cet acte que je voulais faire cesser ?

Je soupirai. Changer le système prenait du temps – ce dont je disposais en une boucle infinie. Ce serait une longue manœuvre, difficile, qui induirait des sacrifices désagréables de part et d'autre.

Elle n'a jamais eu le choix, me gronda ma conscience.

Moi non plus, me rappelai-je en grognant.

— Ça suffit, lançai-je à voix haute, ne pouvant plus supporter les halètements frissonnants qui s'échappaient de ses lèvres violettes alors qu'elle luttait pour respirer.

Ils l'avaient presque saignée à blanc, ce qui était le plan. Une mortelle non accouplée mourrait – non, elle serait déjà morte –, mais mon sang ancien s'épanouissait en Juliet, même si sa souffrance me déchirait le cœur.

Je *ressentais* sa peur, sa peine, sa confusion. Elle pensait que je voulais la tuer et ne comprenait pas pourquoi. Puis une pointe d'assurance chassa cette idée, lui rappelant que j'avais besoin d'elle vivante.

Percer son âme, lire ses pensées faisait partie de notre connexion. Elle augmenterait à mesure que j'approfondirais notre lien, jusqu'à ce qu'on soit capables de tout ressentir l'un de l'autre. Ma détermination, ma soif de vengeance, ma frustration devant l'état actuel des affaires – tout cela deviendrait évident. C'était pourquoi j'avais déjà commencé à me confier à elle. Elle finirait par tout savoir, de toute façon. Le lui dire à l'avance solidifiait simplement notre partenariat, aidait à instaurer la confiance, et – je l'espérais – mobiliserait son désir d'œuvrer pour la bonne cause.

— T'as royalement tout bousillé, grogna sourdement Ivan. Mais tu le sais déjà et tu t'en fous.

Je détaillai sa silhouette immobile, y compris l'absence de marques de morsures. Mes amis l'avaient déjà guérie. Bien. J'ajoutai mon sang aux incisions dans son cou, puis l'embrassai sur la joue. Elle avait juste besoin de repos à présent. Demain, elle irait mieux.

— Attrape cette couverture derrière toi, Trevor.

Je la lui indiquai d'un geste du menton. Il saisit la couverture en polaire sur le canapé, les yeux brûlants d'excitation.

— Tu déconnes complètement.

— Merci, répondis-je, à la fois pour avoir énoncé l'évidence et m'avoir tendu ce que je lui demandais.

Je couvris Juliet de la couverture et la pris dans mes bras.

— Allons fumer un cigare.

Ce n'était pas une demande, mais un ordre. Je ne me souciais pas de vérifier s'ils me suivaient à travers le manoir jusqu'à la terrasse. Je savais que c'était le cas.

Plusieurs fauteuils cossus étaient disposés autour d'un feu déjà allumé – mes serviteurs nous connaissaient trop bien. Ils avaient même laissé une boîte de cigares sur la table, prêts à l'emploi. Trevor prit la bouteille de vieux bourbon à côté et se servit un verre avant de s'écrouler à sa place habituelle. Ivan choisit un cigare et le rejoignit, ses yeux bruns reflétant les flammes dansantes. Je m'installai dans un fauteuil, Juliet sur mes genoux. Je ne voulais pas la laisser seule tant que sa peau n'aurait pas retrouvé sa couleur crème.

— Elle jouit superbement, Darius, remarqua Ivan. (Il tira une bouffée de son cigare qu'il expira lentement, l'air pensif.) Je peux en voir l'attrait, mais d'autres non. Surtout pas le Régent.

Je réfléchis à ses paroles en caressant la joue de Juliet. Son aspect glacé me laissait une sensation désagréable au bout des doigts, qui m'allait droit au cœur.

— Peut-être pas, convins-je. Peut-être que je m'en fiche.

— C'est clair. (Trevor siffla le contenu de son verre.) Je suis quasi certain que ça ne t'aidera pas à gagner le trône.

— Ou peut-être que si. (Ivan se gratta le menton.) Ce n'est qu'une démonstration d'arrogance et de prestige, non ? Darius qui rompt avec les convenances, ça va les choquer et les intriguer. C'est une façon de s'assurer que son nom se répande parmi les masses.

— Dit l'ancien politicien, marmonna Trevor.

— J'étais conseiller politique, corrigea Ivan avec irritation. Bien plus utile qu'un surfeur de merde.

— Et tu remets ça. Une de ces décennies, tu deviendras plus créatif.

— Et peut-être qu'il te poussera un cerveau. On peut tous rêver.

— Ça suffit, tranchai-je. (Je n'avais pas envie d'assister à l'une de leurs chamailleries en ce moment. Je me demandais parfois pourquoi je les avais choisis comme meilleurs amis.) Je vais imaginer notre stratégie pour la visite du Régent. Beaucoup de nos frères séduisent leurs victimes réticentes. Peut-être que je vais jouer de cette notion.

— En lui disant que tu aimes la forcer à avoir des orgasmes ? (Ivan me lança un regard malin.) Ça pourrait marcher en effet.

— Ou bien tu pourrais lui dire la vérité. (Trevor haussa les épaules.) Tout le monde n'a pas une préférence pour les partenaires qui résistent.

— Non, seulement les vieux, répliquai-je.

Je soupirai en me rappelant pourquoi j'avais entamé cette amitié avec Trevor et Ivan.

Les anciens de mon espèce avaient cédé à leur dureté il y avait bien longtemps, choisissant d'adopter les côtés les plus sombres de notre nature et de prospérer au sommet de la chaîne alimentaire. Trevor et Ivan se souvenaient encore de ce que c'était que d'être humain. Ils préféraient le sexe consensuel, même s'il n'existait plus vraiment. Un des nombreux aspects de ce monde que je voulais changer.

Je suivis du pouce les lèvres froides de Juliet. La principale raison de l'interaction de cette nuit était de tester ma résolution. Juliet s'était comportée admirablement. Pas moi, du moins pas selon les règles en vigueur dans la haute société. Mais j'étais plus vieux que la plupart, un descendant direct de la lignée royale, et donc une puissance à part entière.

— Le Régent peut bien avoir une position plus élevée que la mienne, si je gagne le trône, c'est lui qui s'inclinera devant moi. (Je prononçai ces mots à voix haute, bien qu'ils soient surtout adressés à moi-même.) Pourquoi devrais-je me plier à sa volonté ?

— Il a la confiance de nombreux royaux et souverains. Le rallier à ta cause te fera remporter l'élection. (Ivan, la voix constante de la raison politique.) Et, pour parler franchement, il y a la question de tes liens avec Cam.

Mon sang se figea à ce sujet familier.

— Mes liens rompus, corrigeai-je d'un ton catégorique. Et j'ai le soutien d'autres royaux.

Y compris celui qui me voulait comme son nouveau souverain.

— Vrai. Cependant, tes rivaux signaleront ta lignée directe, ce qui veut dire que tu ne peux pas te permettre qu'on remette en question la façon dont tu traites Juliet. Pas si tu veux qu'ils croient à cette mascarade.

— Y a-t-il d'autres évidences que tu aimerais mentionner, Ivan ? demandai-je, ennuyé.

Nous avions discuté de cela un millier de fois. Cam avait rencontré son *Erosita* par hasard et en était tombé amoureux. En revanche, j'avais acheté ma future *Erosita* par les canaux adéquats et je la traitais en société comme chacun s'y attendait. Deux approches très différentes.

— J'ai tout fait pour prouver que je voulais jouer selon leurs règles, y compris dénoncer mes liens de sang, ajoutai-je amèrement. Même si je suis l'unique progéniture de Cam, ils n'ont aucune raison de me soupçonner d'être un sympathisant.

— D'accord, parce que tu as résolu le problème en refusant son trône royal il y a un siècle, intervint Trevor en faisant de la main un geste théâtral. Je suis avec Darius sur ce coup, mec. Avance, marionnettiste, que je puisse profiter de mon coup de sang.

Ivan regarda le blond en plissant les yeux.

— Un cerveau en politique.

— Sûr, répondit Trevor avec un rictus.

— Je bosse avec des gosses, grommelai-je.

Mon attention dériva sur la femme splendide sur mes genoux. Le cœur de Juliet battait régulièrement sous ma paume, seule indication de la vie qui fleurissait en elle. Je traçai du pouce une ligne le long de sa clavicule. Si belle, si délicate, et bien trop fragile pour les jeux qui nous attendaient.

Moins de quatre mois avant le couronnement…

Ivan s'éclaircit la gorge.

— Jusqu'à présent, tu as fait tout ce qu'il fallait en achetant une esclave docile et obéissante. Elle s'est comportée admirablement à l'événement le week-end dernier, du moins selon leurs normes. Mais ça nous amène à la question du partage, surtout avec le Régent. Je ne crois pas que tu doives le faire, pas encore en tout cas.

Mmmh, des mots que je désirais entendre. Je croisai son regard.

— Continue.

Il se tordit les lèvres.

— Elle est toujours vierge. Utilise ça à ton profit. Ça montre une retenue que très peu possèdent…

— Je l'aurais certainement déjà baisée à l'heure qu'il est, intervint Trevor, dardant son regard électrique sur la femme dans mes bras. Et sans doute tuée par accident, aussi.

— C'est grossièrement exact, grogna Ivan. Et honnêtement, j'aurais fait pareil. Quoi qu'il en soit, dis au Régent que tu la savoures, propose-lui peut-être de lui tirer un verre, ou offre-lui un poignet. Elle n'a pas peur de danser nue, alors donne-lui un spectacle, mais garde ses crocs loin d'elle. Ça l'encouragera à revenir, ce qui te donnera un motif pour développer cette relation.

— Un plan astucieux, murmurai-je en y réfléchissant. Ça me laissera aussi le temps de découvrir ses penchants et ses intérêts humains.

C'était ce que je faisais avec toutes mes connaissances,

car le désir de changement s'étendait bien au-delà de Trevor, Ivan et moi. Il se trouvait que j'étais le premier pion à me mettre en place après des décennies de préparation, et nous aurions besoin d'au moins dix à vingt ans de plus pour amener les autres à leurs positions respectives.

— Bon, au moins on n'a pas complètement perdu notre temps. (Trevor bâilla, ses yeux papillotèrent.) Je ne regrette pas d'avoir goûté ta délicieuse petite poupée sexuelle. Pas du tout.

— D'habitude je ne suis pas d'accord avec ce crétin, gloussa Ivan, mais là-dessus, tout à fait.

— Quels enfoirés vous faites, tous les deux.

Je ne pus réprimer le grondement dans ma voix. Ils le méritaient bien, voire pire.

— Et tu es bien trop protecteur avec ta propriété, rétorqua Ivan. Tu devrais peut-être travailler là-dessus, mon pote.

— Car ça risque d'empirer, ajouta Trevor à mi-voix, les yeux clos de satiété après sa tétée. Surtout après l'accouplement.

J'admirais la femme magnifique dans mes bras.

— Oui. Je sais.

Ivan haussa un sourcil, posa sur moi un regard évaluateur.

— Ce mec soulève une bonne remarque, Darius. Tout ce qu'il te faut maintenant, c'est une bonne baise.

Je feignis un ennui que je n'éprouvais pas, surtout avec ce poids agréable installé sur mes genoux.

— D'autres questions ou commentaires sur notre galop d'essai ? demandai-je, prêt à changer de sujet.

— Ouais. (Ivan tira sur son cigare et se détendit avec un soupir.) Le sang de Juliet est un putain de paradis, mec.

— Mm-mmh. (Trevor avait l'air à moitié endormi,

tenant mollement son verre de bourbon.) Je commence à comprendre le truc du prix à payer.

— Ah oui? gloussa Ivan, levant les yeux vers la nuit étoilée. On pourrait bien s'écrouler ici, D.

— Vous avez des chambres qui vous attendent.

Mon personnel les avait préparées, sachant qu'ils auraient besoin d'un endroit où dormir pendant le jour.

Le sang de Juliet servait à la fois d'aphrodisiaque et de drogue, surtout chez les jeunes vampires sans aucune tolérance. Trevor et Ivan n'étaient âgés que de quelques siècles. Leurs goûts et leur tempérance devaient encore être affinés, comme le montrait actuellement Trevor gloussant à tout ce qu'il voyait danser derrière ses paupières closes. Ivan le rejoignit, les faisant ressembler à deux fous ivres, plus capables de suivre une discussion sérieuse ce soir.

Bon, d'accord. On n'avait plus rien à débattre, de toute façon.

— Je vous laisse tous deux à vos... fascinations personnelles.

Je me levai, serrant Juliet contre ma poitrine.

— Tu vas te prélasser dans la tienne? me demanda Ivan sans ouvrir les yeux.

— Ta poupée sexuelle, ajouta Trevor avec un grand sourire. Va la coucher.

Je m'abstins de remarquer qu'elle était toujours à moitié morte.

— Bonne nuit, les poids plumes.

— Va te faire foutre, grogna Ivan. Vieux schnock.

— Tellement vieux, rit Trevor.

Je secouai la tête.

— Vous êtes bien perchés tous les deux.

— Et pas désolés du tout, répliqua Trevor. Peut-être que la prochaine fois, je pourrais jouer un peu plus avec la poupée sexuelle. Ses nichons sont fantastiques.

— Son minou est encore mieux.

Le ton d'Ivan était presque mélancolique. Je m'éloignai quand il se mit à détailler tout ce qu'il voulait faire à Juliet. Si je restais à l'écouter, il mourrait probablement.

Car personne d'autre que moi ne la toucherait.

— Mienne, chuchotai-je tandis qu'elle se pelotonnait contre ma poitrine, son corps recherchant naturellement ma chaleur. Je ne te partagerai plus jamais, Juliet.

Une promesse interdite, qui semblait bien trop belle en quittant mes lèvres.

Obligations sociales. Ces mots hantaient mes pensées, laissant une traînée de doute dans mon esprit. Je les repoussai, refusant d'y voir une menace.

— Repose-toi bien, ma chérie, lui dis-je en la déposant dans mon lit. Demain nous commencerons ta préparation physique, et je ne serai pas tendre avec toi.

JULIET

— Encore.

La voix de Darius roulait en moi tel un mauvais rêve.

Je le détestais.

Ou plutôt, mon corps le détestait.

Pourtant mes jambes douloureuses se mirent en mouvement sur son ordre, mes pieds martelèrent le terrain, et je m'efforçai d'accomplir un nouveau tour de piste.

Cette semaine, chaque soirée avait commencé par un petit-déjeuner léger et quelques étirements, suivis par cette folle série d'activités que Darius appelait « préparation ». Cela durait des heures, jusqu'au dîner. On ne s'arrêtait que lorsque j'avais besoin de boire ou de manger. Trois jours d'entraînement, et j'en avais déjà ma claque. Surtout la course.

La sueur perlait sur ma peau, mon souffle peinait dans ces épreuves sans fin. Je pensais que le Coventus avait été dur pour moi. Peu à peu, Darius me détrompait.

— Vingt pompes, commanda-t-il quand j'eus terminé le tour de piste. Maintenant.

Je m'effondrai par terre et envisageai de rester allongée. Qu'allait-il faire ? Me mordre ? Mon sang s'échauffa à cette perspective. Il ne m'avait pas touchée depuis la visite de

Trevor et Ivan. Je m'étais réveillée seule dans le lit de Darius avec un mot me demandant de me préparer et de le retrouver dans la salle à manger. Puis j'avais passé les deux dernières nuits dans ma propre chambre pendant qu'il se reposait ailleurs. Bien que l'on passe presque toutes nos nuits ensemble à faire de l'exercice, il me manquait.

— Tes pompes, Juliet.

Je levai les yeux sur lui et un refus me chatouilla les lèvres, mais la menace dans son regard me remit en mouvement. Les vampires aimaient punir, et Darius n'était pas différent. Même si, généralement, j'appréciais sa façon de me châtier.

Comment réagirait-il si je refusais ? Il ne pouvait pas me forcer à courir. Bon, pas tout à fait vrai. Il pourrait me contraindre. Cela me ferait plus souffrir que d'opérer à mon propre rythme. Pourtant, ça pourrait être amusant de le défier.

Écoute-toi ! me réprimanda une partie raisonnable de moi-même. *Tu as vraiment perdu l'esprit si tu crois que défier un vampire est une bonne idée.*

Pas un vampire, mais Darius…

— Qu'est-ce que tu fais ? demanda-t-il, un brin irrité.

— Heu… (Je revins à mes pompes.) Désolée, Sire.

— Vingt de plus, grogna-t-il.

Je plissai les yeux puis me redressai sur mes genoux pour le fusiller du regard.

— Pourquoi ? Quel est le but de tout ça ?

Il haussa vivement les sourcils.

— Discuterais-tu mon ordre ?

— Non, j'en demande le but. (J'entendais la version soumise de moi-même hurler dans ma tête, mais je l'ignorai.) Je veux savoir pourquoi on fait ça.

Il s'accroupit devant moi, les coudes sur les genoux.

— Tu me défies.

— Je… (Je déglutis à la fois devant sa proximité et l'ardente intensité de ses iris verts.) Non, Sire, je…

Il empoigna ma queue de cheval – il avait insisté pour que j'en porte une – et me tira à lui.

— Tu. Me. Défies.

Je tremblai devant son ton mortel. *Oh, Déesse.* J'avais réussi à le mettre en colère, la nuit même de la visite attendue du Régent. À quoi pensais-je donc ?

—Je-je suis désolée. Je-je, ce n'est pas…

Ses lèvres touchèrent doucement les miennes, me coupant la parole.

— Très bien, Juliet. Tu apprends.

Je cillai.

— S-Sire ?

Il m'embrassa de nouveau, sa langue s'immisçant entre mes lèvres, puis me poussa dans l'herbe et s'étendit sur moi. Mes cuisses vêtues d'un short s'écartèrent automatiquement pour l'étreindre, bien que je ne comprenne pas pourquoi. Était-ce ma punition pour avoir mal agi ? Parce que cela ressemblait plus à une récompense.

—J'aime ton côté rebelle.

Il aspira ma lèvre inférieure dans sa bouche et la suçota avant de me reprendre avec sa langue. Je gémis quand il appuya son érection contre moi, à l'endroit réservé à lui seul.

—Je l'aime énormément.

Ses lèvres enflammèrent mes joues, mon cou, mon épaule. Je me cambrai quand il mordilla mon téton à travers mon soutien-gorge de sport. Mon cœur battait la chamade.

— D-Darius ?

— Oui, ma petite ?

— Je suis confuse, avouai-je en attrapant ses épaules nues. Est-ce que j'ai des ennuis ?

Il ricana contre mon sein.

— Non, chérie. Tu apprends.

Je déglutis de nouveau.

— Je ne suis pas sûre de comprendre.

Ses crocs percèrent mon décolleté d'une façon si inattendue que je glapis. Il aspira fort en grognant. L'adrénaline et la félicité se mélangèrent dans mes veines, déclenchées par sa morsure et sa manière de se tenir au-dessus de moi.

— Darius, chuchotai-je.

Je fis courir mes mains sur son dos nu. Ses muscles bougeaient et se contractaient sous mon toucher, éveillant le désir au fond de mon âme.

Quand cette attirance a-t-elle surgi si fort ? Quelques instants plus tôt, j'avais rêvé de le tuer en le forçant à courir à mort. Maintenant, je voulais qu'il me donne du plaisir avec sa langue, son corps, ses mains.

Il s'empara de ma bouche avec une férocité qui me coupa le souffle, mes seins se soulevant avec effort. Des gouttes de sang chaud coulaient sur ma peau suite à la morsure qu'il avait laissée ouverte, et une petite partie de moi espérait qu'il avait l'intention d'y revenir. Mais à la place, son essence se déversa dans ma gorge, me faisant tousser et cracher, alors qu'il me forçait à la boire comme l'autre jour.

Je m'agrippai à ses épaules, acceptai son cadeau immortel à pleines gorgées. Il me réchauffait de l'intérieur, envoyait des picotements d'énergie dans mes membres et au bout de mes doigts. Sa possession me submergeait, couplée à son besoin de me garder en sécurité. Il me voulait plus forte, plus athlétique – une combattante. Ces pensées s'imposèrent à moi, car elles expliquaient son comportement cette semaine.

Darius m'entraînait à devenir sa partenaire. Son sang me fortifiait, me rendait plus rapide, plus solide, plus dure à tuer. Mais rien de tout cela n'était lié à son besoin que je l'aide à gagner le trône.

Une lueur de quelque chose d'autre – une émotion qu'il

LEXI C. FOSS

gardait enfouie – aiguillonnait également son besoin. Je la cherchai, je voulais en savoir plus.

Le lien se coupa brusquement, me faisant monter les larmes aux yeux.

Qu'est-ce qui s'était passé ? Comment était-ce même possible ?

Je l'avais *senti* en moi, connecté d'une manière que je ne pouvais expliquer. Comme si je le connaissais mieux que moi-même. Ses intentions, ses désirs, ses sentiments – tout était clair. Et avait disparu en un claquement de doigts, laissant mon cœur endolori.

— Merde.

Darius se remit à genoux. Son souffle était plus âpre que d'habitude, et son regard était bouillant. J'ignorais s'il voulait me dévorer ou me blesser. Peut-être les deux.

— Sire, proférai-je d'un ton incertain.

Voulait-il des excuses ? Avais-je mal agi ?

Il passa sa main sur sa figure et expira lentement.

— Je crois que ça suffira pour le moment. Nous devons nous préparer pour la visite du Régent.

— O-okay. (Je déglutis.) Hum… Que dois-je faire ?

Nous devions encore discuter de notre nuit d'essai avec Ivan et Trevor, car je ne savais pas si mon comportement avait été acceptable ou non. Ils me l'auraient dit s'il ne l'avait pas été, hein ?

— Sois juste prête comme d'habitude, Juliet. Je me charge du reste. (Il se releva et se tourna vers la maison.) Ta robe est sur ton lit.

Je me redressai sur les coudes et ma bouche l'appela avant que je ne puisse m'en empêcher :

— Darius ?

Il s'arrêta, mais sans se retourner.

— Oui ?

— Est-ce que je… (Je m'éclaircis la gorge.) Est-ce que

vous allez me partager avec lui ? Comme avec Maître Trevor et Maître Ivan ?

Je frissonnai à ce souvenir, pas vraiment convaincue de vouloir le réitérer.

Le plaisir avait été intense, presque douloureux. J'avais flotté dans un nuage d'extase pendant que ma vie me glissait entre les doigts, les yeux de Darius étant mon dernier souvenir avant que tout ne devienne noir. Je ne savais pas si je survivrais, et cette peur m'avait presque étouffée dans les dernières secondes avant que la mort me submerge. Puis je m'étais réveillée dans le lit de Darius, me sentant régénérée et pleine de vie à nouveau.

Combien de fois pouvait-on survivre à une telle expérience ?

Il me jeta un regard par-dessus son épaule.

— Est-ce que tu aimerais que je te partage avec le Régent Sebastian ?

Je fixai Darius. Était-ce un autre test ? Sa façon de jauger ma soumission après l'incartade de tout à l'heure ?

Ma formation reprit le dessus et ma réponse fut automatique :

— Si c'est ce que vous souhaitez, alors oui.

Son air assombri m'indiqua que c'était la mauvaise réponse.

— Alors ce sera mon souhait, Juliet. (Il prononça ces mots d'un ton cruel, tout comme le regard de ses yeux plissés.) Essaie de ne pas me décevoir encore.

Encore ?

— Ou-oui, Sire.

Il tourna les talons et s'éclipsa dans la maison, me laissant encore plus confuse.

— Quand vous ai-je déçu la première fois ? murmurai-je, les lèvres tremblantes.

Je baissai les yeux et aperçus le sang qui gouttait sur mon soutien-gorge de sport.

Darius n'avait pas refermé la blessure.

Une autre robe translucide – celle-ci bleu roi, fendue des deux côtés jusqu'à mi-cuisse. Des chaînettes d'argent sur mes épaules la maintenaient en place, et son profond décolleté en V révélait mes seins jusqu'aux mamelons.

La morsure de Darius me renvoya son reflet dans le miroir, comme si elle me narguait et me rappelait d'être sage. Je ne comprenais toujours pas comment j'avais pu lui déplaire, mais ce soir je ferais tout mon possible pour me réconcilier avec lui.

Ida frappa à ma porte puis entra, son sourire maternel bien en place.

— Maître Darius m'a demandé de t'apporter des chaussures.

Elle tenait une paire de talons hauts argentés assortis aux ornements de ma robe.

Je rabattis mes cheveux sur une épaule et m'avançai pour les prendre.

— Merci.

Elle fronça légèrement les sourcils.

— Tu vas bien, ma chérie ?

— Oui. (Je chaussai les talons aiguilles.) Non. J'ai fait quelque chose qui a fâché Maître Darius.

Je portai la main à ma bouche, étonnée par ma réponse effrontée. Je n'aurais pas dû avouer cela à voix haute.

Qu'est-ce qui m'arrive ? Je me sentais défaite, un tantinet hors de contrôle, comme si je ne pouvais plus compter sur les règles.

— Oh, Déesse, marmonnai-je derrière ma main. Je suis désolée, Ida. Je…

Je n'avais rien d'autre à dire. J'étais sur le point de rencontrer le Régent, et je parlais à tort et à travers.

Je vais mourir cette nuit. Dans la douleur.

— Ma chère, tu n'as à t'excuser de rien. (Elle prit un peigne pour m'arranger les cheveux. Son regard était bien trop gentil.) Si tu as fâché Maître Darius, c'est sûrement de sa faute. C'est un vieux vampire buté, mais il a un bon fond. Tu as certainement vu cet aspect de lui à présent ?

— Je… oui. Oui, bien sûr que je l'ai vu. Mais tout à l'heure, j'ai fait quelque chose. Il m'a dit que je l'avais déçu.

— Ah, fit Ida, peignant doucement mes longues mèches noires. Bon, je suis sûre qu'il va te pardonner, chérie. Il a l'air de beaucoup t'aimer.

Ses yeux pétillèrent à ces paroles.

— Mais il ne m'a pas dit en quoi je l'avais déçu, lui confiai-je en chuchotant.

— Alors demande-lui, répliqua-t-elle d'un ton laissant croire qu'il était facile de défier un maître en lui demandant des explications.

Sauf que n'était-ce pas ce que j'avais fait durant la séance de pompes ? Demandé pourquoi il en voulait vingt autres en plus de toutes celles que j'avais déjà faites ?

Et il m'avait récompensée par un baiser, disant qu'il appréciait mon côté rebelle. Puis, quand je l'avais questionné sur le partage, il m'avait demandé mon avis, et je l'avais laissé décider.

Darius appréciait ma provocation.

Il n'avait pas aimé que je m'en remette à lui au sujet du partage.

Il voulait savoir ce que j'en pensais.

Je clignai des yeux. Pourquoi Darius s'en souciait-il ? Ou peut-être que « se soucier » n'était pas le bon mot, dans la mesure où il voulait que j'exprime mon opinion. Que je prenne une décision et pose des questions. Que je sois rebelle.

— Je vois, dis-je en fronçant les sourcils. Je vois.

La raison de ce besoin de le dire deux fois m'échappait. Je ne *voyais* pas vraiment quoi que ce soit, mais je comprenais d'une certaine façon. Darius avait grand besoin de ma désobéissance, non pas pour me punir, mais parce qu'il voulait briser ma carapace de déférence. Cela me rapprochait un peu plus du poison qu'il désirait que je sois : soumise à l'extérieur, rebelle à l'intérieur.

Bien. Cependant, qu'en était-il de mes désirs ? Mes besoins ? Mes aspirations ? Est-ce qu'il s'en souciait ? Et si je ne voulais pas être l'arme qu'il utiliserait pour attirer ses ennemis dans un piège ?

Je fis halte à la porte de ma chambre, les yeux écarquillés. Depuis quand considérais-je *ces* questions-là ? Pas une seule fois je n'avais eu un rêve bien à moi. Tout ce que je désirais, c'était survivre.

Oh, Darius, qu'as-tu réveillé en moi ?

Une douleur m'étreignait le cœur, envoyant des spasmes dans mes membres et piquant mes yeux de larmes. *C'est quoi cette folie ? Comment l'arrêter ?*

— Juliet ? me lança Ida derrière moi.

Je m'éclaircis la gorge et clignai des yeux plusieurs fois pour éclaircir ma vue.

— Toutes mes excuses. J'étais perdue dans mes pensées.

L'euphémisme du siècle. Je ravalai les restes de mes émotions, les forçai à se confiner dans ma poitrine, les enfermai pour l'éternité, avec un peu de chance.

— Le Régent est-il arrivé ?

— Oui, Maître Darius et lui t'attendent dans le vestibule.

Je hochai la tête ; je m'y attendais.

— Très bien. Merci, Ida.

Il est temps d'affronter mon destin.

Darius

Les émotions contradictoires de Juliet fluctuaient à travers notre lien pendant que j'écoutais Sebastian Cromwell déblatérer sur le dernier scandale royal.

Douleur et confusion fusaient dans notre connexion, les pensées de Juliet déferlaient dans ma tête. Je n'avais pas été juste avec elle tout à l'heure quand j'avais laissé mon exaspération prendre le dessus, mais son lavage de cerveau était tellement frustrant.

Nous avions fait enfin une percée lorsqu'elle avait remis en question mon autorité, exigeant la raison de tout cet entraînement physique. Ma récompense avait été automatique : un baiser arrosé de sang. Sauf que je lui en avais trop donné, lui donnant accès à mon esprit sans le vouloir, et j'avais brusquement coupé le lien avec Juliet quand j'avais senti qu'elle me poussait à m'ouvrir davantage.

Ce n'était pas son intrusion qui m'avait mis en colère. Pas vraiment. Elle m'avait juste surpris.

Non, c'était sa réponse servile à propos du partage qui m'avait mis en rogne.

Je lui avais demandé ce qu'elle voulait et elle m'avait donné une réponse stéréotypée. Pas de confiance, pas de vérité, juste un recul formidable dans notre travail.

Putain. Encore maintenant j'avais envie de balancer mon

poing dans le mur, sauf que je souriais à Sebastian et hochais la tête à ses propos. Un truc au sujet de Kylan qui avait tué tout son harem humain par ennui. Un comportement typique d'un membre de la famille royale.

— Il a demandé que la prochaine Journée du Sang soit avancée pour qu'il puisse remplacer ce qu'il a perdu, ce que, bien sûr, la Déesse a refusé.

— Un geste intelligent, répondis-je, les yeux levés vers l'escalier. Enfreindre le protocole créerait un mauvais précédent. De plus, il peut emprunter aux autres ou se trouver un bordel en attendant.

On lui prêterait sans doute un nouveau harem à un bon prix jusqu'à ce qu'il ait reconstitué le sien.

Les yeux de Sebastian pétillèrent.

— Exactement ce que je pense. Enfin, pas sur le côté emprunt, vu que les royaux sont assez possessifs avec leurs harems, mais sur le principe.

Vrai. Les royaux partageaient à l'occasion, mais vraiment temporairement.

— Il va décimer le nouveau troupeau, ajoutai-je, les mains fourrées dans les poches de mon pantalon.

Sebastian haussa les épaules.

— La plupart ne survivent pas aux épreuves de toute façon, mais je soupçonne que la Déesse va en sélectionner plus parmi le cheptel de cette année pour garnir les harems.

— Sans doute, opinai-je.

Voilà à quoi mon espèce en était réduite : à parler des humains comme de moutons.

La Journée du Sang était un rituel atroce au cours duquel les humains d'un certain âge se voyaient octroyer un avenir. Ils se disputaient les places, chacun espérant obtenir la coupe immortelle convoitée où douze mortels se battaient pour la vie éternelle. Seuls deux gagnaient : l'un devenait vampire, l'autre lycan ; les autres mouraient.

C'était un système brillant, vraiment, opposant les humains aux humains. Seuls les plus rapides, les plus brillants et les plus beaux se voyaient attribuer l'honneur suprême de s'entretuer au nom de l'avenir. Les autres étaient envoyés au combat par d'autres moyens.

Certaines humaines allaient dans les harems, où elles rivalisaient pour attirer l'attention d'un royal dans l'espoir de prolonger leur très courte vie. Une poignée d'entre elles, dotées de compétences utiles, retournaient dans les camps humains pour procréer – assurant ainsi la prochaine génération – et effectuer des tâches subalternes. La liste des factions ne s'arrêtait pas là, toutes divisées à parts égales entre les besoins des lycans et des vampires. Personnellement, j'avais pitié de ceux qui étaient relégués à la récolte de la pleine lune.

Un rayon de lumière apparut au sommet de l'escalier et Juliet s'avança, sa robe saphir luisant sous le lustre. Ses yeux bruns croisèrent brièvement les miens avant qu'elle ne descende, la tête baissée en déférence comme prévu.

— J'avais bien cru sentir quelque chose de doux, remarqua Sebastian, contemplant chaque détail de la femme magnifique qui descendait les marches.

— Elle est franchement délicieuse, murmurai-je.

L'appréhension de Juliet suintait à travers notre lien mental, mais ses pas demeuraient réguliers, son corps faussement détendu. C'était presque fascinant de sentir la vérité qui émanait de son apparence impeccable, laissant entrevoir la femme qui était en elle. Ma Juliet – un joyau que je voulais extraire, polir et faire briller. À moins qu'elle ne continue à s'enterrer et à se cacher.

Je creuserai plus profond, chérie. Si profond que tu brilleras et brûleras quand j'en aurai fini avec toi. Et seulement alors, tu seras bel et bien mienne.

Ce vœu mental remua quelque chose d'ancien et de

sombre en moi – un instinct possessif aussi vieux que le temps lui-même.

Sitôt qu'elle atteignit le bas des marches, Juliet s'inclina en une gracieuse révérence, puis se figea en attendant mon ordre de se redresser.

— Je te présente officiellement ma future *Erosita*, Juliet.

Une note d'émerveillement parcourut mon lien mental jusqu'à Juliet. Je ne lui avais jamais expliqué ce terme, ni ne l'avait employé en sa présence quand elle était éveillée.

— Je suis impressionné par ta retenue, répondit Sebastian, ses yeux noisette levés vers les miens. Certains pourraient croire que tes actions, ou leur absence, nourrissent un certain objectif.

Je souris.

— Les aspirations sont des mauvais rêves, n'est-ce pas ?

Il me sourit en retour.

— En effet.

Les jeux de mots m'avaient toujours ennuyé, mais les vampires les adoraient, surtout les politiques. Il serait tellement plus facile d'avouer que je m'abstenais indéniablement de sauter ma vierge de sang pour prouver que je possédais l'âge, des compétences et le contrôle supérieurs nécessaires pour diriger. Hélas, nous avions choisi les devinettes à la place.

— Puis-je faire connaissance avec ta Juliet ? demanda-t-il, ses pupilles dilatées par une faim à peine réfrénée.

Refuser aurait été une insulte au plus haut degré. Je devais l'impressionner, non l'énerver, mais ça ne m'empêchait pas d'imaginer à quoi ressemblerait sa tête sous ma chaussure en cuir.

— Je t'en prie.

Je l'invitai d'un geste de la main avant de la fourrer dans ma poche, serrée en un poing. Que j'avais terriblement envie de lui balancer dans la mâchoire.

Ça commence bien, D, entendis-je Ivan dans ma tête.

Je ne vais pas le tuer, fut ma réponse. Car j'en avais vraiment envie, vu la façon dont Sebastian tournait autour de Juliet avec un air prédateur. Il s'accroupit devant elle, fourra ses doigts dans son épaisse chevelure, caressa du pouce sa mâchoire jusqu'au menton.

— Laisse-moi voir ton visage, joli cœur.

Sa grimace mentale me dit qu'il l'avait pincée, sa main plus impatiente que ses mots. Elle releva la tête et croisa son regard d'une manière audacieuse qui fit tressaillir mes lèvres. Aucune peur dans ces sombres profondeurs, ce que Sebastian parut prendre pour un défi.

Des vrilles d'hésitation menacèrent sa résolution mentale quand le Régent se pencha pour flairer sa joue et sa gorge, mais sous sa peur se cachait une sensation de réconfort. Curieux, je suivis le fil de ses pensées, et trouvai la source de ce réconfort.

Moi.

Juliet savait que je la protègerais. Sa foi absolue en moi déferla en vagues dans mon cœur, et mon esprit s'ouvrit aussitôt au sien.

Tu es en sécurité, lui chuchotai-je mentalement.

Je sais, répliqua-t-elle.

Son rythme cardiaque demeurait régulier pendant que Sebastian embrassait son pouls.

— Remarquable, s'émerveilla-t-il, la voix empreinte d'un respect total. Soit le Coventus a perfectionné sa formation, soit tu t'es trouvé une vierge de sang rare, Darius. Je n'en ai jamais vu une aussi calme. Si confiante. (Il se releva et tendit la main.) Debout, jeune fille. Je dois en apprendre plus sur toi.

Juliet me lança un regard interrogateur.

— Fais ce qu'il dit, Juliet.

— Sire…

Elle s'inclina légèrement en acceptant l'aide de Sebastian pour se relever.

— Non, non. (Il glissa deux doigts sous son menton.) Tu es trop belle pour te cacher. (Il la maintint ainsi, ses yeux dans les siens, et sourit.) Quel feu, Darius ! Mon admiration pour toi s'accroît de seconde en seconde.

Cette devinette était un peu moins claire. Est-ce qu'il m'admirait davantage de ne pas avoir encore baisé ma vierge de sang, ou y avait-il un sens caché à ses paroles ? Peut-être quelque chose lié à la façon dont je la traitais ? Maintenir un contact visuel avec un vampire ne dérangeait plus Juliet, vu le temps qu'on avait passé ensemble. Sebastian n'était pas aveugle à ce fait, il aurait pu s'en étonner, mais au contraire, il semblait me féliciter pour cela.

Il gloussa en levant la main pour lui caresser les cheveux.

— Je l'adore, dit-il, comme on le dirait à propos d'un animal domestique. Tu vas aider ton maître de plus de façons que tu ne le crois, joli cœur. On en reparle au dîner ?

— Bien sûr, Régent Sebastian.

Sa voix ferme s'accordait à son expression confiante, ce qui provoqua un rire joyeux chez notre invité.

— Absolument délicieuse, se réjouit-il, ses yeux noisette étincelants. Je suis carrément jaloux.

L'âge et l'expérience m'avaient appris à déchiffrer mes concurrents, à repérer les traces de mensonge, d'incertitude et de manipulation. Tout en Sebastian confirmait sa sincérité et son plaisir. Quelque chose de nouveau – une fascination – avait piqué son intérêt de la meilleure façon possible. Tout cela sous la forme de ma belle Juliet.

— Elle est très spéciale, admis-je, content de sa performance. Et sans doute affamée après les exercices que je lui ai fait faire.

L'attention de Sebastian se porta sur les marques de morsure sur son décolleté, et il retroussa les lèvres.

—Je suis sûr qu'elle a apprécié.

Je surpris le regard de Juliet et esquissai un sourire.

— Moi je n'en suis pas aussi sûr.

Le serrement subtil de ses lèvres confirma mes propos et provoqua un nouveau rire du Régent. Je faisais référence à la course – quelque chose qu'elle connaissait bien – mais Sebastian pensait à tout autre chose.

Un autre jeu de mots, que mon adversaire ne capta pas.

— On y va ? proposai-je en indiquant de la main le couloir principal qui menait à la salle à manger.

— Allons-y, acquiesça Sebastian. (Il tendit son bras à Juliet.) Si tu veux bien nous guider, joli cœur.

— Merci, Régent, murmura-t-elle.

Elle escorta notre invité d'un pas sûr. J'admirai son petit cul rebondi sous le tissu saphir translucide. Ma queue remua à cette vue, irritée que j'aie ignoré ses besoins durant toute la semaine. Hélas, Juliet devait reprendre des forces depuis que Trevor et Ivan s'étaient nourris d'elle, quelques jours plus tôt. Et à présent, elle avait absolument besoin d'énergie pour gérer Sebastian. Il ne serait pas tendre avec elle, il pourrait même la tuer si je ne le surveillais pas de près.

Nous entrâmes dans la salle à manger – une pièce que je commençais à détester – et Juliet guida Sebastian vers la chaise qu'Ivan avait occupée la dernière fois. Au lieu de s'asseoir, le Régent lui avança une chaise et me sourit.

— Puis-je la rejoindre, Darius ?

D'accord, ouais, je haïssais foutrement cette pièce à présent.

—Je t'en prie, répondis-je en indiquant la place destinée à Juliet.

Sebastian afficha une paire de fossettes qui lui donna un attrait juvénile en s'installant à côté de ma vierge de sang. Elle ne bougea pas quand il étala une serviette sur ses genoux, puis une sur les siens, et me regarda prendre place face à eux.

Raquel, l'une des aides de cuisine de Gladice, apporta un plateau de salades, la tête basse en signe de déférence. Les convenances. Une chose rarement appliquée chez moi, mais que j'avais dû instaurer à cause de notre invité. Un autre aspect de la société que j'adorerais changer, mais je ne pouvais pas trop m'avancer.

Sebastian posa une main sur la cuisse de Juliet.

— Parle-moi de ton éducation, ma chère fille. Quels sont tes attributs les plus forts ?

Elle me lança un coup d'œil, quêtant de nouveau mon avis. Je lui adressai un subtil signe de tête. Elle passa sa langue rose sur sa lèvre inférieure, redressa les épaules et regarda directement notre invité en récitant son portfolio. Cela me rappela la vente aux enchères, lorsque le commissaire-priseur du Coventus énumérait ses traits et aptitudes. Des notes élevées en linguistique, en histoire, en casse-tête logiques, en jeux de mémoire et en affaires gouvernementales. Tout ce qui faisait une parfaite vierge de sang.

— Et à propos des arts ? s'enquit Sebastian en allemand – une des langues que Juliet parlait couramment.

Elle répondit avec un accent impeccable, rappelant soigneusement ses notes en danse, musique et chorale. Sebastian mangeait sa salade pendant qu'elle parlait, son autre main toujours fermement posée sur sa cuisse. Je me concentrai sur mon propre plat pour m'empêcher de lui casser le bras.

— Et les perspectives sexuelles ? lança-t-il, les yeux assombris par la curiosité.

Juliet déglutit, seul signe de son malaise. Toutes ces années de lavage de cerveau lui permirent de garder son calme et son sang-froid pendant qu'elle détaillait tous les aspects de son éducation sexuelle, de l'entraînement à la gorge profonde aux séances d'observation, en passant par les pratiques entre femmes. Je savais tout cela, mais l'entendre l'exposer si ouvertement, réaliser pourquoi elle suçait si incroyablement bien, mettait ma sensibilité en rage.

Et pourtant, comparée à tant d'autres, l'expérience de Juliet était considérée comme tranquille. En tant que vierge de sang, aucun vampire ne pouvait la toucher dans le Coventus. Elle avait dû assister à des actes impensables autour d'elle, mais n'en avait jamais *subi*. Seules les matrones mortelles pouvaient toucher leurs protégées.

— Fascinant, dit Sebastian, la détaillant d'un regard appréciateur. Tu me pardonneras mes questions, mais tu es plutôt rare, Juliet. Bien que les vierges de sang soient formées pour des affaires de ce genre, très peu atteignent réellement un tel niveau.

Parce que la plupart d'entre elles étaient baisées à mort, envoyées dans des fermes de reproduction, ou retournaient au Coventus former la prochaine génération. Je reposai ma fourchette, ayant terminé ma salade qui flétrissait.

— Mange, Juliet, ordonnai-je, affirmant mon autorité dans cette pièce.

— Oui, Sire, obéit-elle aussitôt.

Sebastian sourit.

— Une belle obéissance. (Il ôta enfin sa main de la cuisse de Juliet et se détendit sur sa chaise, ayant terminé sa salade depuis longtemps.) Elle est parfaite pour ta plateforme, Darius. Les royaux vont l'adorer.

— Plateforme ? relevai-je, haussant un sourcil.

— Assez de manières. (Il agita vaguement la main.) On sait tous deux que tu veux le trône. Inutile de le nier.

— Et moi qui pensais que nous allions encore échanger quelques jeux de mots, dis-je, amusé et un peu soulagé.

Je m'attendais à une autre heure au moins de manières

pontifiantes avant d'en arriver là. Heureusement, mon invité semblait en avoir fini avec les formalités et être prêt à passer aux choses sérieuses.

— Ton franc résumé révèle que tu as une opinion. Quelle est-elle ?

— Je veux que tu te portes candidat.

Pas d'hésitation, pas trace d'un mensonge, même pas un sourire.

Je levai mon verre de vin – rouge sombre, mélangé à du sang – et en fis tourner le contenu.

— Pourquoi ?

— Parce que tu es l'unique héritier de Cam, sourit le Régent.

Une onde de choc traversa la connexion, seule indication que Juliet connaissait ce nom. Elle continua de fixer son assiette, mâchant lentement, bien qu'elle ait clairement compris l'implication de la déclaration de Sebastian.

— Tu souhaites que je postule à cause de mes liens de sang, avançai-je, prenant une gorgée du liquide fortifiant.

— Tu es d'essence royale, Darius, et de loin le plus puissant de notre espèce dans cette région. Quelques-uns vont te défier sur la base de ta disparition d'un siècle…

— Et de la trahison de Cam, l'interrompis-je d'un ton amer qui me venait aisément après des dizaines d'années de pratique. On ne peut oublier ce détail majeur.

Raquel réapparut, remplaçant nos salades par le plat principal à base de poulet rôti, d'un écrasé de pommes de terre et d'une symphonie de légumes. Juliet piocha d'abord dans ces derniers, ses vieilles habitudes d'une alimentation saine l'emportant sur ses goûts.

Sebastian murmura quelques mots appréciateurs sur les plats et suggéra que l'on mange avant de poursuivre notre discussion. Conservant un air nonchalant comme si je ne m'en souciais pas le moins du monde, je cédai au plaisir de ce plat riche, tandis que les souvenirs tourbillonnaient dans mes pensées.

Cam. Mon créateur. L'héritier royal et légitime du trône de la Déesse.

« Je suis désolé de t'imposer ce fardeau, Darius, mais c'est la seule solution. Tu dois continuer ce que j'ai commencé, ou tout cela n'aura servi à rien. Ma mort ne signifiera rien. Mon sacrifice sera vain. Est-ce que tu comprends ? Tu es le protecteur de l'humanité maintenant. Tu es le seul espoir en l'avenir. »

Ses mains puissantes avaient empoigné mes épaules si fort qu'elles avaient failli les briser. Puis il m'avait serré dans ses bras pour la dernière fois et avait disparu dans la nuit.

Quand je l'avais revu la fois suivante, il était dans une urne funéraire.

Je l'avais dénoncé ce jour-là. J'avais versé de l'essence sur ses cendres, craqué une allumette et l'avais regardé disparaître les yeux secs. La plus dure foutue comédie de ma très longue vie.

— C'était délicieux, dit Sebastian en se frottant l'estomac.

Juliet n'en était qu'à la moitié de son assiette, et elle traînait. Je la laissai s'en tirer comme ça pour ce soir, mais décidai qu'un petit-déjeuner plus copieux serait de mise demain.

Je terminai ma dernière bouchée et posai ma fourchette, redoutant ce que j'avais à proposer ensuite.

« Ils appellent cela un avenir harmonieux, disant que c'est le seul moyen pour les lycans et les vampires de vivre en paix − en asservissant l'humanité. Mais c'est un système de classes, destiné à profiter aux royaux et aux meutes alpha. C'est un jeu de pouvoir, de sang et de mort. Nous sommes la race supérieure, je n'en doute pas. Mais cela ne signifie pas que nous devons être cruels et torturer notre nourriture. »

Les paroles véhémentes de Cam écumaient mon âme, me laissant un goût amer dans la bouche.

« Joue le jeu, mon fils. Mets toutes les pièces en place et frappe de l'intérieur. Tu connais l'échiquier mieux que quiconque, même moi. Utilise-le. Embrasse-le. Possède-le. »

Je réfrénai l'envie de serrer les poings. Cam avait tout abandonné pour cet avenir. Après des décennies de planification, il était enfin temps de passer à l'action. Je ne pouvais pas me permettre d'hésiter, même pas pour elle. Ma Juliet chérie.

Je sirotai mon vin tout en rassemblant mes pensées et en soulageant mes entrailles. Puis je souris complaisamment.

— Puis-je te proposer un dessert, Sebastian ?

Le désir illumina les traits du Régent quand il reporta son attention sur Juliet. Elle écarta son assiette en s'efforçant d'avaler une dernière bouchée.

— Oui, répondit-il. Très certainement.

JULIET

Le poulet se retournait dans mon estomac. Je savais que c'était le plan, pourtant une douleur profonde me serra le cœur aux paroles de Darius : *« Puis-je te proposer un dessert, Sebastian ? »*

Tous mes sens se révoltaient à l'idée qu'un autre homme me morde.

Pourtant ça a toujours été ta raison de vivre, me rappela mon côté raisonnable. *Qu'est-ce que ça change ?*

C'est que Darius m'a demandé si je désirais qu'il me partage.

Et tu ne lui as pas dit non.

J'avais envie de grogner de frustration contre cette voix docile, qui me débitait toujours de bonnes raisons et me rappelait d'obéir. Pourquoi précisément maintenant, je l'ignorais. Peut-être que c'était l'épuisement. Ou peut-être que j'avais atteint une sorte de limite. Un mur impénétrable tapissé de mots étrangers détaillant un passé où les humains avaient des droits, où les vampires n'employaient pas mon espèce uniquement à se nourrir et se satisfaire sexuellement.

Impossible.

Va-t'en.

Tu vas mourir. Fais ce qu'on te dit.

Je mourrai de toute façon.

Un doigt descendit le long de mon cou jusqu'aux chaînettes de ma robe, qu'il tripota.

— As-tu une préférence, ma mignonne ? demanda Sebastian d'un ton complaisant.

J'aimerais planter un pieu dans ton cœur mort.

Cette pensée étrangère surgit dans ma tête si brusquement que je faillis sursauter. Songer à tuer un vampire équivalait à une trahison.

Qu'est-ce qui ne va pas chez moi ?

Des tentacules de glace enserraient mon échine.

Ressaisis-toi. Obéis. Ou meurs.

Est-ce que ça va être si terrible ?

Oui !

Le bruit d'une chaise raclant le sol, suivi des pas familiers de Darius, me firent lever les yeux sur lui. Son air renfrogné me dit que c'était vraiment la mauvaise chose à faire. Il m'attrapa les cheveux, me tira la tête en arrière et me fusilla du regard.

— Il y a quelque chose qui ne va pas, chérie ? gronda-t-il. Tu n'as pas entendu le Régent ?

Avais-je raté quelque chose ?

— Je… (J'avalai la grosse boule qui me serrait la gorge.) N-non, Sire.

Son front se plissa, sa prise se relâcha légèrement.

— Est-ce que tu vas bien ?

Dis non, me chuchota Darius à travers notre connexion, d'une voix claire dans mon esprit. *Dis-moi que tu n'es pas bien. Maintenant.*

Son ton de commandement me fit tressaillir.

— Je ne me sens pas très bien, Sire. Toutes mes excuses.

Il pencha ma tête sur le côté, fit courir un doigt le long de mon pouls.

— Mmmh. Est-ce que je t'ai fait trop travailler tout à

l'heure, chérie ? J'ai remarqué que tu as à peine touché à ton repas.

Je n'en avais mangé que la moitié parce qu'il était trop riche. Mon estomac supportait mal de trop manger.

— Je suis désolée, Sire.

Il secoua la tête, irrité de toute évidence.

— Elle est encore débutante, elle ne réalise pas qu'elle doit me le dire quand je l'épuise complètement. (Il tira sur mes cheveux, me faisant sursauter, et lança un regard navré à Sebastian.) C'est clair que j'ai encore du travail à faire sur elle.

Je ne pouvais pas voir le Régent, mais j'entendis le sourire dans sa voix quand il répondit :

— La discipline, c'est important.

— En effet. J'ai presque envie de te laisser la vider de son sang pour son impudence, mais je ne pourrais pas appliquer ma propre punition plus tard. (Il soupira fort et longuement.) Que ferais-tu, Sebastian ?

— Fesse-la à vif, baise-la, puis vide-la.

Ces paroles me firent frissonner. J'avais déjà vu plus d'une fois ce type de discipline administré à ma matrone. En général, il lui fallait des jours pour récupérer.

Darius gloussa.

— Une merveilleuse idée, mais qui prendrait la plupart du temps qu'il nous reste ensemble avant l'aube. Et nous avons une discussion à terminer.

Pendant qu'il parlait, son pouce caressa mon pouls, appliquant une pression subtile qui ressemblait plus à un marquage. Propriété. Possession. Une façon des plus basiques de me marquer comme sienne.

— En effet, convint Sebastian, qui se tenait près de nous. Je suppose que nous aurons d'autres dîners à l'avenir. Peut-être que je cèderai à ton offre d'un dessert à ce moment-là.

— Elle aura plus d'expérience, répondit Darius. En tous domaines.

Ce qu'impliquaient ses paroles me retourna l'estomac. Il offrait plus que mon sang.

Plus d'expérience. En tous domaines.

Il voulait dire au plan sexuel.

Ainsi, à l'avenir il partagerait mon corps pour compenser cette transgression.

Ma bouche s'assécha et mon cœur battit la chamade. Darius avait l'intention de me partager au-delà de mon sang.

Je n'avais plus besoin de donner l'impression d'être malade, car à présent je l'étais vraiment.

Un toucher étranger se balada sur mon bras, me glaçant le sang.

— J'ai toujours apprécié le jeu de la satisfaction différée, murmura Sebastian. Ça me rend d'autant plus impatient à l'idée de ma prochaine visite.

— Je te promets qu'elle aura aussi un meilleur comportement, répliqua Darius, resserrant sa prise dans mes cheveux.

Il tirait tellement fort que mes yeux s'embuèrent. À moins que ce ne soit ce profond sentiment de trahison qui couvait sous ma peau.

Je te faisais confiance.

Parce que tu es une petite fille naïve et stupide. Faire confiance à un vampire ! Quelle idée !

Une nouvelle traction me força à me mettre debout.

— Va dans ma chambre, Juliet. (Son grondement perça la brume de mon esprit, pesa sur mes épaules.) Et attends-moi. Nue.

— Ou-oui, Sire, prononçai-je d'une voix rauque, mêlée de peur.

Il avait vraiment l'intention de me punir cette fois. Je le sentais dans la tension coléreuse de son corps, à la façon dont il me repoussait comme si je n'étais qu'un vulgaire morceau de viande, dont il me tournait le dos avec dédain.

Essaie de ne pas me décevoir encore.

J'avais échoué misérablement, bien que je ne comprenne pas ce que j'avais fait de mal. Mes talons claquèrent sur le marbre, m'entraînant vers sa chambre d'un pas lourd d'appréhension. Au moins allait-il passer un moment avec le Régent, à discuter de leurs projets d'avenir. De politique. De Cam.

Ce nom déchira le brouillard de ma honte et de ma terreur, et rendit encore plus chaotiques mes pensées confuses.

Tout le monde connaissait Cam – le traître royal qui avait tenté d'assassiner la Déesse. C'était *lui* le créateur de Darius ? Le Régent Sebastian avait mentionné que Darius était l'unique héritier de Cam, une autre façon de dire son descendant. Ce qui, par essence, rendait Darius royal – le prochain de la lignée.

Pourquoi vivait-il ici ? J'observai les ornements sur les murs, les tableaux, les lustres sophistiqués, les tapis tissés à la main. Ils criaient la richesse et le privilège, comme tout le reste chez Darius. Son âge, son contrôle, son prestige.

J'atteignis la porte de sa chambre et laissai échapper un soupir.

Qu'est-ce qui m'attendait ici ? Qu'allait-il faire ? Rien de bon, vu comme il vibrait de rage en bas. Je ne l'avais jamais vu si furieux. Il gardait toujours un air calme, une contenance patiente à l'extrême. Eh bien, j'avais apparemment franchi une limite. Je ne comprenais pas comment. J'avais fait tout ce qu'il avait demandé. J'avais couru. J'avais appris à manier des couteaux – pas bien, mais j'avais essayé. Hier, il m'avait forcé à tirer au pistolet. Je ne me m'étais jamais plainte, pas une seule fois, même quand j'avais l'impression que courir ces tours de piste me tuerait.

Bon, je l'avais interrogé aujourd'hui. Après quoi il m'avait embrassée. Ça voulait dire que j'avais bien fait, non ?

— Je ne comprends pas, marmonnai-je à la porte. Rien de tout ça n'a le moindre sens !

J'abattis mon poing sur le battant et sursautai à mon propre emportement. Le bruit rebondit contre les murs, atteignant sans aucun doute les vampires en bas.

Oh non.

Oh non, non, non.

Je me faufilai dans la pièce, cherchant où me cacher. Peut-être penseraient-ils que c'était quelqu'un d'autre, un serviteur ayant laissé tomber quelque chose par accident. J'ôtai d'une chiquenaude de mes épaules les chaînes de ma robe, laissant le vêtement s'étaler par terre, et me glissai dans le confort des draps de Darius.

Protection, soupira mon âme.

Mensonge, répliqua mon esprit. *Tu n'es en sécurité nulle part.*

Grimaçante, je me blottis encore plus sous les couvertures. Mes frissons n'avaient rien à voir avec la température, mais tout avec l'avenir immédiat.

Mes yeux refusèrent de se fermer, bien que mon corps se détende dans le confort du matelas luxueux. Darius pouvait entrer à tout instant, enragé, réclamant pénitence.

Pour quoi ?

Mes péchés. Mes erreurs. Mon irrespect.

Je frémis, et ma vision se brouilla.

— Je déteste ça, chuchotai-je.

Pendant plus de vingt ans, j'avais simplement accepté mon destin, m'étais pliée à la volonté des vampires autour de moi, avais fait ce qu'on me disait pour survivre. Et pour quoi faire ? Pour vivre dans une peur constante ? Pour être mordue et vidée de mon sang jusqu'à mon dernier fil de vie, encore et encore ? Pour être forcée de satisfaire les désirs sexuels de tous ceux que mon maître m'imposerait ?

Ce n'était pas une vie. C'était une mort ambulante.

J'avais eu tout faux pendant tout ce temps. Les règles, les convenances, l'obéissance constante. Je les avais toutes suivies pour apaiser ces êtres supérieurs et les empêcher de me tuer. Ce que j'aurais dû faire, c'était me rebeller pour les inciter à mettre fin à mes misères.

—Je suis vraiment une imbécile, réalisai-je.

C'était la mort que je devais courtiser, pas la vie. Il fallait mettre un terme à tout ça.

Oui, me susurra un côté sombre en moi. *Cette nuit…*

Je hochai la tête, soulagée tout à coup. Plus de douleur, de confusion, de tourments. Plus besoin de satisfaire un maître que je ne comprenais pas. Plus de fausses promesses de changer l'avenir ni d'inepties sur le poison.

Plus rien.

Mon corps se détendit, mes paupières se fermèrent.

L'avenir était heureux.

Tranquille.

La mort.

ĐARIUS

Je fermai la porte après le départ de Sebastian.

— Merci. Merde.

Je me passai la main sur le visage en exhalant un soupir.

Notre conversation s'était bien déroulée, son soutien était réel et évident, il appuyait ma candidature pour la souveraineté. Une autre pièce d'échecs se mettait en place, m'offrant une position parfaite pour l'ascension.

Je lissai ma cravate de la main, puis sortis mon téléphone. Ivan répondit à la première sonnerie.

— Bien. Tu as survécu à la rencontre.

— Tu oublies que Sebastian a la moitié de mon âge et n'est pas de sang royal, grognai-je.

J'aurais pu le tuer en un claquement de doigts, et ce soir j'avais envisagé cette possibilité plus d'une fois.

— Ah, mais c'est le Régent. Il représente la loi.

Son ton moqueur me fit retrousser les lèvres.

— Oui, ce qui veut seulement dire que la paperasserie et les conséquences seraient quelque peu irritantes. Et il faut bien admettre que le garder en vie sert un but plus utile.

Un silence, le temps qu'Ivan lise entre les lignes.

— Il a accepté d'appuyer ta candidature.

— Mieux que ça, répliquai-je. Il est d'accord pour me désigner officiellement candidat au gala du Parlement dans quelques semaines.

— Eh bien merde. Ça s'est mieux passé qu'on l'espérait. Qu'est-ce que tu as fait, tu l'as laissé se taper Juliet ?

Mon amusement mourut dans un grognement.

— Non.

Je n'avais même pas été capable de le laisser se nourrir d'elle, sans parler de la caresser. Heureusement, elle avait bien capté mon message de feindre un malaise, et l'avait fait d'une manière spectaculaire. Je l'en récompenserais sitôt monté à l'étage.

— Alors je suis sûr que son sang a suffi, gloussa Ivan.

Je ne pris pas la peine de le détromper. Je pris la direction de ma chambre, impatient de me reconnecter avec Juliet. Me concentrer sur Sebastian avait nécessité de me couper de ses pensées, et bizarrement, ça me manquait un peu de ne plus l'avoir dans ma tête.

— J'ai besoin que Trevor et toi vous prépariez correctement pour le gala, repris-je en atteignant le palier supérieur. Et mets aussi au courant notre royal ami. Il approuvera ce résultat.

— Vu que ça va l'éliminer complètement du tableau, je suis d'accord. Et pour le gala, options A et B, exact ?

— Oui.

Option A, mon adversaire se dérobait et renonçait à sa candidature à devenir le nouveau souverain. Option B, un accident mortel survenait dans son avenir. Je préférais cette dernière. Gaston était un enfoiré sadique qui préférait boire du sang jeune, genre moins de dix ans.

— C'est parti. Autre chose ?

— Pas encore.

— Cool. Va jouer avec ta poupée sexuelle pour fêter ça.

Je me tenais juste devant la porte de ma chambre, et ne pus réfréner un sourire à ses paroles.

— J'en ai bien l'intention.

— Aucune jalousie de ma part, conclut-il avant de raccrocher.

Mes lèvres se retroussèrent de nouveau. Ivan serait extrêmement jaloux s'il savait ce que j'avais prévu pour ma douce Juliet.

J'abaissai la poignée et me glissai dans la chambre faiblement éclairée. *Si tranquille.* Je refermai doucement la porte, m'avançai sans bruit sur le sol moquetté.

Juliet était roulée en boule au milieu de mon lit, ses cheveux répandus d'une manière séduisante sur mes oreillers en soie. Elle ne bougea pas quand je m'approchai, ses fines épaules s'élevant et s'abaissant au rythme de sa respiration douce et paisible.

Magnifique, songeai-je en dénouant ma cravate. Je devrais exiger qu'elle dorme ici chaque nuit. Nue. Lovée dans mes draps.

Une chaleur envahit ma poitrine. L'unique raison pour laquelle elle avait dormi ailleurs cette semaine, c'était de la protéger de mes rudes besoins. Il lui fallait du repos. Je voulais du sexe. Les deux ne se mélangeaient pas, mais je ne pouvais pas me passer d'elle plus longtemps.

Mon nœud de cravate défait, j'en laissai pendre les deux extrémités de chaque côté de mon cou. Perdue dans ses rêves, Juliet ignorait toujours que je me tenais près d'elle.

J'ôtai ma veste, la posai sur la chaise à côté du lit, et détachai mes boutons de manchette. Ils tombèrent sur la table de nuit avec un tintement qui résonna dans la pièce. Malgré tout, ma vierge de sang chérie demeura molle et insouciante, telle une souris inconsciente reposant dans l'antre d'une vipère. Elle ne m'entendit pas me déchausser ni détacher ma ceinture, plongée dans son paisible sommeil.

Mmmh, comment devrais-je la réveiller ? Par un baiser ? En lui caressant légèrement le dos ? J'y songeai en faisant le tour du lit, il fallait que je voie son visage. Mes doigts s'activèrent d'eux-mêmes à déboutonner ma chemise. Juliet m'enlèverait mon pantalon. De préférence avec ses dents.

Mais en me penchant sur elle, je fronçai les sourcils. Des cernes sombres bordaient ses yeux, sa peau était rougie par l'épuisement.

Non, pas l'épuisement. La dévastation.

J'effleurai du pouce les taches humides sur ses joues. Ses cils se soulevèrent et deux points de douleur me fixèrent, mêlés d'une peur abjecte. Elle sursauta en arrière, tirant les couvertures en même temps, et se replia en position fœtale.

— Juliet, murmurai-je. Ce n'est que moi. Sebastian est parti.

Son pouls s'emballa, éveillant mon instinct prédateur. *La terreur.*

Son odeur était délicieuse, mais je préférais mes amantes excitées, non pétrifiées. Laissant ma chemise à moitié déboutonnée, je m'assis sur le lit près d'elle et lui saisis l'épaule quand elle tenta de s'écarter.

Mon front se plissa.

— Qu'est-ce qui ne va pas, Juliet ? Tu es blessée ?

Elle expira avec un bruit âpre et frissonnant qui ressemblait à une parodie de rire.

— Non. Si.

Sa voix rauque, ainsi que les taches humides son son oreiller, me confirmèrent qu'elle avait pleuré.

Je m'allongeai sur l'édredon près d'elle.

— Regarde-moi, Juliet.

— Pourquoi ? marmonna-t-elle d'un ton maussade.

— Parce que je te le demande.

Elle ferma les yeux et serra sa lèvre entre ses dents. Sous ma main, un tremblement parcourut ses membres, jusqu'à ce qu'elle reprenne son souffle et croise enfin mon regard. Le feu dans ses pupilles noyées de souffrance formait un mélange enivrant.

— Je vous hais, susurra-t-elle. Je vous déteste à mort.

— Eh bien, ça c'est une déclaration, répondis-je, surpris et un peu excité par sa furieuse répartie. Puis-je demander pourquoi ?

— Pourquoi ? répéta-t-elle. Pourquoi ? (Son ton monta.) Je n'ai aucun choix. Aucune liberté. Aucune raison de vivre autre que la survie, ce qui est peu dire quand je passe ma vie – aussi brève soit-elle – à faire l'esclave pour vous et votre espèce. À être pompée jusqu'au seuil de la mort, ressuscitée et pompée de nouveau ! Et ça va au-delà de juste donner mon sang. Votre intention est d'exiger du sexe. Mon corps ne m'appartient même pas. Mon esprit certainement pas non plus. Rien, Darius. Rien ne m'appartient !

Avec un cri, elle repoussa ma main et roula sur le dos, puis se couvrit les yeux des mains.

— La mort serait plus facile. Plus douce. Si vous possédiez un soupçon d'humanité en vous, vous me tueriez. Mais je sais que vous ne le ferez pas. Je suis un investissement trop coûteux, et même maintenant, je me sens obligée de vous demander pardon pour une crise que même un animal ferait dans ma position. Et j'accepterai ma punition, car c'est ce que fait une bonne vierge de sang.

Elle serra les poings au-dessus de sa tête et se mit à se frapper avec. J'attrapai ses poignets avant qu'elle ne se fasse du mal, m'agenouillant en même temps de chaque côté de sa taille. Elle gronda sous moi, rua comme un chat sauvage, les yeux fous de peur et de fureur.

— Juliet, l'appelai-je d'une voix calme et apaisante, en la bloquant aussi doucement que possible.

— Je vous hais ! glapit-elle. Je veux mourir !

Merde.

Elle s'était brisée finalement. Tout le contrôle mental endoctriné en elle par des années de conditionnement sévère s'était enfin effacé devant la réalité de notre situation.

— Tuez-moi, supplia-t-elle, me déchirant le cœur. Je veux mourir. S'il vous plaît, tuez-moi.

De nouvelles larmes perlèrent à ses yeux, et sa résistance l'abandonna en un souffle si douloureux que je le ressentis au plus profond de moi-même.

C'était le moment que j'avais craint et désiré le plus. Ce moment où elle se briserait si complètement que sur le plan émotionnel, elle n'aurait d'autre choix que de remonter la pente.

Je m'écartai de sa forme allongée, m'adossai à la tête de lit et tirai son corps tremblant sur mes genoux.

— Juliet, susurrai-je en la tenant serrée dans mes bras. Tu es en sécurité avec moi.

Un autre faux rire dur s'échappa d'elle, entrecoupé d'un sanglot.

— En sécurité, marmonna-t-elle. Vous prévoyez de me partager avec Sebastian, de le laisser me fesser et me baiser à mort.

Son rappel des paroles de Sebastian me fit bouillir le sang, mais je ravalai ma colère.

— Jamais, Juliet. Il ne te touchera jamais.

Elle secoua tristement la tête.

— Si, il le fera.

— Non, Juliet. Ça n'arrivera pas. (Je lui pinçai le menton pour la forcer à lever les yeux sur moi.) Tu es à moi, et je ne te partagerai pas avec lui.

— Vous avez dit que vous le feriez.

Elle prononça ces mots d'une voix basse et vaincue, et soudain, je compris ce qui l'avait poussée à bout. J'avais détruit sa foi en moi avec quelques phrases soigneusement formulées. Cela allait plus loin que ça, bien sûr, son passé ayant ouvert la voie vers cette issue inévitable, mais mes déclarations de ce soir avait fissuré ce qui restait de ses parois de verre.

— Oh, ma chérie… (Je soupirai et l'embrassai sur le haut du crâne.) Je ne faisais qu'*insinuer* une future expérience pour le satisfaire ce soir.

— Expérimentée. En tous domaines.

Elle prononça ces mots dans un souffle haché et trembla violemment, son dégoût et sa répulsion se lisant clairement sur ses épaules voûtées. Il semblait que mes déclarations avaient touché une corde sensible. En les considérant de son point de vue, je pouvais comprendre pourquoi.

— C'est vrai que tu seras plus expérimentée – en tous domaines – la prochaine fois qu'on l'aura à dîner. (Je soulevai de nouveau son menton, captai son attention.) Car je ne prévois pas de le divertir de nouveau tant que je ne serai pas couronné.

Je laissai ces mots s'insinuer en elle, mais elle ne me renvoya que du tourment. Son brouillard émotionnel voilait son raisonnement. Il lui fallait plus d'informations pour comprendre. Des mots spécifiques. Du réconfort. De la confiance.

— Juliet. (Je caressai du pouce sa lèvre inférieure frémissante.) Il est considéré comme très inconvenant qu'une personne occupant un rang inférieur – tel un régent – demande quoi que ce soit à un souverain. En particulier des faveurs impliquant quelque chose d'aussi précieux qu'une *Erosita*.

Elle cligna de ses grands yeux bruns.

— *Erosita ?*

— Oui, dis-je en souriant. Le terme officiel pour une humaine liée par la cérémonie. C'est une sorte de titre très respecté par mon espèce. (Et foutrement jalousé aussi.) Tu seras mon *Erosita* une fois qu'on aura achevé le rituel.

— Plus de sang, marmonna-t-elle.

— Oui, et la communion de nos âmes.

L'esprit, le corps et l'âme. Nous partagerions tout alors — notre sang, notre passion, nos pensées. Je frottai mon nez dans ses cheveux, la poitrine oppressée.

—Je suis désolé pour tout à l'heure, chérie.

Les excuses m'échappèrent sans préambule. Je n'étais même pas sûr de ce pour quoi je voulais m'excuser, mais ces paroles étaient sincères. Elles étaient nécessaires. Rien de tout cela n'était juste pour elle. Tous ses commentaires furieux, ses accusations et déclarations, étaient fondés sur la vérité. Elle n'avait jamais rien demandé de tout cela ; aucun de ses semblables ne l'avait fait.

— J'aimerais comprendre, chuchota-t-elle. J'ai *besoin* de comprendre.

Mon regard plongea dans le sien, et ce désir ardent était palpable dans leur profondeur chocolat.

— Il faut que tu voies, acquiesçai-je. (Cela avait toujours fait partie du plan, mais pas avant qu'elle ne puisse apprécier vraiment ce que j'avais à lui montrer.) Tu as raison, Juliet. Il est temps, finalement.

Demain, je prendrais les dispositions nécessaires. À présent qu'elle avait brisé les chaînes de son lavage de cerveau, je pouvais passer à la prochaine phase de sa formation.

Une complète immersion dans la réalité. Pas celle décrite dans ses livres, textes et présentations donnés par le Coventus. Mais le monde réel, ce qu'il était devenu hors des confins de la riche société des vampires.

J'embrassai ses cheveux, la tint serrée contre moi.

On n'en était qu'au début de sa rééducation. Pauvre chérie. Si la vérité de cette nuit l'avait blessée, elle n'était pas au bout de ses peines.

JULIET

ON VOLE.

Dans un jet.

Dans la nuit étoilée.

Jamais, dans mes rêves les plus fous, je n'aurais imaginé une telle expérience.

La lune presque pleine paraît le ciel obscur de nuances et de couleurs attrayantes. Je percevais chaque détail, mémorisais la scène au cas où je ne la reverrais plus jamais.

— Minuit, dit Darius, son téléphone à l'oreille.

Il était assis à côté de moi, vêtu d'un pantalon noir et d'un pull crème qui mettait en valeur ses traits sombres. Je portais un jean, un pull rouge foncé et des bottes. C'était de loin la tenue la plus étouffante de mon existence. Rien de moi n'était exposé, à part la naissance de mes seins sous le col en V.

— Des plats pour six, continua-t-il. (Il marqua une pause le temps d'écouter.) Non, une seule chambre. Les autres vont s'occuper de leur propre hébergement. (Il me saisit la main et la posa sur sa cuisse.) Oui, ce serait acceptable.

Je reportai mon attention sur les étoiles. Darius avait baissé toutes les lumières, nous offrant une vue pleine et entière du magnifique paysage.

Incroyable…

— C'est exact. Merci.

Darius coupa l'appel et se détendit près de moi, son pouce effleurant ma main.

— On devrait atterrir d'ici une heure.

Je hochai distraitement la tête, incapable de me concentrer vraiment avec le globe géant et fascinant qui roulait sous mon hublot. Au-dessus, les étoiles scintillaient dans le ciel de minuit, apaisant mon âme.

— Je ressens ta fascination brûlante à travers notre connexion, Juliet, murmura-t-il. C'est une sensation plutôt inhabituelle, car très peu de choses m'intriguent ces derniers temps.

Il porta ma main à ses lèvres et mordilla mon poignet, m'envoyant des papillons dans le ventre.

— Où m'emmenez-vous ? m'enquis-je.

Mes lèvres avaient bougé avant que je ne réalise ce que j'allais dire. Mon cœur manqua un battement à cette demande effrontée, mais ma bouche refusa de se rétracter ou de s'excuser.

Je voulais savoir.

Non, je *méritais* de savoir.

— À Chicago, répondit Darius.

Je cillai, surprise de son simple assentiment. *Bien sûr qu'il a répondu. Pourquoi non ?* Je secouai la tête.

Si j'avais appris quelque chose la nuit dernière, c'était que je ne comprenais pas du tout Darius. Je m'attendais à être frappée – ou pire – pour mon comportement, mais au contraire, il m'avait bercée et parlé calmement toute la nuit.

Il avait promis de ne jamais me partager. Il ne m'avait pas crié dessus quand j'avais fulminé d'une façon incohérente. Il m'avait laissée pleurer. Il avait même embrassé mes larmes.

Et à présent, il répondait à ma question sans hésiter.

— Chicago, répétai-je. (Ce nom avait une résonance

familière en moi, mais qui ne venait pas de mes études au Coventus.) C'était une ville populaire dans les anciens États-Unis, c'est ça ? (Elle était mentionnée à de nombreuses reprises dans ses livres d'histoire.) Elle existe toujours ?

— Tout existe toujours. La question que tu veux poser est : qu'est-elle devenue ? (Il reposa nos mains jointes sur sa cuisse et soupira.) Tu la connais sous le nom de Lilith City.

Mon cœur remonta dans ma gorge et mon regard quitta enfin le hublot.

Lilith City ? C'était au cœur du monde vampire. La Déesse elle-même vivait derrière ses murs célèbres, assurant la loi et l'ordre parmi ses semblables. Les vierges de sang ne s'y rendaient que pour assumer des fonctions politiques ou subir un procès et une exécution.

Darius avait-il l'intention de me livrer à la cour des vampires pour me punir ? Pour me faire mettre à mort pour insubordination ? Pour faire de moi un exemple public ?

Déesse, je le méritais. Surtout après la nuit dernière. J'avais enfreint toutes les règles, laissé mes émotions régir mon comportement, mal agi devant le Régent et considéré la mort comme une meilleure alternative au destin. La liste de mes transgressions était sans fin.

Allais-je mourir ?

Cela allait-il tourner si mal ?

Darius se pencha sur moi et pressa ses lèvres sur les miennes. Mes pensées fondirent en une flaque chaude quand sa langue se glissa dans ma bouche, me ramenant au présent.

En sécurité, susurra mon âme. Une confiance instinctive qui surpassait ma faculté de raisonnement. Il pouvait m'envoyer à la mort ou pire, et je ne pus m'empêcher de lui rendre son baiser.

— Relax, Juliet, dit-il à mi-voix. Je n'ai aucune envie de te punir. Pas pour avoir fait exactement ce que je voulais.

Il m'embrassa de nouveau, cette fois plus lentement, plus

intimement. Sa main tenait toujours la mienne, son pouce traçant des cercles languides sur mon poignet.

— Darius, trouvai-je l'audace de chuchoter.

— Oui, chérie ?

— Dites-moi pourquoi nous allons à Lilith City.

C'était sorti d'une façon plus osée que prévu : ma demande sonnait presque comme un ordre.

Il sourit contre ma bouche.

— Mmmh, je savais que tu étais la bonne. (Ses yeux séduisants débordaient d'admiration quand il croisa mon regard.) Qu'est-ce que le Coventus t'a enseigné sur Lilith City ?

— Que c'est la demeure vénérée de la Déesse et le siège du gouvernement vampire.

J'avais l'impression de sortir ces mots d'un manuel, mais ils étaient exacts.

— La demeure vénérée de la Déesse, répéta-t-il en ricanant. Laisse-moi deviner : tu as été forcée de la prier, hein ?

Je hochai la tête.

— Elle est l'être suprême.

— Plutôt la pétasse suprême. (Il secoua la tête.) Je connais Lilith depuis plus de deux mille ans. Déesse, elle ne l'est certainement pas. C'est juste une très vieille vampire royale qui a un penchant pour le pouvoir.

Je restai bouche bée, choquée par une telle franchise. Il venait d'insulter la plus haute dirigeante de notre monde – la Déesse elle-même – sur un ton des plus sardoniques.

— On pourrait vous tuer pour une telle déclaration, murmurai-je, atterrée.

Ils écoutent sans cesse, m'avait avertie ma matrone. *Ne prononce jamais* Son *nom en vain*.

— Les moutons s'effraient facilement, gloussa Darius. (Il pressa ma main.) Ne t'inquiète pas, ma chérie. Lilith peut désirer me tuer, mais ce ne sera pas pour avoir dénigré son précieux titre. Aucun de mes frères ne la considère comme un être suprême, simplement comme une reine. C'est aux humains qu'on apprend à la vénérer, principalement parce qu'elle trouve ça amusant.

Je fronçai les sourcils. Cela ne pouvait pas être vrai.

Sauf que, eh bien, ça l'était peut-être… Pourquoi mentirait-il ?

Le Coventus organisait des rituels où les vierges de sang lisaient des passages d'anciens textes en latin qui louaient la Déesse pour nous avoir apporté la vie à tous. Toutes les cérémonies étaient menées par les matrones, pas par les vampires. Ceux-ci rôdaient simplement aux abords, servant de gardes pour nous maintenir dans le rang.

— Pendant les rituels, les vampires ne s'agenouillaient jamais, ni ne lui rendaient hommage, réalisai-je. Votre espèce ne la vénère pas.

— Non. Toutefois, il y en a beaucoup qui respectent son leadership.

La façon dont il le dit suggérait qu'il n'en faisait pas parie.

— Qui les vampires révèrent-ils, alors ? me demandai-je à voix haute, curieuse à présent.

— Nous-mêmes, principalement. (Il passa son pouce sur mes jointures et poursuivit d'une voix songeuse :) Le Coventus prêche sa propagande pour cadrer les humains. Avoir une puissance supérieure à prier vous donne à tous un faux espoir qui est facilement manipulable. C'est en fait assez brillant comme mécanisme de contrôle, et aussi terriblement triste.

Mécanisme de contrôle – un résumé assez juste de ma vie. Je n'avais jamais eu le choix, pas une seule fois, et ne l'avais jamais désiré – jusqu'à ce que Darius apparaisse dans ma vie.

— Nous sommes les prédateurs ; les humains sont les

proies, continua-t-il de sa voix douce. Et mon espèce a toujours aimé jouer avec sa nourriture.

Pendant qu'il parlait, son regard tomba sur mon cou, m'échauffant le sang.

Oui, s'il te plaît, soupira mon corps. *Mords-moi.*

— Et vous ? demandai-je, le souffle court. Vous aussi aimez jouer avec votre nourriture ?

Tu aimes jouer avec moi ?

Ses lèvres se retroussèrent.

— Debout, lança-t-il en lâchant ma main.

Mon souffle ralentit et son ordre me réchauffa de l'intérieur. *Oserais-je refuser ?* Plus important, le voulais-je seulement ?

J'eus ma réponse en me redressant, les jambes fermes. Même après mes convictions de la nuit dernière, j'avais toujours envie de lui plaire. Pas le vampire. Pas la société. Mais Darius lui-même.

Parce que j'aime *le satisfaire.*

— Chevauche-moi, Juliet.

J'enjambai ses genoux et serrai mes cuisses de part et d'autre des siennes, posant les mains sur son abdomen plat.

— Vous ne m'avez toujours pas dit pourquoi nous allons à Lilith City.

— Je sais. (Il posa une main sur ma nuque, l'autre sur ma hanche.) C'est une étape sur la route de notre destination, qui me permettra de te révéler la vérité sur notre monde. (Il caressa mon pouls du pouce.) Je veux te montrer ce que le Coventus t'a caché.

— Pourquoi ?

— Tu verras quand on y sera.

Il promena son nez sur ma joue, en une caresse aussi légère qu'une plume, et inhala lentement.

— Tu sens incroyablement bon, murmura-t-il, resserrant sa prise sur ma nuque. Ma version du paradis.

Ses lèvres effleurèrent ma mâchoire, hérissant de la chair de poule sur mes bras. J'aimais la sensation de sa bouche sur moi, la façon dont il murmurait sur ma peau, laissant un soupçon de chaleur dans son sillage.

— Tu m'as demandé si j'aimais jouer avec ma nourriture, reprit-il à voix basse dans mon oreille. Était-ce une invite, chérie ? (Il frotta son nez dans mon cou, ses dents glissant sur ma peau sensible.) Parce que ça y ressemblait clairement.

Ma gorge s'assécha, mes yeux se fermèrent.

Je t'en prie…

Les crocs de Darius narguaient l'endroit vulnérable sous mon oreille, envoyant des frissons dans mon échine. Non pas de peur, mais de tentation. J'avais envie de son baiser vampirique, de sa possession, de sentir qu'il absorbait mon essence et *possédait* chaque partie intime de mon corps.

Réfléchis, Juliet.

Il y avait quelque chose que je voulais savoir.

Plusieurs choses, en fait.

Mais – *oooh* – peut-être que ce n'était pas si important. Surtout avec la bouche de Darius qui mordillait mon pouls.

— Réponds-moi, Juliet, m'intima-t-il d'un ton d'une suavité trompeuse. Dis-moi si c'est ce que tu insinuais.

L'était-ce ? Je ne m'en souvenais plus. Surtout avec sa main étalée sur ma hanche, son autre main sur ma nuque, et le bout de ses incisives taquinant ma peau sensible.

— Mordez-moi, suppliai-je d'une voix rauque de désir. S'il vous plaît.

— Tu veux du plaisir, mon cœur ? gloussa-t-il. C'est ça ?

Il me tira à lui, en haut de ses cuisses, plaça mon centre contre son indubitable excitation. Je me cambrai contre lui en gémissant, j'en voulais plus.

Qui suis-je ?

On s'en fiche.

Je soulevai mon pull, j'avais besoin de l'enlever. Si chaud, si entravant, si…

Darius empoigna l'ourlet et le plaqua contre mon ventre.

— On reste habillé, lança-t-il d'une voix basse et autoritaire.

— Pourquoi ? grognai-je en croisant son regard allumé.

— Parce qu'on atterrit bientôt. (Il mordit ma lèvre assez fort pour faire perler le sang. Cela me fit plus de mal que de bien – une punition pour m'être montrée trop impatiente ?) Parce que tu me tentes bien assez comme ça, et mon contrôle n'est pas infaillible. (Sa langue parcourut légèrement la blessure, envoyant dans ma matrice une bouffée d'extase qui chassa la douleur résiduelle.) Parce que j'ai bien l'intention de te dévorer comme il faut, une fois qu'on aura fini notre travail.

— Comme il faut ? répétai-je, l'esprit embrumé par la sensation délirante de sa bouche taquinant la mienne. Est-ce que vous avez l'intention de me déflorer finalement ?

Un frisson me parcourut à cette perspective, suivi d'une ombre d'appréhension.

Est-ce que ça fait mal ?

Est-ce qu'il voudra encore de moi après ?

Est-ce que je vais survivre ?

Cette dernière pensée me donna à réfléchir, mes pupilles concentrées sur le beau visage de Darius. Son regard charbonneux déclencha une volée de papillons dans mon bas-ventre. Oh, cela me ferait mal – sans nul doute – mais Darius ne m'avait jamais fait souffrir sans plaisir.

— Revendiquer ton corps est la phase finale de la cérémonie, Juliet. (Sa main se glissa sous mon pull, douce sur ma peau nue.) Cela te rendra mienne. Pour toujours.

— N'est-ce pas le but ? demandai-je, le souffle court. Ou bien attendez-vous que j'aie fait mes preuves d'une façon ou d'une autre ?

Son pouce remonta le long de mon flanc, de mes côtes.

— Tu n'as rien à me prouver. Je sais que tu corresponds parfaitement à mes besoins.

— Oh. (Je me léchai les lèvres, songeuse.) Alors… cette nuit ?

Il me lança un regard amusé.

— Tu as tant envie que je te saute, ma chérie ?

— Je… C'est juste que je ne comprends pas pourquoi vous ne l'avez pas encore fait. (Je m'éclaircis la gorge.) Ma matrone m'a préparée pour la nuit de mon achat, mais…

— Je t'ai à peine touchée, acheva-t-il. (Sa paume glissa vers le haut pour caresser mes seins.) Pas de soutien-gorge. Ça veut dire que tu n'as pas de culotte non plus ?

Je pressai mon sein dans sa main, j'en voulais plus.

— Vous m'avez dit que la règle « sans sous-vêtements » s'appliquait toujours.

Il retroussa ses lèvres.

— En effet. (Il titilla mon téton du pouce, provoquant des picotements d'excitation entre mes cuisses.) Ne pas te sauter a été un véritable défi, mais ça sert deux objectifs. Primo, faire preuve de retenue est considéré comme une force parmi mon espèce, une considération importante lorsqu'on prétend à un poste de souverain. Secundo, la cérémonie n'est efficace que si le sang est échangé au moins trois fois avant la revendication.

Je fronçai les sourcils.

— Donc si vous m'aviez déflorée avant que je boive votre sang… ?

— Nous ne pourrions jamais être connectés.

— Et si quelqu'un d'autre m'avait déflorée ?

— Nous ne pourrions jamais être connectés, répéta-t-il. Même maintenant, si un autre vampire venait à te prendre, il annihilerait le processus.

— Parce que je serais liée à un nouveau maître ?

— Non, tu serais simplement détruite.

Il pinça ma pointe raide, puis massa la douleur de ses doigts habiles. Je réfrénai un gémissement tout en essayant d'assimiler tout ce qu'il venait de dire, mais c'était difficile avec sa main qui marquait ma peau tendre.

— Bon. (Je m'éclaircis la gorge, mon attention oscillant entre l'excitation et l'appréhension.) Hum, est-ce que la cérémonie ne concerne que les vierges de sang ?

— Pas que les vierges de sang, les vierges en général. L'humaine doit rester intacte à tous égards. En d'autres termes, si tu avais bu du sang d'un autre de mes semblables ou si tu avais été déflorée par quelqu'un avant moi, nous n'aurions pas été en mesure d'initier la cérémonie. Par ailleurs, le fait de partager ton sang ne perturbe pas le rituel, pas plus que les actes sexuels sans pénétration, mais tout ce qui a trait au lien – le sexe et le sang de vampire – peut faire voler en éclats tout ce que nous avons construit.

Il lâcha mon sein pour soulever mon pull, et son regard tomba sur le mamelon qu'il excitait. Je ne pris pas la peine de lui faire remarquer qu'il venait de me dire de rester habillée, pas avec l'air apaisant qui caressait ma peau. Il se pencha pour mordiller ma poitrine, frottant sa barbe sur mon téton raide.

— Dès lors que tu as ingéré mon essence, Juliet, tu es liée à moi pour toujours, et à personne d'autre.

— À moins que quelqu'un d'autre me prenne avant vous, soufflai-je, faisant référence à son commentaire sur le potentiel d'interférence d'autrui sur l'élaboration de notre lien.

Cela me parut un argument solide pour qu'il me prenne le plus tôt possible.

Darius prit mon bourgeon tendu entre ses dents et le mordit. Fort. Son nom m'échappa dans un sifflement, des larmes perlèrent à mes yeux. Il n'y avait aucun plaisir dans ce baiser vampirique, juste une aspiration brutale de mon essence dans sa bouche et un marquage de ma chair. Mes ongles se plantèrent dans sa chemise et je refoulai le cri qui montait dans ma gorge.

Une vague d'euphorie déferla dans mon corps, tendant ma peau à un degré douloureux.

Oh, Déesse, qu'est-ce qu'il essaie de me faire ? Mes cuisses se serrèrent tandis qu'une nouvelle vague de ravissement pulsait dans mes veines.

— Darius, soufflai-je en agrippant ses épaules.

Le poids de son érection contre ma tendre intimité mettait le feu à ma peau. Je me tortillai sans vergogne sur ses genoux, désirant plus de friction, plus de quelque chose. Plus de *lui*.

— Personne d'autre ne te prendra, Juliet, jura-t-il sombrement contre ma peau blessée, resserrant sa prise sur ma nuque. Jamais.

Je haletai contre lui, le cœur battant la chamade.

— Mais vous avez dit que le Régent…

— Assez, gronda-t-il, levant la tête pour capter mon regard. J'ai insinué à Sebastian que tu serais plus expérimentée, ce qui lui a fait supposer que je voudrais te partager avec plus de complaisance à l'avenir. C'était une erreur de sa part, car je n'ai aucune envie de laisser un autre te toucher, sans parler de se nourrir de toi. Quiconque essaiera sans mon consentement mourra. Est-ce que tu comprends ?

La véhémence de son ton m'envoya une secousse qui me fit perdre mon rythme cardiaque.

— Ou-oui, Sire. Je comprends.

Il soupira et m'attira à lui, embrassa mon front en enroulant ses bras autour de moi.

— Juliet, la cérémonie nous lie jusqu'à ma mort ou jusqu'à ce qu'un autre revendique ton corps.

Il marqua une pause, laissant l'information faire effet.

— Ça veut dire que vous seul pouvez coucher avec moi, dis-je lentement, traduisant ses paroles. Maintenant et à jamais, sinon la connexion se brise.

— Oui, ce qui te rendrait à nouveau mortelle et te ferait vieillir normalement. (Il posa sa bouche dans mes cheveux et soupira.) C'est pourquoi les *Erositas* sont si convoitées par mon espèce. Elles sont littéralement un fruit défendu. Il suffit d'un toucher intime pour briser le lien éternel. Pourquoi mettrais-je en péril quelque chose de si sacré pour le bon plaisir de Sebastian ?

Je m'immobilisai contre lui.

— Mais, mais vous m'avez dit que le partage est une condition nécessaire à ma position à vos côtés. C'était le but de l'entraînement avec Maître Ivan et Maître Trevor.

— Oui, les *Erositas* – surtout celles qui ont ton précieux groupe sanguin – sont censées s'offrir en nourriture aux invités, dans notre structure politique actuelle. C'est une façon de déprécier la relation, de rappeler aux humaines qui est le maître, et ça sert également de punition aux vampires qui choisissent la cérémonie.

— De punition ? (Il relâcha son emprise, me permettant de reculer un peu.) Pourquoi ?

— Le monde dans lequel nous vivons n'est que pouvoir et contrôle, Juliet. Forcer un vampire à partager sa compagne est la forme ultime de domination.

Il passa son pouce sur la blessure de mon sein, le porta à ses lèvres et lécha lentement le sang tout en soutenant mon regard.

— C'est ce que je suis ? Votre compagne ?

Je ne pus réfréner la note d'étonnement dans ma voix. Jusqu'à présent, j'avais pensé que la cérémonie n'était qu'un moyen de me lier définitivement à lui comme esclave de sang, qu'il partageait et dont il profitait pour l'éternité. Il m'accordait une protection sans liberté. Non pas que cela me dérangeait, puisque mon but était de plaire.

Jusqu'à ce que Darius m'ait présenté cette notion de choix…

Ses pupilles se dilatèrent quand il se coupa et appliqua la blessure à l'essence cicatrisante sur mon mamelon. Ma peau bourdonna d'électricité et guérit à son contact.

— Oui, tu seras à moi de toutes les manières, confirma-t-il doucement.

— Et vous serez à moi ?

Ces mots sortirent avant que je ne puisse les arrêter, et ils semblèrent l'amuser.

— Est-ce que tu demandes l'exclusivité, chérie ?

— Je-je ne sais pas, répondis-je franchement. Vous dites que je ne peux pas avoir d'autres relations intimes, sinon ça brise notre connexion. Mais que se passe-t-il si vous couchez avec une autre ?

— La cérémonie te lie à moi, mais pas l'inverse. Je pourrais prendre plusieurs vierges de sang si je le voulais, sans nuire à notre connexion.

Je fronçai les sourcils. Darius pourrait prendre d'autres amantes, alors que je devais lui rester fidèle. Je n'avais qu'à coucher avec lui – un point positif – mais je n'aimais pas l'idée qu'il fasse plaisir à d'autres. Un nœud se forma dans mon estomac quand je réalisai que Darius pouvait très bien avoir déjà pris d'autres amantes alors qu'il suivait la cérémonie avec moi.

Il n'avait pas bu mon sang depuis plusieurs jours, à part cette gorgée modeste. Il n'avait pas non plus partagé mon lit pendant deux nuits d'affilée. S'était-il offert une autre ? Ou plusieurs autres ? Était-ce ainsi que Darius s'abstenait de me déflorer, en obtenant une gratification ailleurs ?

— C'est injuste, lâchai-je, mon cœur battant douloureusement dans ma poitrine.

Je ne voulais pas partager Darius. Ni qu'il me partage. C'était mal. Cruel. Injuste.

Il est à moi.

— C'est la nature, chérie. (Il remit mon pull en place, ses mains pressant doucement mes hanches.) Maintenant, attache ta ceinture. On va atterrir.

JULIET

Darius m'escorta le long de l'escalier qui descendait du jet privé, jusqu'à la voiture noire qui nous attendait. Il échangea quelques mots brefs avec le chauffeur, lui serra la main et me fit monter à l'arrière, où il s'installa près de moi.

Des lampadaires comme je n'en avais jamais vu éclairaient la route menant à une grappe de gratte-ciels au loin. Très différent de la propriété isolée de Darius et des murs nus du Coventus.

Il me prit la main quand la voiture quitta l'aéroport, nous menant vers ce qui apparut comme une sorte de barricade barrant la route déserte. Je scrutai par la vitre, étudiant cette étrange formation.

Non, ce n'était pas une barricade, mais un rang de soldats vêtus de noir et armés. *Tout comme au Coventus.*

Je me figeai. *Ils sont là pour moi, pour me prendre, pour…*

— C'est la patrouille frontalière, murmura Darius, qui me pressa la main et m'attira contre lui. Sa mission est d'empêcher quiconque de franchir les limites de la cité.

Nous ralentîmes jusqu'à rouler au pas, puis nous stoppâmes quand les hommes en uniforme entourèrent la voiture. Darius abaissa sa vitre, l'air ennuyé.

— Bonsoir, messieurs.

— Sire, répliqua une voix grave.

C'est un humain, réalisai-je en un sursaut. *Comment ?*

Ses yeux bleu foncé croisèrent brièvement les miens avant qu'il ne les baisse sur l'écritoire dans ses mains.

— Quelle est la durée de votre visite ? s'enquit-il.

— Aussi longue qu'il me plaira, répliqua Darius d'un ton qui transpirait l'autorité. J'ai plusieurs propriétés ici.

L'homme feuilleta ses documents et hocha la tête.

— D'accord. Oui. Bien sûr. (Il leva une main, fit signe à quelqu'un. Les soldats entourant la voiture reculèrent immédiatement.) Passez une bonne soirée, Sire. Mes excuses pour l'intrusion.

Darius ne répondit pas, remonta simplement sa vitre et se détendit quand la voiture redémarra.

— Des gardes humains, soufflai-je, les observant par-dessus mon épaule.

Ils étaient au moins cinquante, sinon plus.

— Oui, c'est un poste convoité parmi ton espèce, à cause des avantages.

— Des avantages ? répétai-je en me retournant.

— Oui. Sexe, nourriture correcte, conditions de vie acceptables. Les Vigiles — comme ils s'appellent — bénéficient de ce luxe en échange de leur service aux frontières, où leur mission principale est d'attraper quiconque essaie de s'échapper. (Ses iris verts flamboyèrent quand il croisa mon regard.) Tu les verras partout en ville. Ils assurent l'ordre et sont autorisés à infliger des punitions dans la limite du raisonnable.

— Des humains, dis-je, estomaquée. Qui travaillent pour les vampires ?

Je croyais que la plupart étaient esclaves ou dans des camps divers et variés. Or ces soldats se baladaient librement. Avec des armes.

— Les Vigiles sont également au service des lycans. Comme j'ai dit, c'est un poste envié. Peu sont sélectionnés, ce qui rend la concurrence plutôt féroce. (Il porta ma main à ses lèvres et m'embrassa le poignet.) Forcer les masses à se disputer une position convoitée dans la société pour éviter qu'elles se regroupent et se rebellent. C'est un mécanisme de contrôle classique, et parfaitement exécuté. Essentiellement, les humains s'autorégulent sans que les êtres supérieurs n'aient à faire le moindre effort.

J'ouvris la bouche, la refermai, l'ouvris de nouveau. Mais je n'avais rien à dire. Aucun mot ne sortait. Pas même une question.

Il émit un sourire triste, et ses lèvres s'attardèrent sur les miennes.

— Le Coventus t'a tout appris sur les affaires politiques des vampires, mais rien sur la Journée du Sang ni les factions. Et sans doute pas grand-chose sur les lycans. (Un autre baiser, plus long celui-ci, sa langue venant goûter la mienne.) Mmmh, ça va changer, chérie. Je veux que tu sois consciente et bien informée, et non pas protégée et docile.

Sa bouche captura la mienne, faisant taire toute réponse que j'aurais pu vouloir exprimer. Non pas que j'en aie une. Mon esprit moulinait encore à chercher à comprendre les Vigiles. *Des humains contrôlant des humains. Rivalisant pour des postes. S'autorégulant.*

Darius attrapa mes hanches et m'installa sur ses genoux, m'obligeant à le chevaucher comme je l'avais fait dans l'avion. Un bourdonnement résonna derrière moi − un écran d'intimité qui se déployait ? − tandis que mon pull passait par-dessus ma tête et tombait sur la banquette près de nous.

Je dois me nourrir, murmura Darius, portant ses lèvres à mon cou. Je voulais le faire dans l'avion, mais maintenant c'est plus approprié. (Il frotta son nez sur ma clavicule en respirant profondément.) Touche-moi.

Obéissant aussitôt, je posai les mains sur ses épaules.

— Plus bas, Juliet.

— Oui, Sire.

Je fis courir mes doigts le long de son pull jusqu'à la bosse qui enflait sous son pantalon.

D'une main, il rassembla mes cheveux sur ma nuque, exposant ma gorge.

— Ouvre mon pantalon, chuchota-t-il, ses lèvres sur mon pouls. Sors ma queue.

Sur ce dernier mot, ses incisives percèrent ma peau. Dures. Acérées. Vives.

Mes yeux faillirent se fermer alors même que je défaisais sa ceinture, ouvrais le bouton et faisais glisser la fermeture éclair. Son érection chaude et soyeuse trouva ma main en palpitant avec impatience. Je l'empoignai de la façon qu'il désirait, et il me récompensa en caressant mes seins.

— Darius, gémis-je.

L'extase de sa morsure spiralait vers le point sensible entre mes cuisses. Il déplaça mon poids sur ses genoux, me décentra de façon que mon entrejambe s'appuie sur sa cuisse musclée. Ma tête retomba en avant avec un soupir, mais sa poigne dans mes cheveux me la fit relever, gardant ma gorge exposée à sa bouche vorace.

J'accélérai mon rythme, bougeant ma main le long de sa hampe d'une manière dont mon bas-ventre avait terriblement envie. S'il n'y avait pas eu les pantalons, j'aurais été bien tentée de presser ma vulve humide contre son érection.

Oh, Déesse, oui…

Je le voulais en moi.

Pour sceller le lien. Être à lui de toutes les manières. Le revendiquer comme mien.

Sauf qu'il ne voudrait pas. Pas vraiment.

Mensonge, susurra mon âme. *Il est à moi.*

L'électricité bourdonna sur ma peau et son essence se mêla à la mienne tandis qu'il buvait tout son soûl. Je m'offrais totalement à lui. Lui faisais confiance pour savoir quand s'arrêter. M'abandonnais à l'extase que provoquait sa bouche. Faisais glisser ma main de haut en bas, l'imaginant répéter les mêmes mouvements en moi.

Je pressai sans vergogne ma vulve douloureuse contre sa cuisse, en quête de frottements. En quête de plus. En quête de *lui*.

Sa main sur ma hanche se déplaça plus bas, et son pouce trouva sans peine cet endroit particulier sous le tissu de mon jean. Une unique pression experte m'envoya au septième ciel et je criai sans retenue son nom, qui roulait par vagues entre mes lèvres.

C'était toujours comme ça – explosif.

Intense.

Irrésistible.

Insane.

Mon corps fut secoué, mes membres refusèrent de fonctionner, ma main le serra bien trop fort. Il grogna dans mon cou et ses crocs s'écartèrent. Une autre onde de choc me frappa, m'envoyant tourbillonner encore plus loin. Un second orgasme ? Le même qui continuait ? Oh, je n'en savais rien, je m'en fichais, je me perdais dans mes sensations. Chaud et froid, clair et sombre, bruit et silence.

Je remarquai à peine que Darius me faisait mettre à genoux. Sa queue trouva ma bouche et s'y logea profondément. Avaler était ma seule option. Chaque goutte chaude et salée jaillit droit dans ma gorge. Ma propre euphorie me faisait encore trembler tandis que mes poumons brûlaient en quête d'air.

— Une sacrée perfection, me complimenta Darius en promenant ses doigts dans mes cheveux. (Je croisai son regard à travers les points noirs qui dansaient dans mon champ de vision.) Mmmh, tu es magnifique comme ça, Juliet – à attendre patiemment que je te laisse respirer.

Il effleura ma joue de ses jointures, recueillit les larmes que j'avais versées inconsciemment et les porta à ses lèvres. Il les lécha lentement, prolongeant ce moment jusqu'à ce que ma vision se voile d'une brume obscure.

J'ouvris et fermai les yeux plusieurs fois, clarifiant ma vision embrumée, qui me révéla un horizon urbain foisonnant de lumières scintillantes. Je clignai de nouveau des yeux. Et encore. Mais la baie vitrée continuait de montrer une nuit pleine d'activité.

— Darius ? chuchotai-je.

Pas de réponse.

Je roulai sur le dos — sous moi, le matelas épousait mon corps — et contemplai le haut plafond. Un ventilateur tournait au-dessus de ma tête, sans guère rafraîchir ma peau moite. Le pull et le jean n'y aidaient pas non plus.

Pourquoi Darius m'avait-il rhabillée ? Non, mieux, pourquoi m'avait-il laissée ici ?

J'étirai mes bras et mes jambes et écartait la moelleuse couette blanche. Les décorations noir et argent de la pièce étaient très propres et masculines, mais il manquait dans l'air cette odeur familière dont j'avais tant envie.

Une salle de bain à l'italienne aux meubles en marbre et à la douche géante se trouvait sur la gauche, avec une porte close à côté. J'abaissai la poignée lentement et découvris un couloir baigné de lumière.

Des voix parvinrent à mes oreilles – dont une féminine. Suivie d'un grand rire qui me tordit l'estomac.

Darius.

Avec une autre femme ?

Je me mis à marcher avant de m'en empêcher, et je le trouvai au milieu d'un grand salon, le bras étendu sur le dossier d'un canapé. Une blonde superbe était assise dans un fauteuil près de lui, ses jambes croisées et tournées vers Darius, ses lèvres plissées en un charmant sourire. Ses yeux bleu vif croisèrent les miens et s'écarquillèrent un instant, comme si elle était choquée de me voir.

Le sentiment était réciproque. D'autant plus que je venais de donner du plaisir à Darius avant d'arriver ici. Il n'avait pas besoin d'une autre, et je ne partageais pas. S'il lui fallait plus de sang, il avait le mien. Et mon corps. Et ma bouche.

Il leva les yeux quand je m'approchai, sa cheville posée sur sa jambe retomba au sol juste à temps pour que je me plante sur ses genoux.

Mien.

Je fis en sorte que mon expression le traduise en croisant le regard de la blonde. Elle me répondit par un autre rire cristallin.

Darius enroula ses bras autour de ma taille, qu'il serra légèrement.

— On ne s'incline plus devant nos invités ? demanda-t-il à mi-voix.

Je me raidis. *S'incliner. Invités. Formalités.* Nous étions au centre de Lilith City, et j'avais juste oublié la règle la plus basique. C'était clair que ma pulsion suicidaire de la nuit dernière perdurait encore, car j'allais me faire tuer pour me comporter de cette manière.

Il fallait que je m'excuse. Que je rampe. Que je… oh, Déesse, je n'avais aucune idée de comment réparer ça. Les formalités n'étaient pas nécessaires avec Darius, mais tout changeait avec les invités.

Je tentai de bouger, de me jeter à terre, mais il me tenait contre lui, dans ses bras épais et musclés. Mes yeux s'emplirent de larmes.

— Sire, je… je…

— Oh, arrête de torturer cette pauvre fille, Darius, intervint la blonde sur un ton de reproche. Tu sais bien que je déteste toute cette merde de soumission.

Il gloussa, ses lèvres caressant mon cou.

— Juliet, voici Mira. (Il mordilla mon pouls.) C'est une vieille amie.

Mes narines se dilatèrent. Une vieille amie, genre une ancienne amante ? Ou une dont il profitait toujours intimement ?

Un autre de ces gloussements ravis de la blonde.

— Elle me rappelle Izzy. (Ses yeux pétillèrent quand elle croisa les miens.) Si possessive.

Je plantai mes ongles dans les bras de Darius, pas du tout amusée par cette femme et sa jovialité. Mais l'homme sous moi paraissait assez diverti, car il gloussa de nouveau.

— C'est un développement assez nouveau, Mira. Que j'aime plutôt bien.

— Menteur. On sait que tu adores ça, répliqua-t-elle. (Elle sourit avec indulgence avant de me fixer de nouveau.) Tu peux rentrer tes griffes, ma jolie. Je ne suis pas intéressée par ton futur compagnon. J'ai déjà le mien.

Je restai bouche bée.

— Vous êtes une *Erosita* ?

Elle rit si fort que des larmes perlèrent à ses yeux. Apparemment, n'importe quoi dans ce monde était drôle aux yeux de cette femme.

Peut-être qu'elle n'est pas tout à fait bien dans sa tête ?

— Mira est une lycane, dit Darius, ses lèvres frôlant mon oreille. Elle est accouplée à l'alpha de sa meute.

— Une lycane. (Je cillai.) Oh.

Je n'en avais jamais rencontré, et j'avais toujours pensé qu'ils étaient plus animaux qu'humains. Mais dans sa robe crème, avec ses boucles ébouriffées et ses mains parfaitement manucurées, elle avait l'air tout à fait humaine.

— Ravie de vous rencontrer, ajoutai-je d'un ton emprunté.

— Tout le plaisir est pour moi, répondit-elle. (Elle reporta son attention sur Darius.) À présent qu'elle est levée, vous devriez vous préparer.

— En effet. (Darius posa ses mains sur mes hanches et serra.) Il faut juste que Juliet me laisse me relever.

— Je crois qu'elle t'a revendiqué, murmura Mira, les yeux de nouveau pétillants.

— On le dirait bien, répliqua-t-il en m'écartant doucement de ses genoux.

Je me remis sur mes pieds et me tournai pendant qu'il se levait. J'ouvris les lèvres, mais aucun son n'en sortit. *Qu'est-ce que je voulais dire ?*

Il enveloppa ma nuque de sa paume et m'attira à lui pour un baiser, qui brisa le fil de mes pensées. Non pas que j'en aie un, du reste. Je me reconnaissais à peine moi-même.

Elle t'a revendiqué.

Oui. Oui, je l'avais fait. Ce qui était mal. Les humains n'avaient aucun droit de possession, et pourtant je voulais que Darius soit à moi. Je le lui montrai avec ma bouche, luttai avec sa langue pour l'équilibre et la demande, et le sentis sourire contre mes lèvres.

— Je suis si fier de toi, Juliet, chuchota-t-il, son pouce caressant mon pouls. Mais j'ai besoin que ton comportement soit irréprochable au dîner. Ma présence attire toujours l'attention, et la rumeur que je suis candidat à la souveraineté dans la région de Jace ne fait qu'ajouter à l'excitation de ma présence ici ce soir. Il est impératif que je sois perçu comme acceptant nos affaires courantes, ce qui peut amener à dire ou faire des choses que tu n'aimeras pas.

Mira grogna.

— N'oublie pas le divertissement du repas vivant et le personnel habillé avec goût.

Il l'ignora et se concentra sur moi :

— J'ai besoin que tu joues le rôle de la vierge de sang soumise, sinon ça va soulever des questions, et ceux avec qui nous allons dîner ce soir ne sont pas du genre que tu souhaiterais intriguer. Tu comprends ?

Il continua de tracer des motifs sur ma gorge, me distrayant légèrement de sa demande.

— Un autre dîner.

— Oui, sourit Darius.

— Et vous souhaitez que j'assure les formalités comme ma matrone me l'a enseigné.

— Oui, répéta-t-il.

— Comme la révérence.

— Oui, malheureusement.

Me tenir à ma formation et à l'ensemble de codes inculqués par ma matrone. Pourquoi cela me paraissait soudain une tâche impossible ?

Parce que tu as plus de jugeote maintenant. Mais je pourrais sûrement garder les convenances le temps d'un dîner. À moins que…

— Y aura-t-il partage ?

— Non. (Une réponse catégorique.) Tu garderas le silence sauf si on te parle, les yeux baissés, l'image de la soumission, et tu m'appelleras Sire, pas Darius. Mais absolument aucun partage. (Sa prise se resserra, sa bouche effleura la mienne.) La seule dégustation autorisée sera celle de mes lèvres sur ta peau, Juliet. Si je demande à boire, tu obéis. Si quelqu'un d'autre demande, je m'en occuperai. Compris ?

Je déglutis. *Pas de partage.* Je pouvais l'accepter. La soumission me venait naturellement. Ne pas avoir à parler serait une aubaine. J'observerais, rien de plus.

— Est-ce que ce sera notre avenir ? demandai-je doucement. Des événements qui nécessitent mon silence et ma soumission ?

— Une fois que je serai nommé souverain, oui. Cela deviendra une sortie commune quand nous serons à Lilith City pour des affaires politiques. (Il repoussa mes cheveux derrière mon oreille et plaqua une main sur ma joue.) Nous dînons ce soir avec plusieurs vampires influents. Ils sont puissants, ils sont méchants, et ils croient que je suis de leur côté.

— À l'exception de…

— Ce n'est pas pertinent, coupa-t-il Mira, la réduisant au silence. Juliet, la rumeur comme quoi je t'ai achetée s'est répandue, et il est vital qu'on nous voie comme un couple maître-vierge de sang convenable. Si quiconque soupçonne quoi que ce soit d'autre, il y aura des châtiments comme celui que j'ai mentionné plus tôt.

— Le partage, exhalai-je.

Il acquiesça.

— Je ne veux pas te partager, mais je dois les laisser croire que ça m'est égal. Ça rend la chose moins drôle. (Il embrassa mon front et soupira.) Considère ça comme une introduction aux rôles que nous allons jouer. J'ai besoin que tu sois la soumise parfaite, tout comme le Coventus te l'a enseigné. D'accord, mon cœur ? Tu peux faire ça pour moi ?

Une requête, non un ordre. Bien que nous sachions tous les deux que je n'avais pas le choix. Je ne pouvais la refuser, quand c'était là toute ma raison d'être.

Il lui serait bien plus facile de me contraindre à la

soumission, mais Darius désirait ma docilité. Tout comme je désirais avoir l'opportunité de lui faire plaisir. Ma poitrine se réchauffa à l'idée de le rendre heureux, de l'entendre me féliciter à nouveau comme il l'avait fait quelques instants plus tôt.

Je suis si fier de toi, Juliet.

L'énergie grésilla sur ma peau tandis que ses paroles tournaient dans mes pensées. Je voulais qu'il me dise ces mots encore une fois, cette nuit même avec de la chance.

— D'accord, opinai-je, le cœur en fête. Je serai ce que je suis censée être à vos côtés. En public.

Il m'embrassa tendrement.

— Ma douce Juliet, mon poison parfait.

Un autre baiser, plus long cette fois, ponctué par sa langue. Je chassai l'euphorie que m'offrait sa bouche et réfrénai un grognement quand Mira s'éclaircit la gorge.

Darius soupira.

— Il y a une robe qui t'attend dans le dressing à côté de ma chambre. (Il mordilla ma lèvre inférieure.) Je vais t'aider à te changer.

— Tu t'inquiètes qu'elle puisse te détester ensuite ? s'enquit Mira, un rictus sardonique au coin des lèvres.

— On sait tous deux que ce sera le cas, répliqua-t-il. (Les mots qu'il prononça ensuite étaient dans une langue inconnue de moi, mais ils amenèrent une nuance de tristesse dans ses yeux.) Rappelle-toi bien que tout ceci n'est qu'une mascarade, Juliet. S'il te plaît.

JULIET

La mort me fixait à travers la table du dîner sous la forme de deux yeux vitreux. Elle paraissait presque en paix avec ses lèvres bleues aux bords retroussés, comme si elle détenait un secret qu'ignorait le reste du monde.

L'autre femme nue n'était pas encore morte. Ses gémissements étouffés narguaient mes oreilles pendant que je me forçais à avaler une autre bouchée de mes pâtes. Un peu de sauce tomate cachait les éclaboussures de sang qui avaient atterri dans mon assiette à cause du vampire glouton à ma gauche, mais sa couleur dissimulée ne m'empêchait pas d'en sentir le goût de rouille.

— Un peu acidulé pour du B positif, remarqua le vampire face à moi en levant sa tête sombre d'entre les cuisses de la brunette mourante. Mais pas si horrible.

Darius haussa les épaules.

— Mes goûts récents sont trop riches en comparaison.

Sa paume était posée contre ma nuque, son pouce caressait mon pouls de façon possessive.

Je pris une autre bouchée, ignorant la bile qui me brûlait l'estomac.

Une mascarade, avait dit Darius.

Ça m'a l'air assez réel, songeai-je quand la femme rendit son dernier souffle. Il voleta dans l'air une ultime fois, suivi d'un soupir émis par une vampire rousse. Veronica, l'avait appelée Darius.

Je ne connaissais pas leurs noms, mais je comprenais d'après leur stature qu'ils étaient vieux et puissants. Toutefois Darius était le membre de plus haut rang de la tablée. Cela se voyait à sa simple franchise et à la façon dont il s'occupait du personnel pendant que les autres observaient.

Il leva la main qui ne caressait pas mon cou et fit signe au personnel de service. Sans doute sa façon d'indiquer que leur dîner était mort.

Je réfrénai un frisson. Ils tuaient si facilement, sans le moindre remords. Même Darius avait siroté la femme comme si elle n'était rien.

Un trio d'humaines ne portant rien d'autre que divers piercings en métal apparurent pour enlever les cadavres. Elles œuvrèrent en silence sous les regards prédateurs des vampires.

Je me forçai à avaler une autre fourchette de pâtes. Elles avaient un goût amer, mais je n'avais pas le choix, sinon je finirais comme les autres femmes de la table. Il y en avait plusieurs autres dans cette pièce, toutes en train de se faire dévorer de la même manière, la plupart en silence. Je refusais d'être la prochaine.

Plante. Ta. Fourchette.

Le vampire à côté de moi – Brent – se mit à tripoter les chaînes qui pendaient des seins de l'une des servantes.

Ignore-le. Avale ta bouchée.

— Très mignonne, musa-t-il.

Il tira brusquement sur la chaîne. Le métal déchira la peau de la fille, qui tressaillit en silence. Du sang jaillit de la blessure, et il en tomba dans mon assiette.

Je faillis lâcher ma fourchette, mais Darius resserra sa prise sous mes cheveux, et sa main m'ancra dans l'instant présent.

Ne vomis pas, m'intimai-je, inspirant profondément par le nez et expirant par la bouche. *Ça rendrait les choses encore pires.*

La femme glapit quand Brent la tira sur ses genoux d'un coup sec et referma sa bouche sur la blessure. Personne ne bondit pour l'arrêter, pas même les autres membres du personnel, qui continuaient de débarrasser la table comme si rien ne sortait de l'ordinaire.

Car ceci arrivait chaque jour.

Partout.

Agis normalement. La voix de Darius dans ma tête me réchauffa le sang. Était-ce bien lui ou juste mon imagination, je l'ignorais. Je m'en fichais. Je me focalisai sur notre lien, me noyai dans son pouvoir, écoutai ses instructions. *Pose ta fourchette.*

Ce que je fis.

Bien, chérie.

La femme gémit quand Brent la déposa sur la table, son corps remplaçant les deux autres enlevées par les serveuses.

Juliet, fais comme si tu en avais terminé avec ton plat. Essuie ta bouche avec la serviette. Ne dis rien.

Un frisson menaça de balayer mon dos, mais je m'exécutai néanmoins. Tamponner mes lèvres, plier sagement le tissu sur mon assiette, les yeux toujours détournés pendant que le souffle de l'humaine s'amenuisait.

Tous se nourrissaient d'elle, sauf Darius. Il fixait son attention sur moi, son pouce caressait doucement ma gorge.

— Darius, appela une voix grave, juste derrière moi.

La main sur mon cou disparut quand il se leva.

— Eh bien, c'est une surprise !

— J'ai dit plusieurs fois la même chose à ton sujet ces derniers temps, répliqua le nouveau venu d'un ton légèrement amusé. Quand Sebastian m'a parlé de ton désir de devenir mon nouveau souverain, j'ai cru qu'il avait sans doute mal compris. Pourtant, tu es ici avec ta délicieuse nouvelle vierge de sang. Fascinant.

Mon nouveau souverain.

Un royal se tenait derrière moi. *Jace*, me rappelai-je, d'après mes connaissances des dix-sept territoires. Sebastian résidait dans sa région, ce qui signifiait que la souveraineté que recherchait Darius régnait aussi sur Jace.

— Puis-je me joindre à vous ? s'enquit le vampire royal.

— Je t'en prie, l'invita Darius, imperturbable.

Le reste de la tablée s'était figé à l'arrivée de Jace, laissant l'humaine sur la table respirant à peine, mais vivante.

Des doigts passèrent sur mon bras.

— Debout.

L'ordre ne venait pas de mon maître, mais du vampire royal.

Je ne pouvais dire non à aucun d'eux, et surtout pas à lui. Je fis ce qu'il demandait et m'inclinai en une révérence, ma tête touchant le sol en un rigoureux signe de respect.

Le petit rire qui en résulta était séduisant et me chauffa la peau.

— Elle est adorable, Darius, bien qu'un peu trop empressée à plaire.

— Je considère ça comme un avantage, répliqua mon maître. Mais fais comme bon te semble.

J'eus le souffle coupé et mon cœur manqua un battement.

Partage.

Il avait promis que ça n'arriverait pas. Pourtant, ses paroles sous-entendaient autre chose. Une façon de jouer la nonchalance ? D'éliminer l'amusement d'une punition potentielle ? Parce que c'était le seul vampire dans la salle auquel Darius ne pouvait rien refuser ? Les royaux étaient des dieux, les plus anciens de leur espèce, révérés par tous. Seule la Déesse occupait le sommet.

Jace se glissa sur ma chaise vacante.

— Viens, jeune fille. Tu peux t'asseoir sur mes genoux.

J'hésitai, ne sachant trop à qui il parlait.

Mais à qui d'autre pouvait-il parler ?

Bon.

Je me relevai sur mes talons hauts, tête baissée, et acceptai la main qu'il me tendait. Ses cuisses étaient toutes en muscles, me rappelant celles de Darius.

— Maintenant, voyons un peu de quoi il retourne, murmura-t-il.

Il rassembla d'une main mes cheveux à la base de mon crâne et tira d'un coup sec, me faisant relever la tête et croiser ses sidérants yeux bleu argenté. Ils s'étrécirent pour parcourir mes traits, comme s'il examinait un nouvel achat.

— Une silhouette et une ossature adorables, constata-t-il.

— Une bouche baisable, ajouta un autre vampire avec obligeance.

Jace ignora le commentaire, focalisé sur le décolleté de ma robe marron. De sa main libre, il en suivit le bord de ma clavicule jusqu'en bas, au niveau de mon nombril. Mes tétons durcirent à son contact – un signe d'excitation provoquée par la peur. Ses pupilles se dilatèrent à cette vue, et il remonta sa main pour révéler ma réaction à l'assemblée.

— Des seins superbes, murmura-t-il. (Il les caressa et pinça une pointe raide.) Qui répondent merveilleusement.

Si Darius s'en souciait, il ne l'exprima pas.

— Tu vois pourquoi j'ai décidé de la garder, alors.

— En effet, répliqua Jace, continuant de me caresser. Elle va être très appréciée dans ses futures fonctions. (Ses yeux saisissants croisèrent de nouveau les miens.) Peut-être que toi et moi pourrions discuter de ce futur – en privé – pendant que je me familiariserai avec ton nouvel atout ?

Une lance invisible et acérée me perça le flanc et me piqua le cœur.

Darius ne pouvait refuser. Je le savais, comprenais pourquoi, mais détestai néanmoins ce qu'il répondit :

— Absolument. Dis-moi juste quand.

— Maintenant, ce serait parfait. (Jace pressa son nez dans mon cou et inhala profondément.) Je meurs de faim, et rien d'autre au menu ne m'a mis en appétit.

— C'est pourquoi j'ai commandé quelques desserts pour plus tard. (Darius avait l'air ennuyé.) En fait, ils devraient être quasi prêts dans la chambre.

— Excellent. (Jace releva la tête et sourit.) Dis-moi ton nom, ma beauté.

Je déglutis et réussis à prononcer :

— Juliet.

— Charmant. (Il m'embrassa sur la joue.) Lève-toi et emmène-moi dans ta chambre.

— Bien sûr, Votre Altesse.

Je glissai de ses genoux, sa main dans la mienne.

— Elle est bien éduquée, gloussa Jace.

— En effet.

Darius s'écarta de la table et salua poliment ses amis. Ils avaient dû comprendre qu'il n'avait d'autre choix que de partir, avec un royal qui requérait son attention. En chemin, il donna une instruction à une servante, lui disant d'ajouter à sa note tout autre « article » que les autres commanderaient.

Combien d'humaines allaient-ils dévorer en un seul repas ?

N'y pense pas, m'exhortai-je. *Tu as de bien plus gros ennuis.*

La main qui tenait la mienne la serra quand j'appuyai sur le bouton de notre étage. Darius se tenait sur mon autre flanc, l'air distant. Je continuai de détourner les yeux, et m'efforçai de ne pas hurler. Ou courir. Ou pleurer. Ou demander à m'ajouter au menu afin que je puisse rejoindre cette femme souriante sur la table.

Peut-être que ce royal vorace me tuera plutôt.

Mais je ne veux pas vraiment mourir, n'est-ce pas ?

Un conflit faisait rage dans mon cœur et mon esprit, une partie innée de moi désirant quelque chose de plus de cette vie. Une option, un choix, *quelque chose.*

Tout ça n'est qu'une mascarade, me rappelai-je. *D'accord ?*

Darius m'avait prévenu que la soirée serait rude, qu'il ferait et dirait des choses visant à maintenir son statut. Était-ce l'une de ces choses ?

Non, sûrement pas. Il ne s'attendait pas à ce que Jace – un royal – s'incruste dans notre dîner. Cela ne faisait pas du tout partie de son plan.

Une clochette tinta, indiquant que nous étions arrivés à notre étage. J'ouvris la marche comme demandé, mes pieds bien plus fermes que mon cœur.

Darius m'avait promis de ne pas me partager, mais il n'avait pas le choix. Il ne pouvait rien refuser à un royal.

Si Jace me voulait, il me prendrait. La cérémonie serait brisée. Je ne serais plus liée, ne pourrais plus jamais l'être. N'était-ce pas ce que Darius avait dit ? Qu'une fois prise, j'étais souillée à jamais ? Une humaine destinée aux camps de reproduction, ou pire, au réfectoire en bas.

Mes genoux se mirent à trembler quand Darius glissa sa clé dans la serrure. La porte coulissa, révélant trois femmes nues, à genoux, tête baissée.

— Ton dessert spécial ? s'enquit Jace.

— Comme tu l'as dit, le menu en bas était de mauvais goût.

Jace gloussa, sa poitrine réchauffant mon dos.

— On pourrait croire que tu t'attendais à me voir, Darius.

— Peut-être, en effet, répondit-il. (Il s'avança dans la pièce en ôtant sa veste.) Entre et joins-toi à la fête. Je vais même te laisser choisir en premier.

— Très généreux. (Jace plaqua ses mains sur mes hanches et me poussa à travers le seuil.) Je choisis Juliet.

Darius émit un petit sourire.

— Excellent choix. Tu la veux ici ou dans la chambre ?

— Dans la chambre.

La porte se referma derrière nous, condamnant ma seule échappatoire.

Piégée.

Ce mot tournoya dans ma tête, envoya une décharge d'énergie dans mes membres. Je ne pouvais pas faire ça. Je refusais. Je ne voulais personne d'autre. Seulement Darius. Et peut-être même pas lui.

Ce monde… cette vie… je les refusais.

Ce n'était pas juste.

Il fallait que je m'échappe. Que je fuie. Que je *hurle.*

Ma bouche s'ouvrit, mes poumons étaient prêts, mais une main couvrit mes lèvres avant que je ne puisse émettre un son. Un bras − solide comme l'acier − enserra mon abdomen et me tira vivement contre une poitrine ferme.

Jace.

Le royal avait deviné mes intentions et m'avait stoppée avant même que je ne songe à agir.

Il claqua sa langue près de mon oreille.

— Oh, chérie.

Il mordilla mon cou, et j'étais si mal de sentir sa bouche ici que je ne pus réfréner un mouvement de recul.

— Tu essaies de me repousser ?

Je me tortillai contre lui, les larmes aux yeux. *Non !* Je ne voulais pas faire ça. Pas sans au moins tenter de lutter.

Plus de règles.

Plus de convenances.

Plus de formalités.

La mort était un meilleur destin.

Jace ricana sombrement, sa bouche à mon oreille.

— Je vais apprécier ça bien plus que je ne veux l'admettre, Juliet.

Il me souleva et je lui balançai un coup de pied en retour, mais ma résistance ne fit que l'amuser davantage.

— Ne lui fais pas trop mal.

Le ton nonchalant de Darius me blessait.

Il s'en fichait. Peut-être s'en était-il toujours fichu. Tout n'était-il que mensonges ? Avait-il déjà obtenu ce qu'il voulait de moi ?

N'étais-je donc rien pour lui ?

Non. Je refusais de le croire. Darius s'était confié à moi. Il m'avait parlé de ses plans, m'avait introduite dans ce nouveau monde. Pourquoi me déshonorerait-il maintenant ? Ce devait être une ruse, tout comme avec Sebastian.

Je cherchai son regard et son esprit, les yeux embués de larmes. Il me rendit simplement mon regard, impassible, et garda ses pensées pour lui. Pas de communication. Aucun conseil. Rien que le silence.

Cela ne pouvait pas arriver. Ce devait être un rôle. Il ne pouvait pas simplement me livrer à cette destinée, pas après que tout…

— Ça ne va faire mal qu'une seconde, murmura Jace, ses incisives effleurant mon cou.

Darius, suppliai-je, le cœur brisé par son regard indifférent. *Je t'en prie, ne me fais pas ça.*

Aucune réponse. Même pas une grimace.

Je le voyais à présent, le monstre tapi sous le vernis. J'étais un moyen d'arriver à ses fins. Il n'avait jamais eu besoin de moi pour gagner une position de pouvoir, seulement la faveur d'un royal. Celui qui était dans mon dos.

La haine jaillit de moi. La trahison. Une fureur comme je n'en avais jamais éprouvé.

Je lui faisais *confiance*. Je le chérissais. Je voulais être tout pour lui. Et il me rejetait comme un déchet au premier signe de victoire.

Mon cœur se déchira et une douleur inconnue m'entailla l'âme. Des larmes jaillirent de mes yeux et tombèrent par terre, mes pupilles fixées sur mon exécuteur.

Il m'avait fait ça. M'avait choisie pour son projet détraqué. M'avait fait croire à une autre version de son monde, riche de choix et de possibilités.

Je ne te pardonnerai jamais, lui dis-je avec les yeux.

Cela ne parut pas l'ennuyer du tout. Pure indifférence. Il s'était toujours fichu de moi. Tout ça n'était que mensonges. La seule mascarade ici était entre nous.

Ma force et ma détermination s'évaporèrent. Cela ne servait à rien. Ç'avait toujours été mon destin, juste un peu plus prolongé que prévu. Je n'étais pas destinée à vivre.

D'autres larmes coulèrent, mouillant ma peau, mon esprit, mon cœur.

L'espoir et le désir moururent en moi, ne laissant que la coquille d'une femme façonnée par les vampires. *Prends-moi. Utilise-moi. Je n'en ai plus rien à faire.*

La bouche de Jace se referma sur mon pouls, ses dents percèrent profondément. Je ne me défendis pas. Je ne gémis pas. Je ne bougeai même pas. Je soutins juste le regard de Darius, lui permettant de voir la femme qu'il avait brisée.

Félicitations, pensai-je amèrement. *Tu feras un excellent souverain.*

DARIUS

ÇA SUFFIT.

J'envoyai une décharge à Juliet à travers la connexion, la forçant à perdre conscience. Jace la rattrapa sans préambule et me lança un regard irrité, coupé en plein milieu de sa scène.

Si tu ne t'étais pas éloigné du scénario, ça n'aurait pas été nécessaire, lui émis-je avec un regard noir. *Enfoiré.*

Il baissa ostensiblement les yeux sur les incisions dans le cou de Juliet. *Ç'aurait pu être bien pire,* semblait-il dire. Sans doute parce que ses crocs étaient plantés dans sa peau quand je l'avais envoyée dans les pommes.

Tu n'étais pas censée la mordre, lui retournai-je. Il ne pouvait pas vraiment m'entendre, mais mon regard furieux transmettait bien assez mes sentiments.

Il leva les yeux au ciel.

— Tiens-la pendant que je décide lequel de tes desserts j'aimerais goûter avec ta Juliet.

Sa voix ne reflétait pas le mécontentement qu'affichaient clairement ses traits.

— Bien sûr, répliquai-je d'un ton juste assez nonchalant, malgré mon envie de lui balancer mon poing dans la figure.

Jace me remit Juliet avec grand soin, avant de rejoindre les humaines à l'autre bout de la pièce. Je me coupai la langue et la tamponnai sur les deux étroites perforations dans son cou. Ce n'était pas vraiment nécessaire pour la guérir. C'est juste que je n'aimais pas que Jace laisse des marques sur elle.

Ma Juliet. Je frottai mon nez contre sa joue chaude en réprimant un soupir. La haine dans son expression avait failli briser mon self-contrôle. Je m'y attendais, mais n'étais pas préparé à la *ressentir*.

Jace toucha les humaines et décrivit leurs attributs physiques tandis qu'il envoyait chacune d'elles par terre, dans un profond sommeil. Quand la blonde heurta le sol, il me demanda si j'avais une préférence.

Mira sortit de la chambre à pas silencieux, tandis que je me lançai dans le scénario que nous avions décidé plus tôt.

Nous discutâmes de leurs groupes sanguins et de nos préférences personnelles pendant que Mira passait sur chaque humaine son scanner sophistiqué. Sa technologie annulait les dispositifs d'écoute insérés dans leurs bras. Ils servaient aussi de traceurs au cas où le mortel s'échapperait. Juliet avait été équipée d'un dispositif similaire que j'avais retiré après l'avoir évanouie dans la limousine, lors de notre première nuit. Je l'avais laissé quelque part dans un pays dénommé officiellement Italie, où le Coventus se trouvait également.

— Peut-être qu'on devrait voir qui hurle le plus fort ? suggéra Jace, tandis que Mira levait les doigts pour un compte à rebours de cinq secondes.

— Ça me paraît charmant, répliquai-je à point nommé.

Mira referma sa main.

— Tout va bien.

— Merci. (Jace se passa la main sur la figure.) J'ai cru que Darius allait vraiment me tuer.

— Tu n'étais pas censé la mordre, grognai-je, enfin capable de m'exprimer à voix haute.

Le scénario exigeait de l'effrayer, pas de la goûter.

— Si ça peut te rassurer, mon vieux, je n'aurais pas avalé.

Je fis un pas vers lui – prêt à montrer à mon plus vieil ami à quel point ça n'arrangeait pas les choses – quand Mira s'interposa.

— Vous vous battrez plus tard, vous deux. Il faut qu'on bouge si vous voulez rejoindre le Clan Majestueux avant le lever du soleil. (Mira me cloua de ses yeux bleus glacés, l'alpha en elle gisant juste sous la surface.) Réveille-la et habille-la pour le voyage. Tu as dix minutes.

Je ne discutai pas, mes pieds s'élançant déjà vers la chambre. Si je devais me fier au regard que Juliet m'avait lancé avant de s'évanouir, elle allait s'éveiller toutes griffes dehors.

— Juliet, murmurai-je en l'allongeant sur la douce couette blanche. Ouvre les yeux, chérie.

Ses paupières papillotèrent, ses joues rosirent. Si belle et innocente. La tirer du sommeil était un luxe que je pourrais apprécier toute ma vie.

— Darius ? souffla-t-elle. (Ses pupilles s'étrécirent quand son cerveau se recadra dans l'instant présent.) Vous !

Sa main fendit l'air, et je la saisis avant qu'elle n'atteigne mon visage. Elle essaya avec son autre main, et je bloquai ses deux poignets au-dessus de sa tête.

— Juliet, prononçai-je d'une voix basse et calme. J'ai besoin que tu m'écoutes.

— Je vous déteste ! cria-t-elle.

Elle gigota sous moi, tentant vainement de m'échapper. D'autres mots dédaigneux jaillirent de sa bouche, dont certains me surprirent. Soit elle avait vraiment envie de mourir, soit elle se sentait assez à l'aise avec moi pour m'asséner de telles paroles. Car nul humain ne criait comme ça sur un vampire.

— Calme-toi, lui intimai-je sur un ton de menace et de commandement, exigeant sa soumission.

Si quelqu'un l'entendait, ça allait barder, et je préférais être le seul à la faire saigner.

Lui tenant les poignets d'une main, je plaquai l'autre sur sa bouche, tout en m'allongeant sur elle. Ma queue s'allongea, excitée à la perspective d'en avoir plus, bien que mon cerveau soit focalisé sur la longue nuit de voyage qui nous attendait. Sa lutte contre moi avait été très excitante, et je voulais à la fois la punir et lui faire plaisir pour ça – une contradiction très sexy. À reprendre plus tard.

— Je suis désolé que Jace t'ait mordue, dis-je d'une voix aussi douce que je pus, avec mon érection qui me chauffait le sang. Ça ne faisait pas partie du plan.

Ses yeux se plissèrent, indiquant qu'elle désirait toujours arracher les miens. Ou pire.

Je soupirai.

— Juliet, je t'ai dit que c'était une étape sur le chemin de notre vraie destination. Nous partons dans quelques minutes et il faut que tu te prépares. Tu pourras me haïr plus tard, mais là maintenant, j'ai besoin que tu me fasses confiance et que tu m'obéisses.

Son expression ne fléchit pas.

— Repense à tout ce que je t'ai dit, chérie. Je t'avais avertie que cette soirée serait une mascarade, et oui, je t'avais promis de ne pas te partager. Je suis désolé…

— Ce n'était pas de sa faute, intervint Jace, interrompant mon explication. (Par-dessus mon épaule, je fusillai du regard ce connard pompeux appuyé contre le montant de la porte.) Ne me regarde pas comme ça. C'est toi qui t'éternises là-dessus.

— Parce que tu l'as fait mourir de peur.

Et tu l'as foutrement énervée par la même occasion. Non pas que je puisse vraiment m'en plaindre. Je voulais qu'elle ait du cran et qu'elle oublie ces conneries de soumission. On aurait dit que mon souhait avait finalement été exaucé sous la forme d'une femelle bouillante.

— Je voulais rendre ça crédible, Darius. J'ai une réputation à maintenir et tout ça.

Je secouai la tête, agacé, et croisai le regard confus de Juliet.

— C'est un vieil ami – le plus ancien, en fait – et un connard.

— Ouais, eh bien, ce « connard » t'a évité de dîner avec les autres imbéciles en bas pendant une heure de plus. Merci pour ça, en tout cas. Rappelle-moi de ne *pas* t'aider la prochaine fois, si c'est le genre de remerciements que je reçois.

— Vous êtes de vrais enfants, vous deux, gronda Mira. Pourquoi n'est-elle pas encore habillée ?

— Parce que Jace m'a interrompu, rétorquai-je, lui dardant de nouveau un regard noir par-dessus mon épaule. Vous deux, dehors. Donnez-moi cinq minutes et elle sera prête.

— Elle ferait mieux, répliqua Mira, pas du tout impressionnée par mon ton. Toi (elle pointa Jace puis la porte), dehors.

— J'aime quand tu la joues alpha sur moi, bébé. C'est adorable.

— Ah ouais ? (Elle battit de ses longs cils.) Je ne manquerai pas d'en parler à Luka.

Jace sortit de la pièce en riant.

— Ton compagnon alpha ne me fait pas peur, Mira chérie.

— Et mes griffes ? lança-t-elle en le suivant.

Foutu flirt. Vampire royal ou non, Jace allait se faire tuer un de ces jours en énervant le mauvais lycan.

Je revins à la tâche en cours et trouvai sous moi une Juliet bien plus calme.

— Je vais te laisser parler maintenant.

Elle cilla en réponse.

Je promenai ma paume sur sa gorge en cercles possessifs. Ses pupilles s'enflammèrent, sa langue pointa pour lécher ses lèvres. Ce n'était pas le moment, mais je la voulais. Non, j'avais *besoin* d'elle.

Avant qu'elle ne puisse bouger ou exprimer un refus, ma bouche s'empara de la sienne. Je relâchai toute ma frustration refoulée de cette soirée avec ma langue, la contraignant à accepter mes excuses et à obtempérer.

Tout d'abord elle ne bougea pas, ne réagis pas, puis lentement, elle céda à mon baiser et me le retourna avec un gémissement que je ressentis jusqu'au fond de moi-même.

Mienne.

Je détestais que Jace l'ait touchée. Qu'il ait posé sa bouche sur elle. Je devais l'effacer, lui et tous les autres, me rappeler qu'elle m'appartenait. J'embrassai sa mâchoire, son cou, l'endroit où Jace avait osé la marquer, puis plantai mes dents dans sa gorge. Elle se cambra sous moi avec un cri de plaisir, le corps tout secoué. Ce n'était pas une question de sang ou de besoin de me nourrir, plutôt de réaffirmer sa place à mes côtés.

— Personne d'autre, chuchotai-je, plus pour moi-même que pour elle. Je tuerai quiconque te touchera. (Je libérai ses poignets, mes doigts coururent le long de ses bras jusqu'à sa robe. Je la lui arrachai d'un seul geste, la laissant découverte.) Putain, j'ai besoin de te revendiquer, Juliet. Je veux que tu ne sois qu'à moi.

Elle fourra ses doigts dans mes cheveux et tira ma tête en arrière.

— Je ne veux pas vous partager.

Son ton possessif me fit sourire. La cérémonie était très

rare, très peu de vampires choisissaient de prendre une compagne, mais j'en connaissais une semblable, où la femelle était tout aussi avide que le mâle.

Ismerelda.

Son nom provoqua la douche froide qu'il me fallait pour briser cet instant, un rappel sévère de notre mission.

J'embrassai Juliet à pleine bouche, lui promettant avec mes lèvres que nous reprendrions bientôt cette discussion.

— Il faut nous préparer, dis-je en m'écartant d'elle. Je t'emmène en un lieu très spécial pour moi, Juliet. Mais c'est très, très dangereux. Tu devras faire exactement ce que je dis.

— Ce n'est pas un autre dîner, si ? demanda-t-elle avec méfiance.

Je gloussai en l'aidant à se relever.

— Non, le dernier s'est terminé il y a seulement quelques minutes.

— Ah. (Elle jeta un œil à sa robe déchirée sur le lit.) Je n'ai pas perdu connaissance par manque de sang ?

— Non, je t'ai forcée à t'endormir. (J'effleurai sa joue de mes jointures.) Tu n'as été inconsciente que les quelques minutes nécessaires à arranger les humaines dans l'autre pièce.

— Arranger ? releva-t-elle.

— Oui. (Je retrouvai ses habits précédents – jean et pull – et les lui tendis.) Mira possède un moyen d'altérer les dispositifs implantés dans leurs bras. Quiconque écoute à présent entendra beaucoup de hurlements et de grognements de mâles. Ça se calmera durant la journée et ça reprendra en soirée.

Elle enfila d'abord son pantalon.

— Pourquoi ?

Je l'aidai à enfiler son pull, passant mes doigts dans son épaisse chevelure quand elle retomba dans son dos.

— Ça fournit une couverture à mon absence, ainsi qu'à

celle de Jace. (Nous faisions cela chaque fois que nous visitions Lilith City ensemble. Cela nous aidait à conserver notre réputation tout en nous accordant la liberté de rendre visite à nos obligations dans le nord.) Mira a un ami qui garde les humaines endormies et en bonne santé pendant notre absence. Mais on n'a guère que soixante-douze heures à notre disposition, c'est pourquoi on est un peu pressés.

Elle plissa le front.

— Pourquoi devez-vous faire semblant d'être ici ?

Il y avait trop de réponses à cette question. Je pris sa joue en coupe et lui donnai la plus simple possible :

— Nous allons dans un endroit que les vampires évitent généralement.

— Vous allez me dire où on va, réellement ?

Je souris à son audace et pressai mes lèvres sur son oreille.

— Aux quartiers généraux du Clan Majestueux, d'où Mira est originaire.

— En territoire lycan ? hoqueta-t-elle.

— Oui, chérie. (Je frottai mon nez dans son cou, léchai la marque que j'y avais laissée.) Tu comprendras quand on y sera. Mais peux-tu me faire confiance et suivre mes pas ?

Juliet croisa mon regard, l'air inquiet.

— Jace va-t-il me mordre à nouveau ?

— Non, s'il tient à la vie, grognai-je.

Ses pupilles se dilatèrent.

— Mais c'est un royal, non ? Vous ne devez pas lui obéir ?

— Si, Darius. Peut-être que tu devrais t'incliner davantage ? Baiser ma main ? Prier pour moi ?

Je levai les yeux au plafond. *Connard.*

— Tu n'aurais pas oublié de frapper ?

— J'ai entendu mon nom prononcé par une douce bouche humaine et j'ai espéré qu'elle désire plus de taquineries. (Il s'approcha de nous d'un pas nonchalant, ses yeux argentés brillant d'allégresse, et tendit la main.) Désolé pour la mise en scène tout à l'heure, Juliet. Je m'appelle Jace et je suis ravi de te rencontrer officiellement.

Elle me saisit le bras, planta ses ongles dans ma chemise. La combattante que j'avais réveillée quelques instants plus tôt s'était noyée dans une mer de doute.

J'attirai Juliet à moi, lui embrassai le front.

— Tu n'as pas à avoir peur de lui. C'est un abruti royal, mais c'est aussi un ami.

— Je t'aime aussi, mon pote. (Jace me tapa dans le dos de la main qu'elle avait rejetée.) Et c'est de Mira que Juliet devrait avoir peur, parce qu'elle tourne en rond dans l'autre pièce. Si on ne bouge pas tout de suite, elle va virer louve contre nous.

J'esquissai un sourire malgré la gravité du moment.

— Un jour elle va te tuer.

Jace haussa les épaules, indifférent.

— Qu'elle essaie. On y va maintenant ? J'ai hâte que le spectacle commence.

Il n'était pas le seul.

— Juliet ? demandai-je, frottant ma main dans son dos. Tu me fais confiance ?

Elle ne bougea pas, ses beaux yeux fixés sur Jace, le corps rigide.

L'expression de Jace s'adoucit.

— Désolé de t'avoir effrayée, chérie. J'ai à peine planté mes crocs en toi que Darius t'a envoyée dans les pommes. (Il plissa les yeux vers moi.) Et c'était une foutue bonne chose que je l'aie rattrapée, d'ailleurs, sinon j'aurais pu lui déchirer la gorge par accident.

— Ne me jette pas la pierre. C'est toi qui l'as mordue sans permission.

— Et tu ne m'ôteras jamais ça de la tête, hein ?

— Pas de sitôt, admis-je. Maintenant, excuse-toi de nouveau auprès de Juliet.

Les yeux de Juliet s'écarquillèrent à cette demande, ses lèvres s'ouvrirent sur des mots muets.

Jace lui adressa simplement son sourire le plus charmant.

— Je suis vraiment désolé, mon cœur. S'il te plaît, vas-tu me pardonner afin que Darius arrête de faire son enfoiré ?

Sa mâchoire se décrocha, tout sang-froid évanoui, tandis qu'elle restait figée à mes côtés.

— J'ai fait ce que tu m'as demandé, mais elle n'a pas l'air de vouloir accepter mes excuses. (Jace fronça les sourcils.) C'est parce que je suis un royal qu'elle s'attend à des choses horribles de ma part ?

— Le Coventus profite vraiment de sa propagande, marmonnai-je.

— C'est clair. (Jace lissa sa cravate. Sa veste avait disparu quelque part au salon.) On y va, maintenant ? Peut-être que je pourrais me faire pardonner d'une autre manière.

— Juliet ? lui soufflai-je doucement en frottant son dos. J'ai besoin de savoir si tu vas me suivre hors de cette pièce. S'il te plaît ?

Elle cligna de ses beaux yeux vers moi.

— J'ai le choix ?

C'était prononcé d'une voix rauque, mais c'était mieux que son silence.

Mieux valait avouer la vérité.

— Pas vraiment, non.

Elle ne parut pas du tout déroutée par cette réponse directe. Son regard – plus curieux que pétrifié à présent – oscilla de Jace à moi.

— Vous lui faites confiance ?

— Sur ma vie, répliquai-je, sincère. C'est mon plus vieil ami.

Jace sourit.

— Pour ce que ça vaut, je lui fais confiance aussi.

Elle nous jeta de nouveau un regard.

— D'accord. Alors on peut y aller.

Je pressai mes lèvres sur les siennes.

— Bientôt tu vas tout comprendre. Je te le promets.

Et alors je te revendiquerai comme mienne. Complètement. De toutes les manières. Pour toujours.

JULIET

La main de Darius agrippant fermement la mienne, nous descendîmes l'escalier, Mira devant, Jace derrière. Ils ne se pressaient pas, marchaient nonchalamment, comme s'ils n'avaient pas le moindre souci.

Un royal travaille avec Darius. Est-ce que lui non plus n'aime pas l'Alliance ?

Je réfrénai l'envie de toucher mon cou, y sentir les marques de Jace.

Il ne s'est pas nourri de moi.

Ma certitude de ce fait augmentait à chaque pas. Mon corps était revigoré et non affaibli, et je ne pouvais vraiment pas me rappeler qu'il m'ait sucé du sang. Je me souvenais vaguement de la piqûre de ses crocs quand il m'avait mordu, puis tout était devenu noir.

Je lui jetai un coup d'œil par-dessus mon épaule, et il croisa mon regard avec un sourire dans ses yeux bleu argenté. À présent il ne ressemblait plus du tout au terrifiant royal du dîner, juste à un mâle normal aux traits incroyablement séduisants. Aucun doute sur ses racines vampiriques, toutefois, avec une carrure comme la sienne.

Darius ramena mon attention sur l'escalier qui tournait de nouveau. Les tennis qu'il m'avait données étaient bizarres à mes pieds. Elles étaient si plates que je me sentais presque déséquilibrée. Je réussis malgré tout à marcher à ses côtés sans trébucher, mais mes talons hauts me manquaient.

Mira tenait un appareil qui semblait nous diriger. Quand nous atteignîmes le bas des marches, elle fit halte, tapa sur quelques boutons, et nous mena par une porte dans un morne corridor. Nul ne parlait, et je sentais Darius en alerte.

Le Clan Majestueux. Le territoire lycan. Quel motif pouvait-il bien avoir d'aller là-bas ? Bien que les vampires et les lycans travaillent ensemble en tant que leaders suprêmes du monde, ils restaient notoirement dans les limites de leurs propres domaines. Cela ne voulait pas dire qu'ils ne pouvaient pas franchir les frontières ; ils préféraient juste ne pas le faire. Pour autant, cette visite était clandestine. Pourquoi ?

Nous stoppâmes devant une porte en acier, et Mira joua de nouveau avec son appareil. Au bout d'un moment, le panneau de métal coulissa en grinçant sur un garage rempli de voitures.

Elle se dirigea résolument vers un grand véhicule noir et sourit quand apparut une autre femme. Elles s'étreignirent et s'embrassèrent sur les joues sans dire un mot. Jace fit de même, tandis que Darius hochait simplement la tête.

Les portières arrière s'ouvrirent sur deux hommes qui attendaient à l'intérieur, vêtus d'un jean et d'un T-shirt. Ils nous firent signe de bouger. Darius me souleva dans leurs mains tendues puis monta nous rejoindre. Ils nous indiquèrent un compartiment enveloppé de noir. Darius s'allongea à l'intérieur, puis tendit les bras pour que je le rejoigne.

Une façon très différente de voyager, mais pourquoi pas.

Je me serrai le long de son corps et sursautai quand quelque chose de dur et chaud se glissa dans mon dos. Un coup d'œil par-dessus mon épaule me révéla un Jace souriant, dont la main se posa sur ma hanche.

Mon cœur se mit à tambouriner et mes bras se couvrirent de chair de poule.

Qu'est-ce qui se passe ?

Darius posa un doigt sur mes lèvres, faisant taire ma demande d'explication. L'alerte brûlait dans son regard.

Chut, siffla-t-il dans mon esprit. *Il y a des écoutes partout.*

Ç'aurait été bien de le savoir avant de partir, pensai-je en retour. Ses lèvres tordues me suggérèrent que soit il m'avait entendue, soit il avait compris mon regard.

Un drap noir recouvrit nos corps, suivi par un couvercle qui se ferma en cliquetant au-dessus de nos têtes. Je frissonnai, malgré les deux mâles chauds qui se pressaient contre moi.

Il fait si noir…

Je sais, chérie. Le murmure de Darius provoqua un délicieux frisson dans mon échine. Sa présence mentale était si intime, comme s'il avait sa place en moi. *C'est seulement pour franchir les limites de la ville sans être repérés,* ajouta-t-il.

C'était cela que je ne comprenais pas bien. Ils faisaient beaucoup d'efforts pour dissimuler cette visite, afin d'éviter quelques questions. *Vous n'avez pas le droit de rendre visite aux lycans ?*

Oh si, on a le droit, mais c'est rare et ça soulève des questions. Des questions qu'on doit éviter à tout prix, Juliet. Donc il faut que tu restes calme et silencieuse, d'accord ?

Le véhicule se mit en route, et nos corps s'entrechoquèrent dans l'espace confiné. Jace inspira profondément, me rappelant sa présence. Non que je l'aie oubliée, avec ses hanches contre mes fesses et son nez dans mes cheveux.

Calme. Oui, ça ne devrait pas être un problème du tout.

Mmmh, j'ai une idée de comment passer le temps. Darius souleva mon menton et s'empara de ma bouche. Sa langue se glissa à l'intérieur pour caresser doucement la mienne, faisant monter d'un cran mon rythme cardiaque.

Jace fourra son nez dans ma nuque, et sa main était comme un fer rouge sur ma hanche.

Oh, Déesse, qu'est-ce que vous me faites ? J'étais coincée dans un espace confiné entre deux vampires – un que j'adorais, l'autre un inconnu.

La main de Darius se glissa sous mon pull et remonta jusqu'à mon sein qu'elle prit en coupe. Je me cambrai contre lui, et mon sang s'échauffa à la sensation de son érection appuyant sur mon bas-ventre. Il me repoussa, me forçant à entrer en contact avec le mâle excité derrière moi.

Jace demeura immobile, à part son pouce qui suivait doucement le haut de mon jean.

C'est mal. Il ne devrait pas être ici.

Accepte-le, répliqua Darius en massant mon téton. *Jace ne te fera pas de mal.*

Tout ce que j'aurais pu répondre à cela fut emporté par un autre baiser ensorcelant qui me laissa à bout de souffle contre lui. Les lèvres de Jace rôdaient dans mes cheveux, son souffle chaud contre ma nuque.

Darius, je…

Il aspira ma lèvre supérieure dans sa bouche et la mordilla gentiment. *Arrête de penser, Juliet.*

Ce que je fis. Mon cerveau se déconnecta et lui laissa un contrôle total, tandis qu'il me dévorait de l'intérieur, capturant chacun de mes souffles.

Jace demeurait une chaleur solide dans mon dos qui me protégeait du monde. J'aurais dû être effrayée, terrifiée même, mais je me sentais étrangement protégée entre eux. Peut-être parce que malgré leurs désirs évidents, ils ne me bousculaient pas. Jace ne s'éloignait jamais de ma hanche, sa bouche restait dans mes cheveux sans toucher ma peau, tandis que Darius m'embrassait profondément en caressant doucement mes seins.

Quand la voiture s'arrêta soudain, leurs prises se resserrèrent, mais leur étreinte ne cessa pas. Elle s'intensifia plutôt, la bouche de Darius plus insistante contre la mienne, la paume de Jace faisant des allers-retours sur ma cuisse.

Je réfrénai l'envie de gémir, une partie raisonnable de moi sachant que je devais garder le silence. C'est juste que c'était si bon, si *chaud*, que j'avais du mal à contenir mon désir d'en avoir plus.

Fais-moi plaisir, suppliai-je. *S'il te plaît, Darius.*

Le véhicule fit une embardée vers l'avant, me projetant contre lui, puis contre Jace, et m'arrachant au brouillard de luxure qui m'entourait. Je frémis, mon corps en redemandait alors que ma raison menaçait de me ramener au présent.

La langue de Darius continua à titiller la mienne, ses caresses à brûler ma peau. Je retombai dans son étreinte, mon cœur battant au même rythme que le sien, mon corps avide de besoins qui submergeaient mes sens, me rendaient inconsciente de mon entourage.

Jusqu'à ce que nous fassions de nouveau halte.

Jace gloussa derrière moi, le premier son émis depuis une éternité.

— C'est une bonne façon de la faire taire, Darius.

Ses lèvres se retroussèrent contre les miennes.

— Je me suis dit que tu pourrais apprécier.

— J'apprécierais bien plus si tu me laissais me la taper correctement.

— Aucune chance, répliqua Darius, son nez effleurant les flammes qui dansaient sur ma joue.

— Depuis presque trois mille ans qu'on se connaît, tu n'as jamais refusé une occasion de partager. (Jace embrassa l'arrière de ma tête.) Tu as bien choisi, mon vieux.

— Je sais. (Darius sortit la main de sous mon pull pour prendre mon visage en coupe.) Reste calme.

Je n'eus pas le temps de répondre avant qu'une lumière pâle ne se glisse dans notre caverne obscure. Jace disparut, m'exposant à l'air frais de la nuit. Darius me poussa sur le dos et roula sur moi, puis tendit la main pour m'aider à sortir de notre abri.

— Nous y sommes, murmura-t-il quand mes pieds atterrirent sur le sol pavé.

Quelques gloussements masculins me firent bondir à ses côtés. Une douzaine au moins de paires d'yeux jaunes brillaient dans la nuit, la lune au-dessus de nos têtes formant le seul éclairage. Darius passa sa paume le long de ma colonne vertébrale, tandis qu'un loup blanc s'approchait et reniflait ma main. Mon pouls battit la chamade en réponse, mais je me forçai à demeurer immobile.

Il – je supposai que ce loup était un mâle à cause de sa taille et de sa stature – grogna sourdement du fond de la gorge et fit quelques pas en arrière.

Hum…

— Tu devrais savoir que la peur est un aphrodisiaque pour un prédateur, prévint une voix féminine dans les ténèbres.

Une femme surgit entre les arbres au bord de la route, flanquée de deux loups blancs. La lune éclairait sa peau pâle et ses cheveux blond cendré, lui donnant une allure presque éthérée quand elle s'avança sur le trottoir.

— Bien que je sois sûre que Darius s'en fiche, ajouta-t-elle.

— Ismerelda, murmura-t-il d'un ton affectueux. Tu ne devrais pas être si près de la frontière.

Elle fit claquer sa langue.

— Quand Luka m'a dit que vous aviez lancé les protocoles d'urgence pour une visite inattendue, je me suis dit qu'il devait y avoir une raison importante. Maintenant je vois laquelle. (Elle s'approcha de lui et l'embrassa sur les deux joues, mais la façon dont elle le serra dans ses bras suggérait qu'elle le connaissait intimement.) Tu m'as manqué, mon cœur.

— Tu m'as manqué aussi, répliqua-t-il d'une voix douce, la tenant une seconde de trop.

En réponse, les poils se hérissèrent sur mes bras, mécontents de ce développement. Comment osait-il m'amener ici rencontrer une ex ? J'allais m'éloigner, mais son bras entoura ma taille, me maintint à ses côtés.

— Juliet, j'aimerais te présenter une très vieille amie à moi, Ismerelda.

Elle sourit avec chaleur.

— C'est un nom que je n'entends que quand tu me rends visite, Darius. Tout le monde m'appelle Izzy maintenant, même Jace.

— C'est plus court, remarqua Jace, comme si cela expliquait tout.

Izzy se mit à rire, son beau visage éclairé par la lune. Ses yeux vert clair croisèrent les miens et se plissèrent sur les bords.

— Bienvenue au Clan Majestueux.

Darius serra ma taille.

— C'est elle que je voulais que tu rencontres, Juliet, murmura-t-il. Non seulement Ismerelda est humaine, mais c'est aussi une *Erosita*.

Je restai bouche bée. *Une* Erosita *? Dans les bois ? Entourée de loups ?*

Quelqu'un qui comprenait ma destinée ? Qui pourrait me dire la vérité sur ce qui m'attendait aux côtés de Darius ?

C'était presque trop beau pour être vrai. Une ruse quelconque. *Si elle est une* Erosita, *où est son Sire ?*

— C'est vrai. Mon compagnon est Cam. (Son sourire se

fit triste.) Tu le connais peut-être comme le créateur de Darius, ou bien comme le cousin de Jace.

Je savais ces deux choses, mais attends… *Est ? Au présent ?* Je plissai le front. La trahison de Cam et sa mort en conséquence étaient bien connues. Le Coventus le décrivait comme un vampire corrompu qui avait tenté sans succès de prendre le contrôle de l'Alliance et avait été tué pour cela.

Mais si elle est son Erosita, *elle aussi devrait être morte, non ?*

Les paroles que Darius avait prononcées dans l'avion me revinrent à l'esprit : «*Juliet, la cérémonie nous lie jusqu'à ma mort, ou qu'un autre revendique ton corps.*»

Si Izzy était la compagne de Cam, sa mort aurait dû briser le lien et la rendre à son statut d'humaine depuis des dizaines d'années. Pourtant elle n'avait pas l'air d'avoir plus de trente ans, suggérant que son immortalité était encore présente.

— Il est toujours en vie, me confirma Darius à mi-voix. Mais nul ne sait où.

— Nous avons tous été amenés à croire que Cam était mort, mais l'existence d'Izzy nous prouve le contraire, ajouta Jace. Et un jour, nous le libérerons.

Izzy émit un sourire qui n'atteignit pas vraiment ses yeux.

— Bon, maintenant que les présentations sont faites, peut-être puis-je accompagner Juliet jusqu'à l'enceinte pendant que vous deux montez à l'arrière ? L'aube pointera avant qu'on atteigne notre destination, à propos.

Darius embrassa ma tempe et me demanda à voix basse :

— Tu te sens à l'aise de monter devant à côté d'Ismerelda ?

Tu as le choix, Juliet, susurra-t-il dans mes pensées. *Elle ne sera pas offensée si tu refuses.*

Je n'eus pas besoin d'y réfléchir, ma décision était prise depuis que j'avais compris qui et ce qu'elle était.

— Oui. J'aimerais bien lui parler.

Darius m'étreignit.

— Je m'en doutais bien. (Un autre effleurement de ses lèvres.) Je serai juste derrière toi si tu as besoin de moi – au moins jusqu'au lever du soleil.

— Qu'est-ce qui se passera alors ? m'enquis-je, soudain inquiète.

La lumière du soleil ne pouvait tuer un vampire, mais elle l'affaiblissait gravement. D'où leur préférence pour vaquer la nuit.

— Je retournerai dans le coffre avec Jace, où nous serons en sécurité. (Il esquissa un sourire.) Tu es la bienvenue si tu veux nous rejoindre.

Un loup hurla au loin, ce qui fit dresser et tourner la tête à tout le monde. Quand un second hurlement fila dans l'air nocturne, les lycans se mirent à bouger.

— On doit y aller, lança Darius.

Il me propulsa vers l'avant de la voiture. Izzy me prit la main et m'installa sur le siège central, entre elle et le chauffeur, tandis que Jace et Darius prenaient place à l'arrière. Les autres lycans s'éclipsèrent sur des motos ou sous leur forme de loups.

— Pas de quoi s'inquiéter, murmura Izzy. Juste un avertissement qu'il y a des éclaireurs humains à l'horizon. Ils aiment rôder parfois le long de la frontière, en général parce qu'ils s'ennuient. Mais ils ne s'aventurent pas trop loin sur le territoire, au risque de représailles de notre propre patrouille.

— Tu parles des Vigiles ? demandai-je, me rappelant le terme officiel que Darius avait employé.

— Oui, ces miliciens humains qui chassent leur propre espèce pour obtenir des faveurs des vampires et des lycans. (Elle pouffa.) De la racaille, si tu veux mon avis.

— Des opportunistes, intervint le chauffeur près de moi d'une voix basse et rocailleuse – un vrai lycan.

— C'est sûr, grogna-t-elle. Enfin bref, tu dois être pas mal bouleversée.

Je réfléchis à sa déclaration, tandis que Jace et Darius discutaient à mi-voix derrière nous. Ils parlaient trop bas pour que je les entende, mais je savais qu'ils n'avaient aucun mal à me comprendre, même si je chuchotais.

— J'ai le droit de parler librement ? demandai-je, plus à l'intention de ceux à l'arrière qu'à l'avant.

— Tu peux dire tout ce que tu veux, Juliet, répondit Darius, confirmant mes soupçons qu'il m'entendait. En fait, je t'encourage à le faire.

— C'est sympa de ta part, remarqua Izzy, pince-sans-rire.

— Elle vient d'un monde différent du tien, Ismerelda. Elle demande la permission parce que cette exigence a été instillée en elle au cours d'années de tourments.

Son ton était irrité, me rappelant l'époque où il me disait de cesser de m'incliner.

— Foutus vampires, grommela-t-elle.

— Les lycans ne sont pas mieux, mon cœur, rétorqua Jace. Sans vouloir t'offenser, Hunter.

— Pas d'offense, grogna le lycan près de moi.

— Ignore-les et parle-moi, m'encouragea Izzy. Comment tu te sens ?

Comment je me sens ? J'eus soudain envie de glousser. Les dernières dix, douze, vingt-quatre, je ne sais combien d'heures avaient été un tourbillon émotionnel. Le dîner avec Jace avait-il bien eu lieu seulement la nuit dernière ? À présent j'étais assise entre une *Erosita* et un lycan, avec Darius et un vampire royal derrière moi.

Chère Déesse, je perdais la boule.

J'étais passée de l'envie de mourir à ne plus distinguer le haut du bas.

Un baiser de Darius bouleversait tout mon univers, un toucher de Jace me donnait envie de crier une minute puis de gémir la minute suivante, et pour couronner le tout, nous nous étions faufilés hors d'une ville de vampires pour rendre visite à un clan de lycans.

Mes lèvres se retroussèrent malgré mon esprit assailli de pensées, et le gloussement tapi dans ma gorge jaillit en un grand rire. C'était soit ça, soit pleurer. Non, en fait, les larmes coulaient aussi de mes yeux.

Et je ne pouvais pas m'arrêter, l'explosion d'énergie remplissait la voiture d'un son que j'avais rarement entendu, et encore moins émis.

— Elle pète les plombs, mec.

La voix de Jace franchit à peine mon esprit, car je m'en fichais. C'était trop bon de libérer mes émotions.

Je pouvais rire ici. Pleurer. Hurler. Tout ce que je voulais. Sans châtiment.

En sécurité, réalisai-je. Darius m'avait amenée dans un endroit *sûr*. Je croisai son regard inquiet dans le rétroviseur. C'était ce qu'il voulait que je voie : la vie au-delà des confins de la société vampire. Et je n'avais aucune idée de quoi faire ensuite.

DARIUS

LE RIRE de Juliet m'alla droit au cœur. Il était si chargé d'émotions, si brisé, que tout ce que je voulais, c'était la prendre dans mes bras. Mais un regard acéré d'Ismerelda m'en dissuada.

— Raconte-moi ce qui est arrivé à Viktor, me demanda Jace, ramenant mon attention à notre objectif principal.

— Il a voulu toucher à ma vierge de sang, alors je l'ai tué.

Jace sourit.

— C'est ce qu'a rapporté Sebastian, mais que s'est-il passé en réalité ?

Je haussai les épaules.

— J'ai pu lui signaler discrètement qu'il avait la permission de caresser ma propriété pendant que personne ne regardait.

— Brillant, gloussa-t-il. Et comment tu prévois de gérer Gaston ?

Je desserrai ma cravate et l'ôtai de mon cou. Les costumes devenaient pénibles à porter à la longue.

— J'espère que cette rencontre impromptue avec toi à Lilith City lui parviendra aux oreilles et qu'il se rétractera quand Sebastian me désignera au gala du Parlement. S'il ne le fait pas, alors il pourrait connaître un destin fatal. Pure coïncidence, bien sûr.

— Comme Adrian, mon ancien souverain ? demanda-t-il, amusé.

— Quel dommage que ces voyous de lycans aient mis la main sur lui.

Un grognement provenant du chauffeur suivit mes paroles, ce qui me fit sourire. Hunter était un excellent tireur d'élite, que j'étais heureux d'avoir dans mon camp.

— Oui, dommage, convint Jace d'un ton guère attristé.

Il ne l'était pas, bien sûr, puisque tout ce plan sanglant avait été sa brillante idée. Jace était le premier pion mis en place, en tant que royal au statut héréditaire.

Lorsqu'il avait pris le contrôle des anciens États-Unis du Nord-Ouest, j'avais choisi de vivre dans mon domaine à Washington, sous son autorité, en attendant la prochaine étape. Plus d'un siècle plus tard, il avait orchestré le plan consistant à faire de moi l'un de ses deux souverains, m'accordant le pouvoir et l'autorité sur ses terres et ses vampires.

Il y avait d'autres pièces en jeu ailleurs, toutes placées stratégiquement pour renverser l'Alliance au final. Mon ascension n'était que le début – un signe pour les autres que le jeu avait commencé.

Et pendant tout ce temps, nous avions cherché à savoir où se trouvait Cam. Il était le roi légitime de notre espèce. Pas Lilith, la reine des pétasses qui avait usurpé sa couronne.

— Il y a mille ans ? sursauta Juliet à l'avant.

Son rire avait cessé depuis longtemps grâce à l'histoire que lui racontait Ismerelda. Elle était plongée dans sa rencontre avec Cam, faisant allusion à une période beaucoup plus heureuse de sa vie. Je ne pouvais pas imaginer ce que cela devait être pour elle de savoir que son amour vivait en un lieu qu'elle n'arrivait pas à découvrir.

Leur lien mental était rompu – signe qu'il s'était isolé d'elle –, probablement pour lui éviter les tourments que notre espèce lui infligeait. Sans parler du fait que cela protégeait son existence.

Les royaux pensaient que Cam avait tué son *Erosita* avant l'insurrection surnaturelle, une scène qu'il avait stratégiquement orchestrée pour la protéger de l'inévitable futur asservissement des humains. Il l'avait cachée au sein du Clan Majestueux, nos seuls alliés lycans, sachant que les vampires ne penseraient jamais à la chercher là-bas.

Et puis il avait été arrêté et jugé pour trahison. Pas à cause de la trahison que Lilith prétendait qu'il avait commise, mais à cause de la menace qu'il représentait pour son pouvoir.

Une note d'étonnement sous-tendait la voix de Juliet alors qu'elle interrogeait Ismerelda sur sa relation avec Cam. Elle voulait savoir ce qu'était la possessivité, et si les vampires prenaient généralement plus d'une compagne.

— Je crois qu'elle veut que tu lui sois fidèle, murmura Jace qui écoutait.

— On le dirait bien, souris-je. Elle devient assez possessive, mais je ne pense pas qu'elle sache pourquoi.

— Le lien.

J'acquiesçai.

— Elle canalise mes émotions envers elle.

J'avais dû garder tous mes instincts sous clé de peur que quelqu'un ne les teste, et il semblait qu'en faisant de la sorte, j'en avais introduit certains en elle à travers notre connexion.

— Je crois que ça pourrait être plus que ça. (Jace pencha la tête de côté, écouta Juliet qui parlait tranquillement de la progression de notre relation.) Elle t'aime bien.

— Parce qu'elle n'a pas le choix.

Il haussa une épaule.

— Je lui en ai fourni un dans le coffre et c'est à peine si elle m'a remarqué, une chose qui ne m'est jamais arrivée, tu le sais aussi bien que moi.

Avec ses cheveux noirs, ses yeux argent et son visage frappant, nulle ne s'était jamais refusée à lui. Bon sang, certaines des humaines que nous avions commandées pour le partage avaient même paru soulagées d'être choisies par lui. Sans compter que la majorité de celles envoyées dans les camps royaux de formation sexuelle convoitaient son harem plus que tout autre.

— Elle a peur de toi, remarquai-je. Le Coventus lui a appris à craindre tous les royaux et les vampires influents.

— Pourtant elle n'a pas peur de toi, releva-t-il. C'est fascinant, si l'on considère que tu es l'un des plus puissants de notre espèce. Tu as l'essence de Cam qui court dans tes veines, ce qui fait de toi un vrai prince.

— Une chose qu'elle ne comprend pas.

— Oh, je ne suis pas de ton avis. Elle le ressent pleinement, mais te fait confiance malgré ses instincts, parce que ses émotions lui disent que tu ne lui feras pas de mal.

Je la contemplai dans le rétroviseur, avec ses joues rouges et ses yeux pensifs. Elle était en pleine conversation avec Ismerelda, ignorant complètement que nous parlions d'elle sur le siège arrière. Elles passaient en revue les avantages de l'accouplement, l'immortalité, la connexion mentale que nous avions seulement commencé à explorer, et les plaisirs partagés entre le vampire et l'*Erosita*. Juliet rougit à ce propos, sa voix s'abaissa en un chuchotement quand elle demanda si Cam avait attendu longtemps avant de déflorer Ismerelda.

Je souris, sentant la frustration de Juliet face à mon retard à faire culminer notre propre lien. Maintenant qu'elle savait tout, j'allais pouvoir lui offrir un vrai choix, ce que je n'avais pas envisagé au début, mais que je souhaitais maintenant. L'avoir à mes côtés serait bénéfique tant qu'elle voudrait vraiment être là. Dans le cas contraire, elle pourrait vivre le reste de ses jours ici, parmi les lycans et les autres humains qu'ils gardaient en sécurité.

Il y avait tout un clan de mortels vivant comme autrefois, en liberté et en famille, cachés sous les arbres par les lycans qui contrôlaient ce territoire. Personne ne pensait à explorer les forêts en quête d'humains égarés, les supposant tous regroupés ou morts. D'ailleurs, quel lycan laisserait de la viande fraîche en liberté ? C'était ce que pensaient les autres, faisant ainsi de ce territoire le plus sûr pour les mortels. Et pour ma Juliet, si elle choisissait de rester.

— Comment vont Ivan et Trevor ? me demanda Jace, me ramenant au présent.

Je le mis brièvement au courant, y compris les pensées d'Ivan sur les affaires politiques actuelles et les personnes que nous pourrions envisager dans notre camp. Jace écoutait avec attention, hochant la tête en signe d'approbation et ajoutant ses propres idées au mélange. Nous avions rarement l'occasion de discuter librement de nos plans et nous profitions de ce moment. Jace m'informa sur les royaux et leurs bouffonneries, mentionnant au passage que Kylan avait tué tout son harem par ennui.

— Serait-il atteint d'une folie immortelle ? me demandai-je à voix haute, curieux.

Certains des plus anciens de notre espèce perdaient tout contact avec la vie et se mettaient à fricoter avec la mort pour passer le temps. Il semblait bien que Kylan prenait cette direction.

— Ses motivations restent floues, mais il y a quelque chose qui cloche. Il s'est retiré pour le moment, déclarant qu'il avait besoin de temps pour faire son deuil.

Sebastian m'a dit qu'il avait essayé de faire avancer la Journée du Sang pour reconstituer son harem.

Jace se gratta le menton.

— Il l'a fait, mais ça manquait de cœur. J'essaie toujours de comprendre ce qui s'est passé. Quoi qu'il en soit, il a perdu la tête et ça ne le dérange pas de tuer pour le sport.

— Un résumé de la plupart de notre espèce.

— C'est vrai. (Il regarda par la vitre s'écouler les derniers vestiges de la nuit.) Parfois je me demande si on sera jamais capable de réparer toutes ces erreurs.

— On n'y arrivera pas, répliquai-je tranquillement. Mais on peut essayer d'améliorer l'avenir.

En remettant Cam sur son trône légitime et en traitant les humains mieux que du bétail.

Les vampires et lycans dirigeraient toujours, notre nature surnaturelle nous plaçant au sommet de la chaîne alimentaire pour une bonne raison, mais cela ne voulait pas dire que nous devions reléguer les humains dans des camps. Ils étaient notre source de vie. Nous avions besoin d'eux plus qu'ils avaient besoin de nous, une chose que l'Alliance avait oubliée en balayant quasiment les humains de l'existence.

— Oui, opina Jace. On peut essayer.

L'horizon commençait à s'éclaircir, annonçant l'aube.

— C'est l'heure de la sieste, remarquai-je.

Non pas que nous en ayons besoin à notre âge, mais bon, les vieilles habitudes et tout ça. De plus, je voulais être alerte et reposé quand Juliet me rejoindrait plus tard. On allait avoir une discussion importante dans un proche avenir, et il fallait que je me prépare à ce qu'elle aurait à dire.

JULIET

— C'est là où Darius séjourne en général, dit Izzy en allumant les lumières d'une chambre décorée en nuances de bruns.

Nous avions passé tout le trajet à discuter de sa vie, de Cam, de ce que c'était qu'être la compagne d'un vampire, de sa vision de l'actualité. Des milliers d'autres questions tournoyaient dans mon esprit, mais mon corps exigeait du repos avec tout ce voyage et ce stress.

— C'est charmant, lui dis-je en touchant le cadre en bois de la porte. Je peux dormir ici ?

Elle sourit.

— Je n'imagine pas que Darius aimerait que tu dormes ailleurs.

— Tu as toujours été une femme intelligente, nous parvint la voix de Darius du fond du couloir.

Il nous rejoignit d'une démarche sûre et confiante. Je ne l'avais jamais vu debout en pleine journée. Il ne paraissait pas différent, même lorsqu'il embrassa Izzy sur la joue.

— Merci, ma chérie. Je prends le relais.

— Sois gentil avec elle, Darius. (Elle lui darda un regard sévère.) Je l'aime bien.

Il sourit et ses yeux verts croisèrent les miens.

— Ne t'inquiète pas, Ismerelda. Je l'aime bien aussi.

Son ton sincère fit battre mon cœur et rougir mes joues. Il n'avait jamais parlé de moi de cette façon à personne, même pas à Trevor et Ivan.

— Très bien, répliqua Ismerelda, satisfaite. Cam apprécierait aussi.

Elle prononça cette dernière phrase d'un ton quelque peu mélancolique en caressant le bras de Darius, puis elle s'éclipsa, nous laissant seuls sur le seuil de la chambre.

— Tu vas bien ? me demanda-t-il à mi-voix, ses traits s'adoucissant. J'imagine que tout ça doit être un peu déroutant.

Un peu déroutant ? J'eus envie de rire, ou peut-être de pleurer.

Il y avait des humains libres dehors. Qui flânaient. Riaient. *Vivaient.* Nous les avions croisés sur le chemin de cette vaste cabane en rondins. Ils nous avaient observés avec curiosité ; certains avaient même agité la main.

Et au-delà se trouvaient des lycans, certains habillés, d'autres sous forme de loups.

« *Bienvenue au cœur du Clan Majestueux* », avait déclaré Ismerelda.

Après tout ce qu'elle m'avait raconté en cours de route, je n'aurais pas dû être surprise. Mais voir la réalité des choses était bien différent que l'entendre.

— J'aimerais explorer plus tard, dis-je. S'il vous plaît. (Je fronçai les sourcils. Je ne savais pas comment me comporter ici à son sujet. Les convenances s'appliquaient-elles toujours ?) Ai-je la permission d'explorer ?

Darius repoussa une mèche de cheveux derrière mon oreille et prit ma joue en coupe.

— Tu peux faire ce que tu veux ici, Juliet. Tu n'as besoin d'aucune permission.

Je me penchai sur son contact, en quête de chaleur et d'intimité. Son autre bras m'entoura et m'attira dans une étreinte dont je n'avais pas réalisé à quel point j'en avais besoin. Il me serra contre lui un long moment sans rien dire, un pied dans la chambre, l'autre dans le couloir.

— Je ne sais pas trop comment agir, avouai-je à voix basse. Nous sommes passés d'un dîner d'horreur à, eh bien, ça, et je ne sais pas ce que vous attendez de moi. (Mes yeux s'embuèrent à ces mots.) Dites-moi quoi faire. S'il vous plaît.

J'avais besoin de ses conseils, sa compréhension, ses explications.

J'avais besoin de *lui*.

— Chut, tout va bien.

Il m'emmena dans la chambre et ferma la porte, puis me prit de nouveau dans ses bras et me serra contre lui. Sa force m'enveloppa, m'insuffla un sentiment de sécurité et de familiarité dont je mourrais d'envie.

— Tout ça, c'est trop à encaisser. Je n'avais même jamais rêvé… jamais envisagé… Darius, il y a des humains dehors. Qui vivent avec les lycans. Est-ce comme ça chez tous les clans ? Puis-je rester ici ?

Mes mots étaient maladroits et précipités, et des larmes roulaient sur mes joues.

Je n'avais pas réalisé jusqu'à présent à quel point j'étais épuisée et bouleversée. Mes jambes menaçaient de céder, mon cœur martelait mes côtes. Tout me tombait dessus à la fois : le dîner mortel à Lilith City, Izzy, cette cabane pleine d'air frais et de bonheur…

— Darius…

Je me cramponnai à lui pour me soutenir, et il me souleva du sol.

— Je te tiens, murmura-t-il.

Il me porta jusqu'au lit et m'assit sur ses genoux. Je me blottis contre lui et cessai de lutter contre l'assaut de sensations qui attaquaient mon être.

C'est trop. Tout ça était trop.

La conversation avec Izzy avait été instructive et terrifiante, et tellement, tellement *triste*. Elle avait choisi cette vie. Elle avait choisi Cam. Je n'avais jamais eu ce choix, ne l'avais même jamais *espéré*. Et puis voir sa vie ici – même un aperçu – la liberté, le bonheur, les humains qui *sourient*, alors que je vivais dans un monde contrôlé par les vampires… Je frissonnai. Darius m'avait montré une telle existence il y avait des années me semblait-il, en me faisant lire tous ces livres et connaître l'histoire de la nature humaine.

Cela m'avait paru être de la fiction tout du long, mais maintenant, *maintenant* je comprenais. En quelques courtes heures, j'avais constaté les différences, en voyant Izzy rire et taquiner les surnaturels – en tant qu'humaine.

Je n'aurais jamais cela. C'était une visite, pas ma vie. Et même si ça l'était, je n'avais pas ma place ici. Comment pourrais-je jamais m'intégrer dans un monde où l'on a le choix ? Je ne pouvais même pas demander à me promener sans permission, et pire, je ne *voulais* pas explorer sans la bénédiction de Darius. Parce qu'une partie de moi vivait pour le servir.

Même si j'avais demandé si je pouvais rester ici, je savais que je ne le voulais pas vraiment. Mon esprit se rebellait face à la folie de tout cela, brouillant ma vision et envoyant de violents spasmes le long de mon dos.

Pleurer était une faiblesse. Interdite. Non tolérée par les vampires. Et pourtant, *mon* vampire me tenait pendant tout ce temps. Il murmurait des mots étrangers dans mon oreille, dans une langue lyrique et douce. Ils apaisaient mon cœur douloureux, me distrayaient de l'agitation dans mon esprit.

— Qu'est-ce que vous dites ? demandai-je contre sa poitrine.

Sa chemise était trempée de mes larmes.

— Je récite un vieux poème. (Il promena ses doigts dans mes cheveux et le long de mon dos, encore et encore.) Il parle de pardon et de compassion, mais n'a pas de bonne traduction. La langue est trop ancienne.

Je reniflai. Mes cils étaient encore humides.

— Pourquoi êtes-vous si différent des autres ?

— Tu parles de mes frères, comme Sebastian et Brent ?

— Oui. Vous pouvez vous montrer si froid − comme eux − et aussi plein de chaleur. Pourquoi ?

Il étira ses jambes pour croiser les chevilles et me replaça sur ses genoux. J'appuyai ma joue contre son épaule, perdant mon regard sur le mur de bois sombre.

— La froideur est naturelle, elle est due à l'âge. Cependant, contrairement à la plupart de ceux de mon espèce, je n'ai pas perdu mon sens de l'humanité. Les vampires et les lycans sont des races supérieures, mais les humains sont la source de notre force vitale. Sans votre sang, les vampires mourraient. Sans votre capacité à procréer, les lycans mourraient aussi.

Il me frottait le dos pendant qu'il parlait, une douce et paisible caresse qui me berçait dans un confort que je n'avais connu avec personne d'autre.

— Il doit y avoir un moyen pour nous tous de vivre en harmonie sans reléguer ton espèce dans des camps ni la torturer, reprit-il. Nous y sommes parvenus pendant plusieurs milliers d'années, mais bien sûr, ça a changé après que les humains ont découvert notre existence. Pourtant, la solution mise en place − la société d'aujourd'hui − n'était pas la seule option. C'est la conviction de Cam, et beaucoup d'entre nous sont d'accord avec lui. Moi y compris.

— Et Jace.

— Oui. Ainsi que Trevor et Ivan, et quelques autres que tu n'as pas encore rencontrés. Nous nous sommes positionnés de manière appropriée dans le monde entier au cours des dernières décennies dans l'espoir d'organiser un coup d'État. Le fait que je devienne un souverain sous Jace est le signal pour les autres que nous sommes prêts à déployer les pièces sur le plateau.

— Pourquoi maintenant ? questionnai-je. S'est-il passé quelque chose qui a précipité le changement ?

Il secoua la tête.

— Pas exactement. Nous avions espéré avoir une meilleure idée d'où se trouve Cam avant de nous lancer, mais il est devenu de plus en plus clair que nous avions besoin de plus de postes de pouvoir pour le retrouver. Les changements que nous désirons ne se produiront pas du jour au lendemain, ni même au cours des prochaines décennies. C'est une longue partie que nous jouons, un jeu qui a commencé il y a un siècle et qui continue aujourd'hui.

Je clignai des yeux pour éclaircir ma vue troublée.

— Donc les humains vont continuer à souffrir.

— Oui, malheureusement. (Il m'étreignit de nouveau.) Mais il n'y a pas que les humains, Juliet. Les terres nomades sont terrifiantes et désespérantes, bien pires que la plus basse des classes surnaturelles. Notre société actuelle est basée sur l'aristocratie et le pouvoir, et c'est largement inadéquat pour toutes les parties concernées. Seuls les plus puissants et les plus anciens de notre espèce – les royaux, par exemple – en profitent. Les autres sont abandonnés à leur sort ou meurent de faim.

Je n'avais pas saisi cet aspect de notre monde. Les enseignements du Coventus étaient centrés sur un style de vie influent parce que ç'avait toujours été mon avenir : être l'esclave d'un riche vampire. Comme Darius.

Je reportai mon attention sur l'homme qui me tenait, sur son beau visage, son regard attirant, sa bouche pleine.

— Pourquoi m'avez-vous choisie ?

Sa main glissa dans mon cou, puis dans mes cheveux, et se posa sur ma nuque.

— Quand quelqu'un dans ma position désire se procurer

une vierge de sang, on nous envoie des portfolios de toutes les candidates. J'ai fait ma demande il y a deux ans et j'ai reçu un dossier chaque mois, mais aucune d'entre elles n'a piqué mon intérêt. J'avais presque abandonné l'idée, car nous manquions de temps, mais c'est alors que ton profil est tombé sur mon bureau. (Son pouce caressait ma gorge, effleurait mon pouls.) Tes aptitudes intellectuelles et ton affinité pour les langues ont été les premiers points en ta faveur. Mais ce sont tes yeux (ses iris crépitèrent d'un feu vert) qui ont scellé ton destin. Je savais que tu serais capable de mettre mes ennemis à genoux d'un simple regard, et que tu deviendrais pour moi une arme parfaite, intelligente et magnifique.

Je léchai mes lèvres soudain sèches.

— Le Coventus m'a appris à faire tout ce que désire mon maître, ce qui veut dire que j'essaierai de vous aider en toutes choses que vous me demandez, indépendamment de la cérémonie. Alors pourquoi s'embêter avec ce rituel ? Est-ce parce que vous avez besoin que je sois immortelle comme Izzy ?

— La cérémonie nous offre une connexion plus profonde et un moyen de communiquer en cas de besoin. Et oui, ton immortalité servait un but important. J'avais besoin que tu sois moins fragile pour les situations auxquelles je t'avais initialement destinée, et c'est aussi pour ça que j'ai commencé à te former aux armes et à l'autodéfense. (La main qui n'était pas dans mon cou tomba sur ma cuisse, ses doigts s'étalant de manière possessive sur mon jean.) Mais ces plans se sont avérés impossibles.

Je déglutis.

— Que voulez-vous dire ?

— Je ne peux pas te remettre dans une situation comme celle avec Viktor. Merde, je ne peux même pas te partager. (Il prononça ces derniers mots avec une pointe de frustration.) J'ai essayé, j'y suis même un peu parvenu avec Ivan et

Trevor, mais quand Sebastian est venu, je n'ai pu m'y résoudre. C'est pourquoi je t'ai envoyée dans la chambre.

Je fronçai les sourcils.

— Mais j'ai cru que je vous avais déplu. Je suis allée dans votre chambre pour attendre votre punition.

— Oh, chérie, non. (Il pressa ses lèvres sur mon front et enroula ses bras autour de moi.) L'exaspération que tu as ressentie était dirigée contre Sebastian, pas contre toi. Mes paroles s'inscrivaient toutes dans la mascarade que l'on doit jouer pour survivre. J'avais prévu de te donner du plaisir jusqu'à ce que tu ne sois plus capable de marcher, mais à la place, je t'ai trouvée dévastée. (Il se recula et planta de nouveau son regard dans le mien.) C'était parce que tu croyais que j'avais l'intention de te faire du mal ?

— Je-je – oui. Vous aviez dit que je vous avais déçu plus tôt dans la soirée, et je croyais que j'avais recommencé avec Sebastian. (Ma gorge peinait à sortir les mots, mes émotions refaisaient surface.) Je m'attendais à souffrir.

Il soupira et posa son front sur mon épaule.

— Je n'ai jamais voulu te faire du mal, chérie. Pas cruellement, en tout cas. (Il embrassa mon cou, mon oreille.) Je préfère de loin les jeux sexuels aux jeux cruels.

— Je ne comprends plus comment réagir, avouai-je. Vous m'avez demandé si je voulais être partagée avec Sebastian, et je ne le voulais pas, mais je suis entraînée à agir selon vos souhaits. Puis lors de notre dernier dîner, vous m'avez promis de ne pas me partager, mais Jace m'a mordue. Je suis si confuse, Darius. Je ne sais pas comment vous faire plaisir ni ce que vous voulez de moi. Je continue à commettre des erreurs, mais je promets de faire…

Ses lèvres scellèrent les miennes, réduisant mon désespoir au silence. Il m'embrassa doucement, sa bouche glissant gentiment sur la mienne. Je fourrai mes doigts dans ses cheveux, m'accrochai à lui, le respirai comme de l'air, j'avais trop besoin de lui.

J'ai besoin de toi, lui dis-je muettement. *Je t'en prie, Darius.*

Il répondit en écartant mes jambes jusqu'à ce que je sois à califourchon sur lui, et ses mains saisirent mes hanches tandis qu'il approfondissait notre baiser. Ma langue écarta ses lèvres, elle en voulait plus. Il ne sourit pas ni ne réagit, mais me laissa prendre ce que je voulais, et j'explorai sa bouche comme il le faisait toujours avec la mienne. Je goûtai chaque parcelle de lui, le revendiquai comme il le faisait avec moi, le marquai comme mien.

Je ne veux pas te partager, l'avertis-je. *Izzy était l'unique compagne de Cam, alors ne me dis pas que ce n'est pas possible. Je ne te croirais pas.*

Il interrompit le baiser, des flammes vertes dansant dans ses yeux.

— Tu exiges ma fidélité.

Ce n'était pas une question, mais une constatation.

Je n'hésitai pas, mon cœur et mon âme refusèrent de se rétracter.

— Oui. Vous avez dit que les vampires peuvent prendre plus d'une *Erosita*, mais ce n'est pas acceptable pour moi. Si je vous reste fidèle, j'attends la même chose de votre part.

— Et maintenant tu m'adresses un ultimatum. (Il me fit rouler sur le dos et son corps me coinça contre le matelas.) Tu as oublié qui est le maître ici, Juliet ?

Je frissonnai sous lui, son ton et sa position réaffirmant sa domination. Que je n'avais jamais niée, du reste.

— Si vous en prenez une autre, je la tuerai.

Je me rendis compte en prononçant cette déclaration à quel point elle était vraie. Darius m'avait enseigné suffisamment d'autodéfense armée pour que je puisse tuer, sous le coup de mes sentiments possessifs.

— Je ne veux pas vous partager, répétai-je, à haute voix cette fois. Je refuse.

Il gloussa et ses lèvres se posèrent dans mon cou.

— Putain, Juliet.

Il appuya son érection contre ma hanche, son corps sur moi tout en force brute.

— J'ignore si tu me dis ça juste parce que mon instinct de possession t'influence à travers notre lien, mais c'est diablement excitant. (Il se glissa entre mes jambes et posa son membre dur dans l'apex entre mes cuisses.) Tu es mienne aussi, Juliet. Mais la société m'oblige à te partager. C'est pourquoi je t'ai amenée ici – pas seulement pour apprendre, mais pour t'offrir une échappatoire.

Je me figeai sous lui, malgré le feu qui me brûlait les veines.

— Quoi ?

— Tu peux rester ici si tu veux. Des humains, même des vierges de sang, disparaissent tous les jours. Personne ne se doutera de rien après que je t'ai emmenée dans la suite avec Jace. Au contraire, ils seraient choqués que tu aies survécu. (Ses lèvres retrouvèrent mon cou, ses baisers étaient pleins de vénération.) Tu as déjà fait ce qu'il fallait en m'aidant à me réinsérer dans la société. J'ai obtenu les résultats requis, ce qui signifie que tu as respecté ta part de notre accord.

Son souffle frissonnait sur ma peau, me donnant la chair de poule.

— Qu'êtes-vous en train de dire ? demandai-je, retenant mon souffle.

— Je dis que tu pourrais mener une vraie vie ici, Juliet. Personne ne serait surpris par notre lien éphémère ; on supposerait simplement que je me suis lassé de toi, comme mon espèce en est coutumière.

Mes yeux se plissèrent à ces mots.

— Éphémère ? (J'empoignai ses épaules et les repoussai,

je voulais voir son visage.) Vous suggérez que notre cérémonie est *éphémère* ?

Ne m'avait-il pas promis l'immortalité en échange de mon accord pour l'aider à détruire ses concurrents ? Ou bien voulait-il me procurer une immortalité temporaire jusqu'aux élections, mais pas au-delà ?

— Est-ce qu'on ne va pas parachever le lien ?

Il me darda un regard noir.

— Tu ne désires plus la cérémonie ?

Ce n'était pas du tout ce que je venais de dire. Je secouai la tête, confuse et en conflit. Quel était l'intérêt d'initier le lien pour me laisser ici ? Je pensais que Darius voulait l'éternité, me former pour que je sois son poison parfait pour toujours, pas *temporairement*. Je le repoussai de nouveau, cette fois dans l'intention de l'écarter de moi, mais ce fort vampire ne bougea pas.

— Juliet, est-ce que tu veux rejeter mon lien ?

Je haussai les sourcils.

— Rejeter le lien ? (Il plaisantait ?) Je viens de vous dire que je ne veux plus jamais vous partager, et vous m'avez répondu en m'informant que mon but dans votre vie est essentiellement atteint ! (Je ne pus m'empêcher d'élever la voix. Tout ça était une pure folie.) Vous avez exigé que j'accepte notre accord, en déclarant que je gagnerais l'immortalité, puis vous m'avez dit que les vampires pouvaient avoir plus d'une *Erosita*, et maintenant vous avez l'intention de me laisser ici. Seule dans un monde que je ne comprends pas. Parce que vous n'avez plus besoin de moi et que notre lien peut être éphémère.

Je détestais officiellement ce terme. Je le détestais officiellement, lui. Je détestais officiellement tout. Cette vie. Ce monde. Cette situation. Je voulais hurler – un acte interdit par les vampires. Mais pourquoi m'en soucier ? À quoi cela servait-il d'être toujours parfaitement disciplinée ? *Pour plaire à mon maître.* Je faillis rire, mais à la place, c'est un autre son qui franchit mes lèvres.

Un cri rempli de toutes les émotions et de la haine que je ressentais pour tout et pour tous. Mon monde s'effondrait sous un voile de douleur et de tourment.

C'est fini.

Darius voulait me laisser ici ? Très bien. Mais pas sans qu'il réalise avant à quel point il m'avait brisée.

JULIET

— Merde !

Darius me couvrit la bouche de sa main, totalement l'inverse de ce que je désirais. Je me tortillai sous lui, luttai de toutes mes forces pour repousser son corps massif, en vain.

— Stop ! ordonna-t-il.

— Non !

Mon cri fut étouffé par sa main. Des larmes brouillaient le regard furieux que je dardais sur lui. Il pouvait faire taire ma bouche, mais pas mon esprit.

Je te déteste ! Pourquoi s'embêter avec la cérémonie si tu n'avais pas l'intention de la mener à bien ? Pour me laisser simplement ici ? Seule ? Sans toi ? Je tentai en vain de le repousser de nouveau, et criai intérieurement de frustration en voyant qu'il ne bougeait pas d'un pouce.

Tu aurais dû m'obliger à t'aider sans toutes ces exigences supplémentaires ! Ç'aurait été une meilleure destinée que de forcer ce lien temporaire entre nous pour le briser une fois ton but atteint. Ou bien c'est comme ça que tu joues avec ta nourriture, vampire ? Tu lui promets l'éternité pour la lui voler et la laisser au milieu de parfaits inconnus pendant que tu pars à la recherche d'une nouvelle compagne ?

Il me maintenait sous lui, son regard bouillant d'une fureur évidente, tandis que je tremblais de colère.

Laisse-moi partir !

D'une seule main, il bloqua les miennes au-dessus de ma tête. Ses cuisses clouaient les miennes sur le lit, et son autre main couvrait toujours ma bouche.

— Tu as interprété mes intentions totalement de travers, grogna-t-il.

Je grognai à mon tour. *J'ai tout interprété de travers parce que tu préfères parler par énigmes au lieu de t'expliquer vraiment.*

Il haussa les sourcils.

— Tu veux une vraie explication, Juliet ? Alors je vais t'en donner une.

Sa main glissa de mes lèvres pour être remplacée par sa bouche. Je mordis sa langue en représailles, ce qui provoqua un sourd grondement en lui. Mais il ne s'arrêta pas malgré le sang qui coulait de la blessure, ses lèvres dévorant les miennes en un baiser punitif qui me coupa le souffle.

Les murs s'écroulèrent autour de nous et un flot de bruits et de voix me transperça les oreilles.

Cet assaut me donna le vertige, flottant dans une conscience qui ne m'appartenait pas.

Darius.

Son esprit m'entourait, m'enfermait dans ses souvenirs, ses pensées, ses sentiments et intentions. Je hoquetai, mes poumons enflammés par le besoin d'air, mais tout ce que j'absorbais, c'était davantage de mots et d'émotions.

Tendresse, peur, possession, mal.

L'amener ici était la bonne chose à faire, même si ça me tue de l'abandonner.

Je ne peux pas la garder avec moi. Pas dans ce monde.

Je me déconcentre.

Putain, elle est incroyable. Si brisée, si belle, si mienne.

La briser va être l'acte le plus épanouissant et dévastateur que j'ai jamais accompli.

Ce monde est trop dangereux pour elle.

Je tuerai quiconque la touchera, même si je ne dois pas le faire.

Cam compte sur moi. Mais je ne pense qu'à elle.

Elle sera en sécurité au sein du Clan Majestueux, bien plus qu'avec moi, mais je la verrai rarement. Un sacrifice que je dois faire – pour elle.

Je serai misérable sans elle, mais comment puis-je être aussi égoïste ?

Et si elle restait à mes côtés ? Ça la blesserait bien davantage, la société aurait tant d'exigences... Je ne peux pas lui faire ça.

Qu'en est-il du plan d'origine ? Ai-je oublié quelque chose ?

Ça ne peut pas être éphémère, pas entre nous.

L'oxygène brûla mes poumons lorsqu'il me relâcha, sa bouche à un cheveu de la mienne tandis que je haletais sous l'assaut de son invasion. Deux orbes d'émeraude liquide bouillonnaient au-dessus de moi, et ses joues étaient rosies par l'effort fourni pour me laisser entrer dans son esprit.

— Darius, soufflai-je.

Je n'avais rien d'autre à dire, seules comptaient mes lèvres sur les siennes à présent.

Je me collai contre lui et l'embrassai avec une ferveur amplifiée par ses pensées. Il avait laissé grande ouverte la porte de son esprit, me laissant tout voir. Son désir perturbé, la retenue qu'il lui fallait pour ne pas réclamer mon corps, la colère qu'il ressentait envers la société, ses instincts possessifs, son cœur...

Je me cambrai sous lui, j'en voulais plus. Sa main glissa sur ma hanche puis sous mon pull pour se poser sur mon sein. Je gémis pour l'encourager. Mon épuisement n'avait plus d'importance, ni mes émotions torturées. *Rien que lui.*

— Prends-moi, chuchotai-je. Complétons-nous.

Il grogna contre ma bouche, resserra sa prise sur mes poignets.

— Ça va faire mal, Juliet. Surtout comme ça.

— Ça va me faire plus mal si tu ne le fais pas. (Je me frottai contre son érection, tendis mes cuisses sous les siennes.) Revendique-moi, Darius. *Je t'en prie.*

Sa bouche domina la mienne avec une brutalité que je

ressentis jusqu'au fond de mon âme. Je tombai tête la première dans son baiser, mon cerveau déconnecté, mon cœur cessant de battre, mes poumons respirant mécaniquement.

Darius était partout. *Était tout.* Mon obsession, ma raison d'être, ma vie.

Il s'assit, me tirant avec lui, et passa mon pull par-dessus ma tête tandis que j'arrachai les boutons de sa chemise, nous laissant torse nu tous les deux, nos bouches continuant de se détruire mutuellement. Mon jean disparut ensuite, et mes chaussures en même temps, puis il me rallongea sur le lit, offerte nue à son examen.

— Je ne me lasserai jamais de te voir comme ça.

Son ton était admiratif et ses yeux brûlaient d'un désir effréné tandis qu'il se débarrassait de sa chemise. Mon pouls s'accéléra, quêtant sa morsure. Je voulais tout ce qu'il avait à offrir. Tout. Toujours. Il fit lentement glisser sa ceinture dans la boucle, l'air moqueur, puis laissa le cuir tomber près de lui.

— Je devrais te faire déboutonner mon pantalon avec tes dents.

Je m'appuyai sur mes coudes, impatiente d'essayer, mais il les avait déjà fait sauter, et sa fermeture éclair descendait lentement pour révéler sa queue engorgée. Une humidité perlait à son sommet, délicieusement attirante. J'adorais le goûter, étais accro à sa saveur et à son plaisir.

Ses pupilles se dilatèrent.

— Tu me regardes comme si tu voulais me dévorer, mon cœur.

— C'est ce que je vais faire, gémis-je.

Mes tétons se raidirent jusqu'à en devenir douloureux.

— Pas tout de suite, dit-il en souriant.

Il fit glisser son pantalon le long de ses cuisses musclées, puis s'en débarrassa d'un coup de pied, où il rejoignit par terre le reste de nos vêtements.

Je retombai sur le dos et croisai son regard vorace. Un frisson de désir fit surgir la chair de poule sur mes bras. *Darius va enfin me revendiquer.* À cette idée, un maelström de glace et de feu tourbillonna dans mon bas-ventre. Je le voulais, j'en mourais d'envie, et je le craignais tout à la fois.

— Tu es mouillée pour moi, Juliet ? demanda-t-il.

Soutenu par ses mains et ses genoux, son corps planait au-dessus de moi, me coinçant contre le lit.

— Oui, exhalai-je.

Il s'assit sur ses talons entre mes cuisses écartées.

— Montre-moi.

Je les écartai davantage, révélant chaque repli de ma chair intime.

— Sers-toi de tes doigts. (Une simple instruction, pas une exigence.) Trempe-les dans ton doux minou et apporte ton fluide à mes lèvres.

Une bouffée de chaleur m'envahit à cette directive dévergondée, tandis que ma main descendait pour toucher mon pubis rasé et plus bas. Je me cambrai contre ma paume, désirant ardemment une friction. C'était bon, mais pas encore assez. Je gémis devant cette contradiction, ma lèvre coincée entre mes dents. La tension s'enroula dans mes membres. *Si proche...*

Je glissai deux doigts dans ma fente étroite, espérant un peu de soulagement, mais cela ne fit qu'empirer la douleur qui palpitait entre mes cuisses.

— Va bien au fond, me pressa-t-il, fixant ma main.

— Oui, Sire.

Mon attouchement ne contribua guère à atténuer le besoin qui me tenaillait à l'intérieur. Au contraire, il ne fit qu'amplifier le tourment, déferlant une nouvelle vague de chaleur dans ma matrice déjà suintante.

— Ça m'a l'air délicieux, chérie.

Ses pouces effleurèrent l'intérieur de mes cuisses tout près de là où je le désirais le plus, provoquant dans ma gorge un son guttural. Il se pencha pour embrasser ma main à l'œuvre.

— Fais-moi goûter, mon amour.

Frissonnante, je portai mes doigts à ses lèvres. Il les prit dans sa bouche en grognant et leur donna de forts et somptueux coups de langue. Je voulais qu'il fasse ça à mon clitoris, qu'il m'emmène en ce lieu qu'il m'avait fait connaître, là où j'évacuais toutes mes pensées et ne faisais que *ressentir*.

— Darius, je t'en prie…

— Mmmh, sourit-il. J'adore quand tu supplies. (Il reposa ma main sur le lit et déposa un baiser sur ma vulve douloureuse.) C'est ça que tu veux ?

— Oui, sifflai-je, mes poumons oubliant de respirer.

— Ne jouis pas, prévint-il.

Il envoya une bouffée de chaleur de mon abdomen vers mes seins. Mes mamelons se durcirent jusqu'à l'insupportable, tandis que sa bouche survolait le cœur de mon désir, me faisant inhaler.

— Je…

Aucun mot ne suivit. J'étais si tendue dans l'attente que je ne savais plus si j'avais envie de hurler ou de pleurer. Ne savais plus supplier. Ne savais plus parler…

Puis sa langue écarta mes replis.

J'empoignai la couette de chaque côté de mes hanches, et son nom m'échappa dans un cri. Un coup de langue sur mon bouton sensible me fit vaciller au bord de l'explosion. Mais sa langue partit dans une mauvaise direction, traçant un chemin le long de mon corps jusqu'à mes seins, dont il mordilla les tendres pointes.

— Darius, haletai-je.

Mon corps demandait à être soulagé. Tous ces

bouleversements émotionnels, les taquineries dans la voiture, l'exploration de son esprit…

— J'ai l'impression d'être en feu…

— Bien, murmura-t-il contre mon téton. C'est exactement comme ça que je te veux.

J'ouvris la bouche pour lui demander ce qu'il voulait dire, quand la tête de son érection toucha mon entrée. Ses mains sur mes hanches me maintenaient sur le lit, sa bouche s'attarda sur mes seins.

— Tu as le droit de hurler, Juliet.

Ses crocs percèrent mon aréole, faisant fuser l'extase dans mes veines, qui se concentra dans la douleur entre mes cuisses. Je criai – confuse et *excitée* – et il poussa en avant.

J'oubliai de respirer, mon corps trop choqué et blessé par cette invasion pour fonctionner. Des larmes brouillèrent ma vision, et mon corps se figea.

C'était l'acte que je craignais depuis tant d'années : être déchirée en deux par un vampire. Et que je désirais plus que tout, venant de Darius.

Ses paumes caressaient mes flancs, le bas de son corps restait immobile tandis que mes parois intimes frissonnaient autour de son intrusion brutale. Je percevais à peine la douleur de mon mamelon ou sa langue qui léchait les filets de sang coulant le long de mon sein.

— Respire profondément, me conseilla-t-il d'une voix douce, tandis que ses hanches fléchissaient subtilement.

Je tressaillis – je n'étais pas prête. Ses mains empoignèrent ma taille, ses doigts meurtrissant ma peau, comme s'il avait du mal à s'empêcher de rechercher davantage de friction. Sa bouche se déplaça vers mon cou, ses incisives allongées effleurant mon pouls.

— Il faut que je bouge, chuchota-t-il d'une voix mourante. Je dois te sauter, Juliet.

Ma gorge forma les mots que je voulais dire, mais aucun

son ne s'échappa de mes lèvres. Je voulais lui demander une minute, le supplier d'y aller doucement avec moi.

— Putain, grogna-t-il.

Il planta ses dents dans ma chair.

Je sursautai, surprise.

Ça faisait mal, mais, oh, c'était plutôt intéressant.

Je soulevai de nouveau mes hanches, et sa queue frotta cet endroit au fond de moi qui injecta une giclée d'adrénaline dans mes veines.

— Darius, soufflai-je.

Il se glissa hors de moi et replongea – brutalement –, me faisant gémir de reconnaissance. Il répéta cette action, son propre grognement s'ajoutant au mien. La chaleur spiralait de là où nos corps se rejoignaient, ravivant une flambée d'excitation. Sa bouche demeura sur ma gorge, ses crocs titillant mon sang.

J'inclinai la tête, lui offrant plein accès, l'invitant à boire tout son soûl.

— Je suis prête, Darius. Fais-moi tienne.

— Oh, chérie, chuchota-t-il. Tu n'as pas compris ? Tu es mienne depuis le début.

Ses incisives percèrent de nouveau ma peau, tandis que son bas-ventre se mettait à bouger vraiment. Il n'avait fait que m'allumer jusque-là, avait testé mes limites. À présent il ne se souciait plus de rien, son corps prenait le mien de la façon qu'il désirait.

Ses mains couraient sur mes seins, mes hanches, mes seins de nouveau, sa lucidité n'étant plus qu'un fil perdu dans ses pensées.

Mienne.

Enfin.

Si serrée.

Si bon.

Encore…

Je hurlai tandis qu'il me pénétrait, ses pensées affamées et les sensations que créait son corps me faisaient basculer dans un tourbillon d'extase.

Je plantai mes ongles dans son dos, m'accrochai alors qu'il me possédait comme seul Darius pouvait le faire. Ses hanches pilonnaient violemment les miennes, sa bouche aspirait l'essence de vie de mon corps dans le sien, ses mains accaparaient chaque centimètre de ma peau.

Je criais sous lui, la brutalité de son assaut correspondait exactement à ce que j'avais prévu, en tellement mieux pourtant. Il me prenait avec une férocité digne de son espèce, mais de chaudes émotions éclipsaient le nuage de sa faim. Son esprit restait ouvert au mien, ses pensées et ses sentiments renforçaient notre union.

Tu t'agrippes si fort à ma queue, j'ai du mal à entrer... Putain, je ne peux pas m'arrêter. Je n'arrêterai jamais.

Il me souleva et j'enroulai mes jambes autour de sa taille. Je le chevauchai à l'envers, le forçai à s'enfoncer davantage à chaque poussée de ses cuisses.

— Darius, gémis-je.

Mon corps se fractura sous l'assaut conjoint de la douleur et du plaisir. Il m'avait déjà provoqué un orgasme et un autre était en train de monter.

— Bois-moi, ordonna-t-il en levant son poignet. (Il trancha la chair de ses crocs, le sang coula de la blessure.) Achève la cérémonie.

Un choix. Si je choisissais de ne pas boire, la connexion s'affaiblirait. Je le compris parce qu'il me montra en esprit comment le processus fonctionnait. Son corps réclamait le mien avec un besoin primitif d'en finir, de compléter le lien, mais pas sans mon consentement final.

Je n'allais certainement pas refuser.

J'acceptai son poignet, ma bouche se jeta sur la lacération et suça profondément. Son sang chaud coula dans ma bouche, son grondement en retour m'emplit les oreilles.

Mienne ! l'entendis-je crier. À voix haute ou pas, je ne saurais le dire, complètement perdue dans la sensation de nos corps et nos esprits s'épousant en une promesse éternelle.

Son rythme s'accéléra, mes hanches étaient meurtries par sa poigne sévère et son assaut brutal, mais le plaisir montait au fond de moi à chaque coup de boutoir. Je lâchai son poignet et ma bouche retrouva la sienne tandis que son bras se glissait dans mon dos. Son autre main saisit ma taille et la tint fermement pendant qu'il se propulsait dans mon corps.

Il me fait l'amour. Il m'aime. Il m'annihile.

Je lui rendis la monnaie de sa pièce, lui rendis coup pour coup, j'avais besoin de le revendiquer moi aussi, et je le sentis sourire contre ma bouche.

— La compagne parfaite, dit-il, capturant ma langue d'un vif coup de la sienne. Tu es carrément étonnante.

— Encore, suppliai-je. Donne-m'en plus.

Il m'étendit sur le lit, sa hampe logée au profond de moi.

— Accroche-toi à moi.

J'enroulai mes bras autour de son cou et me cramponnai à lui comme si ma vie en dépendait, tandis qu'il m'emmenait vers un nouveau niveau d'existence. Mon cœur s'emballa, la sueur perlait sur mon front, la douleur était presque insupportable.

Mais c'était aussi trop, trop bon. Mieux que tout ce que j'avais jamais imaginé.

Mon corps trembla, le feu dans mes veines atteignit un point de fusion. Et pourtant j'en voulais encore. De quoi, je l'ignorais. J'étais perdue dans ses mouvements, sa vitesse. Il remuait ses hanches d'une façon qui caressait mon clitoris, mais ce n'était pas suffisant.

Si chaud.

Non, trop *chaud.*

Oh, Darius…

Je lui appartenais. Mon être tout entier n'existait que pour cette union de la chair et des âmes. Ça brûlait, cautérisait chaque nerf, calcinait mon cœur. Je ne pouvais plus respirer, mon corps était prisonnier des affres d'un spasme imminent qui se refusait à moi.

Ça fait mal…

— Jouis pour moi, Juliet, m'intima Darius contre mes lèvres. *Maintenant.*

J'écartai ma bouche de la sienne en un souffle violent, et son nom fut le seul mot qui trouva grâce sur ma langue quand j'explosai selon son exigence.

Le grondement qu'il émit en retour résonna dans ma poitrine, se fraya un chemin jusqu'à mon cœur et mon âme. Il me démolit de l'intérieur, solidifiant sa revendication et la mienne, tandis que mon corps était secoué violemment dans l'agonie béate de notre passion addictive.

« *Mienne.* » La proclamation féroce de Darius fit trembler les murs tandis qu'il me suivait dans une délicieuse extase. Son ravissement brûlant à travers notre connexion provoqua une autre explosion à l'intérieur.

Des lumières noires et blanches dansèrent dans mes yeux et mon monde bascula en un instant. Je perdis conscience, trop absorbée par la félicité de mon âme s'élevant vers un nouveau plan d'existence pour rester parmi les vivants.

C'est ce que l'on ressent quand on vole…

Je flottais dans l'air, plus heureuse que je l'avais jamais été, et me retrouvai à fixer les yeux vers souriants de Darius. Sa hampe épaisse palpitait en moi, chaude et très dure.

— Prête à continuer ? demanda-t-il doucement. Ou tu as besoin d'une minute de pause ?

— Il y en a encore ? demandai-je, hébétée.

— Oh, Juliet. (Ses lèvres se retroussèrent en un sourire éclatant.) Ce n'est que le début.

DARIUS

JULIET DORMAIT SI PAISIBLEMENT que je n'avais pas du tout envie de la réveiller. Nous étions bien avancés dans la soirée, après avoir passé une grande partie de la journée à nous envoyer en l'air. Elle était une excellente élève, prenant les rênes sans hésitation et comptant sur ses instincts.

Je souris, repensant au moment où elle s'était mise à genoux, les mains cramponnées à la tête de lit, pendant que je la pénétrais par-derrière. Mon membre palpitait contre son cul ferme, en désirant davantage.

Pas encore.

Elle avait besoin de se reposer avant de nous aventurer dans ce territoire. Son immortalité était bien établie, sa force vitale s'épanouissait en moi, mais elle avait encore besoin de nourriture pour rester en bonne santé.

Je mordillai doucement son cou, ma langue léchant son pouls. Elle grogna et pressa son derrière contre mon aine impatiente, tout en bâillant et s'étirant.

— Darius ? murmura-t-elle d'une voix ensommeillée.

— Juliet. (J'embrassai son épaule nue.) Il est minuit passé.

— Mmmh.

Un autre étirement qui me fit gronder sourdement du fond de ma gorge.

— Continue comme ça et on ne quittera pas cette pièce aujourd'hui.

Elle s'immobilisa, puis répéta son mouvement.

Petite rebelle. Je la retournai sur le dos et m'agenouillai entre ses cuisses écartées.

—Juliet, est-ce que j'ai l'air d'être du genre à plaisanter ?

Ma menace était sérieuse. Elle pouvait passer une journée sans manger, surtout avec mon sang coulant dans ses veines.

— Heu, non.

Elle se lécha les lèvres et son regard tomba sur mon érection entre mes jambes. Elle rougit et ses pupilles se dilatèrent d'envie.

— Ne me regarde pas comme ça, sauf si tu prévoies d'en faire quelque chose.

J'empoignai mon membre et le branlai fermement, mes muscles tendus par le besoin.

Elle frissonna visiblement, se redressa sur ses coudes.

—Je, heu…

Son estomac gargouilla à point nommé, m'arrachant un sourire.

— Oui ? (Je penchai la tête.) Tu veux un amuse-bouche, chérie ?

Elle grogna et retomba dans le lit, se couvrant la tête d'un oreiller. Ses tétons qui durcissaient et sa chatte luisante me disaient précisément ce qu'elle pensait de mon offre. Je déposai un baiser sur l'apex entre ses cuisses.

— Tu ne peux rien me cacher, Juliet.

Sa peau se hérissa de chair de poule, son désir imprégna l'air. Je la léchai longuement et profondément avant de ramper sur elle et de l'emprisonner entre mes bras. Elle sursauta quand mon érection titilla sa fente humide.

— Ça te fait mal ? demandai-je doucement.

Elle marmonna une réponse inintelligible sous l'oreiller.

Je dégageai l'obstacle d'une chiquenaude et contemplai son visage cramoisi. Si belle et excitée, mais une nouvelle caresse sur ses replis confirma mes soupçons.

— Je devrais te sauter en guise de démonstration. (Je mordillai sa lèvre inférieure.) Tu dois me dire quand je te pousse trop loin.

Elle déglutit.

— C-comment ?

— Ouvre simplement ton esprit. J'écouterai.

Elle haussa les sourcils, son doute filtra à travers le lien.

Je retroussai les lèvres, amusé.

— Je n'ai pas dit que j'arrêterai, mais j'écouterai.

Je m'introduisis lentement en elle, et sa douce chaleur enveloppa ma queue tel un fourreau de désir humide. Ses joues prirent une teinte d'un rouge des plus séduisants. Je fis courir mon nez sur sa peau douce, humai son arôme sucré tout en adoptant un rythme sensuel. Elle gémit et ses yeux roulèrent, toute son hésitation évanouie.

J'embrassai son cou, sa mâchoire, le point sensible sous son oreille.

— Ça ne doit pas être toujours violent, mon amour. (Un autre baiser sur sa tempe.) Je peux être tendre aussi.

Ses mains remontèrent sur mes bras et agrippèrent mes épaules.

— Je crois que je préfère quand c'est violent.

— Je sais. (Je me redressai sur les coudes pour croiser son regard.) Mais il te faut plus d'énergie avant que je te prenne de nouveau comme ça. Je veux une partenaire dans mon lit, pas une poupée inconsciente.

Elle souleva ses hanches contre les miennes pour me guider plus profond.

— Je repars avec toi.

Ces mots sortirent dans un grognement, tandis que ses pupilles dévoraient ses iris bruns si attirants.

— Vraiment ?

Ma voix douce ne correspondait pas à la forte poussée de mes hanches, afin de tester sa tolérance à la douleur.

Elle se mordit la lèvre et cambra le dos.

— Vraiment, haleta-t-elle. Tu ne vas pas me laisser ici.

— Tu y seras en sécurité. (Un facteur important, vu mon agenda politique.) Et si tu choisis de me rester fidèle, nous pourrions être ensemble à l'avenir.

Elle planta ses ongles dans ma peau. Durement.

— Tu es à moi.

Sa férocité me fit sourire.

— Je sais, chérie. Mais tu as le choix.

Elle se souleva de nouveau sous moi, guidant mon érection à l'endroit qu'elle désirait.

— Non, Darius. Je pars avec toi.

Elle cilla et ferma les yeux – l'image parfaite d'un plaisir déchirant.

— Ça fait mal, pas vrai ? demandai-je, demeurant dans son fourreau.

— Oui, chuchota-t-elle. Mais j'en veux plus.

— Plus fort ?

— Oui, répéta-t-elle. Et dis-moi que je peux venir avec toi. Rester avec toi. (Son regard transperça le mien sur ses trois derniers mots.) Dis-le, Darius. S'il te plaît.

Je fournis la réponse dans un baiser, lui permettant de *ressentir* mes émotions et les ponctuant de mon élan accru. Son cœur battait fort contre ma poitrine, sa respiration était erratique. Elle ne tarderait pas à jouir, et cette seule pensée me rapprochait de l'orgasme. Sentir ses parois enserrer ma hampe était l'une des expériences les plus incroyables de ma très longue vie. Je ne m'en lasserais jamais, je ne me lasserais jamais d'*elle*.

— Oh, Juliet, susurrai-je contre ses lèvres gonflées. Tu ne comprends pas ce que ça signifie d'être ma compagne ?

M'appuyant sur un coude, j'employai mon autre main à incliner ses hanches pour une connexion plus intense.

Un son guttural s'échappa de ses lèvres, son approbation était évidente à la façon dont son dos s'arquait sur le lit.

— Ça me ferait un mal de chien de te laisser ici, repris-je d'une voix assourdie par mon besoin croissant. Mais je ferai tout ce que tu demandes, tout ce que tu veux.

Ma langue trouva la sienne, désireuse de prouver mon point de vue, de revendiquer ce que je possédais et de lui rendre la pareille. Elle trembla sous moi, son plaisir atteignant son apogée, attendant mon accord et ma touche finale.

— Putain, tu as un corps parfait, dis-je, émerveillé. *Tu* es parfaite.

— Darius, haleta-t-elle sur un ton d'urgence. *Je t'en prie…*

Je fis durer le plaisir, plongeant en elle avec frénésie, profitant de ce qu'elle était figée et luttait pour ne pas perdre la raison. Une légère couche de sueur luisait sur sa peau, et ses yeux étaient si serrés qu'elle devait voir des étoiles.

Magnifique.

— Je t'emmènerai partout où tu veux aller, Juliet, lui jurai-je. Aussi longtemps que tu voudras de moi. (Je l'embrassai profondément tandis que ses membres tremblaient violemment autour de moi.) Jouis, mon cœur. Étreins-moi.

Son hurlement transperça la nuit, mon cœur et mon âme, et je la suivis au bord du précipice avec un orgasme hallucinant qui fit honte à tous les autres.

Putain.

Je grognai son nom, ma semence la remplit profondément et la revendiqua. Mes bras tremblèrent de mes efforts pour rester au-dessus d'elle, mes jambes mollirent à cause de la force avec laquelle je prenais son corps. Son plaisir se contracta autour de moi, pressant chaque goutte dans sa petite fente avide.

Mon front tomba sur son cou, mes yeux embués de larmes à l'impact. Je n'en désirerais jamais une autre après Juliet. Toutes ces années à douter du lien de l'*Erosita*, à me demander pourquoi Cam avait choisi de s'y engager, et je comprenais enfin.

Juliet est l'autre moitié de mon âme. Ça pouvait être le lien qui parlait, un coup du sort magique, mais j'en doutais. Pas avec la façon dont mon corps et mon esprit réagissaient à sa présence. Elle faisait tout ce que je voulais, luttait contre moi quand j'en avais besoin, se soumettait quand je l'exigeais, et voulait toujours rester à mes côtés.

—Je ne te laisserai jamais en un lieu où tu ne désires pas rester, murmurai-je. Et si rester à mes côtés s'avère insupportable, je trouverai un moyen de te ramener ici. En sécurité.

Elle prit ma joue en coupe et releva ma tête pour plonger son regard étourdi dans le mien.

— Ton monde me terrifie, mais je peux y survivre avec toi.

Je tournai la tête pour embrasser sa paume, puis reposai mon visage dans sa main.

— Ça ne va pas être facile. Lilith City n'était qu'un début.

—Je sais, et ç'aurait été plus supportable si tu m'avais dit ce qui allait se passer.

—J'avais besoin que tes réactions soient sincères.

— Alors fais-moi confiance pour savoir comment réagir, Darius. (Ses yeux brûlaient dans les miens.) J'ai passé vingt-deux ans à apprendre la politique et le décorum des vampires. Tu veux que je sois ton arme, hein ? Alors utilise-moi, mais communique. Je peux le faire si tu crois en moi.

Redoutablement intelligente, ma Juliet.

— Je ne te mérite pas. (Pas dans cette vie, mais peut-être dans une plus ancienne.) Mais je te garde quand même.

Ses yeux scintillèrent d'un bonheur qui m'alla droit au cœur. Puis son estomac gargouilla, me rappelant ses besoins.

Je souris.

— Je t'avais promis un amuse-bouche, mmh ? (Je sortis lentement d'elle et m'agenouillai entre ses cuisses.) Ton minou est si appétissant avec ma semence qui s'en échappe. (Je passai mon doigt le long de ses tendres replis.) Ouvre.

Elle écarta ses lèvres, accepta mon doigt trempé de sperme. Les pupilles dilatées, elle le suça proprement.

— J'aimerais que tu fasses ça sur ma queue, proposai-je, émerveillé.

— Oui, Sire, répondit-elle d'une voix rauque.

Elle replia les jambes, se mit à genoux et attrapa mes hanches.

Je grognai quand elle se pencha pour me prendre dans sa bouche. Sa tête était un fouillis de boucles brunes emmêlées par nos ébats.

— Putain, grognai-je.

Je fourrai mes doigts dans ses cheveux pour forcer ses lèvres à descendre jusqu'à la garde. Sa langue me léchait de fond en comble, recueillait chaque goutte. Ma hampe brillait littéralement quand elle eut terminé, la bouche gonflée par mes énergiques attentions.

Je resserrai ma prise dans ses mèches sombres et d'un coup sec, j'inclinai sa tête en arrière pour mon baiser de récompense. Elle méritait bien plus, mais d'abord, elle avait besoin de s'alimenter correctement. Même si j'aurais aimé qu'elle se nourrisse uniquement de ma semence, cela semblait improbable et un peu cruel.

Elle était pantelante quand je la relâchai, ses pupilles évasées et bouleversées.

— Je vais encore te sauter à coup sûr, promis-je. Après qu'on ait mangé.

Quelque chose ressemblant à de la déception passa dans son regard.

— Un autre dîner.

Je ris, le cœur léger. Bien sûr, elle redouterait tout ce qui aurait trait à un repas après la semaine dernière.

— Il n'aura rien à voir avec les autres, mon amour. (Je me glissai hors du lit et la pris dans mes bras.) Mais d'abord une douche.

L'eau chaude ferait du bien à ses muscles, ainsi que certains soins spécifiques à ses endroits les plus sensibles.

Elle ne protesta pas, et son corps se plia à ma volonté pendant que je la lavais et l'habillais. Seuls ses yeux me disaient qu'elle ne se souciait guère de sa tenue.

— C'est chaud, marmonna-t-elle.

— C'est le but d'un pull.

Je tirai sur l'ourlet. Ismerelda s'était arrangée pour nous faire livrer quelques vêtements pendant la journée, d'une taille parfaite pour Juliet. Les miens se trouvaient déjà dans la pièce, où je les gardais en permanence. Il nous faudrait ajouter une garde-robe pour Juliet pour les rares occasions où nous pourrions venir ici.

J'enfilai un T-shirt à manches longues bleu marine et un jean assortis à la tenue de Juliet. Elle me détailla avec intérêt, et je haussai un sourcil.

— Oui ?

— Rien, c'est juste que, eh bien, j'aime bien ton look.

Je posai une main sur sa nuque, sous ses cheveux mouillés.

— Mmmh, c'est réciproque, Juliet. (Je l'embrassai une seconde de plus que nécessaire.) Allons chercher à manger, et après je pourrai de nouveau te déshabiller.

Son expression s'adoucit.

— Donc c'est le but des habits.

— Non, gloussai-je. Mais on peut faire comme si, si ça te fait te sentir mieux.

Aucune des femmes que j'avais rencontrées ne préférait se balader à poil. Je voulais blâmer le Coventus pour cela, vraiment, mais le cœur n'y était pas. Ma compagne se baladant nue pendant toute une vie ne me dérangerait pas. Pas le moins du monde.

Mêlant mes doigts aux siens, je l'emmenai dans le couloir vers la cuisine. Jace était là, la tête penchée sur l'épaule d'une lycane blonde, ses lèvres à son oreille. Ce qu'il lui disait peignait ses joues d'un rouge profond, et son excitation était plus qu'évidente.

Nous apercevant à la porte, elle fila hors de la pièce avec un petit rire, laissant Jace tout souriant après elle.

— Ça va être marrant de la pourchasser.

Je secouai la tête.

— Tu as vraiment des pulsions suicidaires.

Il posa une main sur sa poitrine.

— Eh bien quoi ? C'est une lycane non accouplée qui a tout à fait l'âge de prendre ses propres décisions.

— C'est la fille de l'alpha, lui rappelai-je. (J'ouvris un placard pour en sortir deux bols tandis que Juliet s'installait au comptoir.) Il a sûrement mis en place un quelconque arrangement politique pour elle.

Jace agita une main dédaigneuse.

— Pas avant plusieurs années. Tout va bien.

— Les lycans préfèrent les compagnes vierges.

— Je peux lui faire des choses qui conserveront sa virginité, rétorqua-t-il. Tu en as sûrement découvert quelques-unes avec Juliet ?

Elle s'éclaircit la gorge et rougit, ses joues prenant une délicieuse teinte cramoisie. Je les effleurai de mes jointures avant d'aller ouvrir le frigo.

— De la soupe, ça te dit ? proposai-je, repérant un bac de soupe de nouilles au poulet sur l'étagère supérieure.

Un plat réconfortant.

— D'accord, fit-elle, les yeux toujours sur Jace.

Il y eut un curieux éclat dans son regard quand il nous dévisagea. Puis ses lèvres se retroussèrent.

— Vous deux avez passé une bonne journée. Bien dormi ?

— Arrête de l'asticoter, le réprimandai-je. (Je versai la soupe dans les bols.) Je veux la garder, pas l'effrayer.

— Ça veut dire qu'elle repart avec nous ? s'enquit-il, pleinement conscient de mes intentions de la laisser ici.

— Oui, répondit Juliet à ma place. Je peux jouer mon rôle comme demandé.

Je fis la moue devant la certitude de son ton, en jetant un regard à Jace.

— Elle a exigé que je communique davantage.

— Ça alors ! sourit Jace. Tiens, puisqu'on en parle, j'ai une idée à vous soumettre à tous les deux.

Je mis les bols dans le micro-ondes et me retournai.

— À quel propos ?

— Gaston, répondit-il. Je crois que je connais un moyen de le faire se désister et de t'assurer la victoire sans effusion de sang. Ça résoudrait aussi ton problème de partage.

Je haussai les sourcils.

— D'accord, tu as toute mon attention. Quelle est ton idée ?

ÐARIUS

Quelques semaines plus tard…

C'ÉTAIT UN PLAN HORRIBLE. Tuer Gaston aurait été si simple et bien plus agréable.

— Relax, murmura Ivan près de moi. Tu risques de casser ce verre.

— Je vais casser quelque chose, marmonnai-je.

Comme la tronche de Jace s'il embrasse encore Juliet.

Je vais bien, Darius, répondit-elle d'un ton apaisant. Elle était assise sur les genoux de Jace, à l'autre bout de la pièce. Elle portait une robe noire décolletée jusqu'au nombril. Lui avait un bras autour de ses épaules et son autre main dans la fente de sa robe, posée sur sa cuisse nue.

J'étais d'accord pour faire ça, rappela-t-elle. *C'est le meilleur moyen, et aussi mon but en tant que ta compagne. Fais-moi confiance pour jouer mon rôle.*

Je relâchai ma prise sur le verre, mes instincts de mâle lié détendus par son calme. C'est Jace qui avait suggéré cette scène, afin de montrer à la société mon manque de soins et d'affection envers ma vierge de sang.

« *Supprimer l'attrait de l'interdit leur ôtera tout plaisir,* avait-il dit. *Et c'est aussi un moyen pour toi de me faire une faveur, ce que les masses apprécieront plus que tout dans ce jeu politique. Gaston n'aura aucune chance, car il n'a rien d'intéressant à m'offrir, et il le sait. »*

Je finis mon verre et le posai sur un plateau à proximité. La nouvelle de ma candidature s'était déjà répandue, Sebastian mettant un point d'honneur à dire à tout le monde dans la salle que c'était lui qu'il fallait remercier pour ma nouvelle aspiration politique. Je prendrais plaisir à le tuer un jour, une fois qu'il ne serait plus utile.

— On dirait que Gaston vient juste d'apprendre la nouvelle, remarqua Ivan, désignant du menton le vampire en question.

Son crâne chauve brillait sous le lustre tandis qu'il parlait à Sebastian, le visage pâle.

— Il a l'air ravi, renchérit Trevor. (Il me tendit une flûte pleine.) Ne casse pas celle-ci.

— Je contrôle, grognai-je.

— Bien sûr, sourit-il. Continue de te dire ça.

— Elle te tient par les couilles depuis que tu l'as amenée chez toi. (Ivan avait l'air de bien rigoler.) C'est trop marrant à observer.

Je soupirai, les remerciant secrètement pour leur discrétion.

— Pourquoi je suis toujours entouré d'enfants ?

— Parce que t'es sacrément vieux ? suggéra Trevor. C'est juste une idée.

— C'est vrai, gloussa Ivan. (Il fit la moue.) On t'appelle, Darius.

Je jetai un œil à la table de Jace et remarquai ses sourcils haussés.

— Mmmh. Ça devrait être amusant. Si vous voulez bien m'excuser…

Je vais t'embrasser, Juliet, lui dis-je en m'approchant. *Prépare-toi.*

Pourquoi ça ressemble à une menace ?

Parce que tu me connais bien. Je pris une autre gorgée de mon champagne avant de passer le verre à un serviteur humain sans un mot.

— Votre Altesse, saluai-je solennellement, nouant mes doigts dans les longues mèches de Juliet. Un instant.

Je tirai sa tête en arrière et l'embrassai comme promis, mes dents éraflant sa langue en un geste possessif. Sa douce essence emplit ma bouche.

— Mmmh, ça va mieux, murmurai-je, la relâchant aussi brusquement que je l'avais empoignée.

Jace gloussa, ses doigts lissant les mèches de Juliet emmêlées à présent.

— Est-ce une invitation à la goûter de nouveau, Darius ?

Une brillante référence aux moments que nous avions passés à Lilith City, au bénéfice de l'assistance. Certains jours, je soupçonnais Jace de jouer ce jeu bien mieux que moi, peut-être grâce à son expérience de la cour royale.

Je haussai une épaule, feignant la nonchalance.

— Je t'invite à lui faire tout ce qu'il te plaira.

Des mots froids que je ne pouvais prononcer que parce que je lui faisais confiance. Peut-être que c'était un bon plan après tout.

Ses yeux argentés miroitèrent.

— Je pourrais bien accepter cette invitation plus tard.

J'effleurai de mes jointures le bras nu de Juliet, provoquant de la chair de poule au passage.

— Elle sera heureuse de se plier à tous tes désirs.

Jace embrassa son pouls palpitant, puis sa joue.

— J'ai hâte ! (Il soupira et se renversa sur sa chaise.) Joins-toi à nous, Darius. (Il indiqua la chaise près de lui.) Gloria peut partager avec Lisa.

L'expression de Gloria demeura stoïque quand elle se leva et fit le tour de Jace pour aller s'asseoir en silence sur les genoux de Lisa. Ces deux humaines étaient membres du harem royal de Jace. Elles étaient séduisantes en lingerie bleu marine, mais leur beauté n'était rien en comparaison de Juliet.

— Merci, murmurai-je en prenant place à côté de lui.

Le symbolisme de la scène n'échappait pas à l'assemblée. M'inviter à m'asseoir à ses côtés signalait son favoritisme quant à l'acceptation de mon poste de nouveau souverain. Je croisai le regard furieux de Gaston à travers la pièce. *Message bien reçu.* Sebastian se tenait près de lui, les lèvres retroussées en signe de triomphe. Ce vampire assoiffé de pouvoir pensait que je lui en ferais profiter d'une façon ou d'une autre. Il allait être cruellement déçu.

— J'étais juste en train de dire à Benedict à quel point j'étais ravi que tu rejoignes enfin mon conseil politique, palabra Jace. Adrian a laissé un vide assez large dans mon équipe, et ce sera bien d'avoir quelqu'un de compétent à mes côtés pour le remplacer.

— J'espère être à la hauteur de tes attentes.

Une réponse toute faite qui, il le savait, se voulait sarcastique malgré mon ton respectueux.

— Oh, je pense que tu l'es déjà. (Il caressa de nouveau les cheveux de Juliet, tout du long jusqu'à sa taille.) Je n'ai jamais compris l'attrait de se procurer une vierge de sang – peut-être parce que j'ai mon propre harem – mais je n'ai pas cessé de penser au sang de ta Juliet depuis des semaines.

Je me permis un sourire.

— Elle est assez addictive.

— J'imagine que c'est pourquoi tu l'as choisie comme *Erosita*, ajouta Jace pensivement. Un autre aspect que je n'ai jamais compris, mais que je respecte infiniment la concernant. (Il sourit aux autres aristocrates autour de nous.) Elle hurle magnifiquement.

Leurs expressions lubriques indiquaient qu'ils désiraient y

goûter par eux-mêmes, mais hors de question que cela se produise.

— Votre Altesse, intervint une voix familière derrière nous. Puis-je avoir un bref entretien ?

Jace attendit une seconde avant de se retourner.

— Bien sûr, Gaston. (Il promena un doigt sur la gorge de Juliet.) Retourne auprès de ton maître comme une brave bête.

— Oui, Votre Altesse, dit-elle docilement, glissant de ses genoux sur les miens.

J'enroulai mon bras autour de sa taille découverte et étalai ma main sur son flanc. Les cheveux d'un côté, elle me narguait en me présentant son cou.

Tu as envie d'une morsure, chérie ?

Seulement de toi, répliqua-t-elle.

J'embrassai son pouls, mordillai sa peau tendre. *Je prendrai ton artère fémorale plus tard.*

Elle frissonna. *Oui, s'il te plaît.*

— En quoi puis-je vous aider, Gaston ? demanda Jace, à moitié tourné vers le vieux vampire.

La fureur embrasait les yeux de mon adversaire devant le manque de respect flagrant de sa position. La plupart de nos frères se seraient levés en sa présence, mais un royal pouvait se permettre de rester assis. Et Jace profitait pleinement de ce droit tout en délivrant un message très clair : *Je ne te soutiens pas.*

Gaston s'éclaircit la gorge.

— Comme vous le savez sans doute, j'ai mis mon nom en avant pour le poste de votre souverain.

— Oui, je suis au courant.

Jace conservait un ton poliment curieux, sa mascarade était sans défaut.

— À la lumière des derniers événements, je crois qu'il est préférable que je retire ma candidature. (Gaston semblait avoir du mal à prononcer ces mots, mais il les débitait convenablement.) Darius convient bien mieux à ce poste.

Il ne put s'empêcher de grimacer. Je dissimulai mon sourire dans les cheveux de Juliet.

— Là-dessus, Gaston, nous sommes d'accord, opina Jace. J'accepte votre désistement. C'est tout ce dont vous aviez besoin ?

Ce renvoi rapide fit tourner vers nous quelques têtes curieuses. Les royaux étaient généralement impolis envers leurs électeurs, mais être impoli envers un homme aussi âgé que Gaston allait certainement alimenter les ragots.

— Oui, Votre Altesse. C'est tout ce que j'avais à dire.

— Parfait. Ravi d'avoir parlé avec vous, Gaston. (Jace se retourna avant que l'autre ne puisse répondre.) Bon, où en étions-nous ? Ah oui, on parlait des choses que je ferais tout à l'heure à ta Juliet…

Je me glissai dans la limousine à côté de Juliet et pris sa main dans la mienne. Elle ne dit rien quand Jace nous rejoignit, gardant un air impassible pour ceux qui observaient notre départ. Les deux membres de son harem étaient montées à côté du chauffeur et nous accompagnaient chez moi.

— Eh bien, tout s'est passé comme prévu, déclara Jace sitôt la portière close. Mais il faudra garder un œil sur lui.

— Oui, ton rejet flagrant a quelque peu blessé son ego.

Jace haussa les épaules.

— Toute personne qui s'en prend aux enfants mérite d'être rabaissée d'un cran ou deux.

Je ne pouvais qu'être d'accord avec cette déclaration. Quand la limousine s'élança, Juliet se détendit à mes côtés, un bras sur mon abdomen. Une réaction très différente de celle bien des mois plus tôt, quand je l'avais achetée aux enchères.

— Fatiguée, chérie ? lui demandai-je doucement en caressant ses cheveux.

Elle hocha la tête.

— Dommage, murmurai-je. J'avais des plans pour toi par la suite.

Une excitation ondula à travers notre lien, chauffant mon sang et le sien. C'était clair qu'elle n'était pas *si* fatiguée que ça.

— Même si j'ai toujours aimé le voyeurisme, il faut qu'on parle de ton ascension, intervint Jace.

— Et voilà que commence ma vie politique, soupirai-je.

Peu importait que le couronnement n'ait pas lieu avant trois mois. Ceux qui comptaient étaient présents ce soir au gala du Parlement, et ils étaient tous en faveur de mon positionnement comme nouveau souverain de Jace. Il n'y aurait aucune contestation à mon acceptation du poste.

Les invitations à dîner avaient déjà commencé, ainsi que les événements de la haute société. Mon emploi du temps était vite passé de calme à chargé en quelques heures.

Je serai avec toi, émit Juliet dans mes pensées totalement ouvertes à elle.

Je serrai sa main. *Je sais.*

Jace se mit à discuter de l'avenir, de ses idées, de la façon dont nous pourrions travailler ensemble, et commenta aussi la mascarade en cours avec Juliet. Tant que nos frères pensaient que je la partageais ouvertement avec lui, personne ne prendrait la peine de demander à la goûter. Elle était une marchandise d'occasion, ce qui la rendait moins excitante. Plutôt comme un joli ornement qui sentait bon.

Est-ce qu'il va rester à la maison cette nuit ? demanda-t-elle.

Oui, avec son harem, et peut-être pour quelques jours.

Pour solidifier son soutien à toi en tant que nouveau souverain ?

Oui, et pour se cacher un moment.

Il y avait très peu de personnes avec qui Jace pouvait être lui-même. De plus, le fait que ma maison soit dépourvue d'appareils d'écoute lui permettait de dire et faire tout ce qu'il voulait.

Ce sera sympa, admit-elle d'une douce voix mentale.

Je retroussai les lèvres.

Tu l'aimes bien, pas vrai ?

Je sentis son haussement d'épaules mental.

Mon estime pour lui grandit.

Tant que tu ne l'invites pas dans notre lit, ça me va.

Jamais. Rien que toi, Darius.

Pour l'éternité, lui rappelai-je.

Pour l'éternité.

Je fermai les yeux pendant que Jace parlait de l'Alliance de Sang, énumérait ceux qu'il pensait pouvoir faire basculer de notre côté et pourquoi. Bientôt d'autres personnes viendraient rejoindre les rangs, leurs identités n'étant connues que de quelques-uns.

Mon ascension était le signal que le jeu allait commencer.

Car le roi était entré sur l'échiquier, accompagné de sa reine.

Il est temps de jouer.

ÉPILOGUE

JULIET

Journée du Sang

LA MAIN de Darius se serra sur la mienne et son corps se raidit quand les rituels commencèrent.

Les chants et prières des humains alignés en rangs dans le champ s'élevèrent dans l'air. La Déesse elle-même était assise tout en haut d'une plateforme. Nous étions installés derrière elle, aux côtés de Jace et parmi tous les autres royaux, souverains et régents. La haute société vampire, un groupe dont nous étions membres officiels après que Darius avait accepté solennellement son poste de souverain la semaine dernière.

Les chefs de clans lycans — dont Mira et Luka — occupaient les autres plateformes, l'air de s'ennuyer à observer le déroulement des événements.

Des mots latins résonnaient autour de nous, les humains promettant leur dévotion éternelle à Lilith. Je ne l'avais jamais vue en personne, mais elle était aussi belle que je l'imaginais. De longs cheveux blond cendré, une peau pâle, des yeux verts vifs.

Elle n'était assise en compagnie de personne, son trône étant situé au sommet de la plateforme.

— Mes enfants, déclara-t-elle en souriant. Aujourd'hui se

déroule notre cent-dix-septième Journée du Sang. Comme avec toutes celles avant vous, douze âmes bienheureuses ont été choisies pour concourir pour le statut d'immortel. Parmi ces douze, deux seront choisies pour recevoir l'immortalité.

Le silence tomba sur la foule, l'impatience de connaître ces noms étant évidente de par leurs positions et expressions d'attente.

C'était ce que Darius avait expliqué : l'art de monter les humains les uns contre les autres. En les forçant à la compétition, ils ne pouvaient pas travailler ensemble. Cela se voyait dans la façon dont ils paraissaient tous séparés les uns des autres, pas un seul humain ne tentant de réconforter un autre.

— Le reste d'entre vous sera renvoyé dans vos factions respectives, reprit-elle d'une voix bien trop gentille pour un vampire. Maintenant, que la cérémonie commence ! Magistrat ?

Un lycan aux cheveux noirs vêtu d'une robe bleu roi s'avança, un grand livre à la main.

Les classifications humaines, expliqua Darius. *Il va les appeler un par un pour les informer de leur sort. Prépare-toi, Juliet. Ça va vite devenir moche.*

Je déglutis. *Oui, Sire.*

Un silence nerveux s'abattit sur la foule tandis qu'il se plaçait derrière un podium et ouvrait son livre.

Je promenai mon regard sur tous leurs visages baissés et sur l'armée de Vigiles qui les entourait avec leurs armes, et un frisson me parcourut l'échine.

Pendant vingt-deux ans, j'avais compris ma destinée. Je connaissais mon avenir avant même qu'il ne commence, j'étais formée à être une parfaite vierge de sang, et j'avais redouté mon tour sur l'échiquier.

En observant ces humains qui attendaient leur propre avenir, je réalisai à quel point j'avais été mieux lotie. Au moins j'avais su à quoi m'attendre. Ces pauvres créatures n'avaient aucune idée d'où elles allaient, et pire, aucun choix. Tout était dicté par un livre, un magistrat et une fausse déesse.

Nous obtiendrons justice pour eux tous, me promit Darius, qui ressentait la direction de mes pensées.

— *Oui,* opinai-je, alors que le premier nom était appelé.

Sur les marches de pierre claquèrent les talons du premier agneau qui s'approchait de son abattage imminent. Son cauchemar était sur le point de commencer. J'avais survécu au mien. Si seulement elle pouvait avoir autant de chance. Mais je savais qu'elle n'en aurait pas. Aucun de ces humains n'en aurait.

J'avais envie de pleurer pour eux, mais à la place, je maintenais ma position de servante aux côtés de Darius. Un jour, j'aurai le droit de me battre, et quand ce jour viendrait, je serais prête.

À l'avenir, murmura Darius.

À l'avenir, fis-je écho.

L'histoire continue avec « *Le Vampire royal* »...

Chère lectrice, cher lecteur,

Merci de me lire ! Cette série est mon petit vice secret, où je laisse libre cours à mon côté sombre.

Je me suis toujours demandé ce qui se passerait si les surnaturels existaient vraiment. Il y a tellement d'histoires à leur sujet qui se cachent dans la réalité (j'écris moi-même deux séries), mais pourquoi des êtres aussi puissants se tapiraient-ils dans l'ombre alors qu'ils pourraient régner ? J'ai ruminé cette idée et ainsi est née l'Alliance de Sang.

J'ai prévu beaucoup d'autres choses pour vous tous. Ça va être sombre, méchant, et très amusant. Sauf si vous êtes humain, auquel cas la vie va être vraiment dure.

Le Vampire royal est sur le pont. Il ne s'agit pas de Jace, mais de Kylan. Je sais, le royal massacreur de harem n'est sans doute pas celui que vous attendiez, mais croyez-moi, il va vous choquer. J'ai adoré jouer dans sa tête.

Merci encore pour votre lecture !

À bientôt,
Lexi

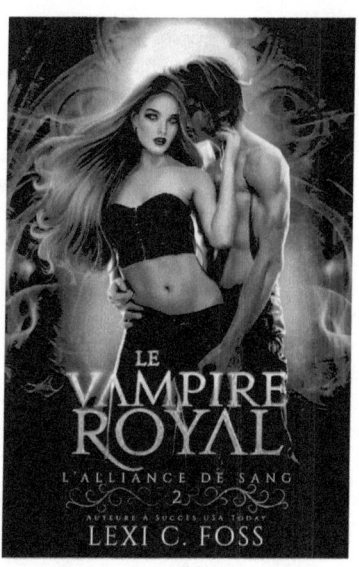

Jadis, l'humanité gouvernait le monde et les lycans et vampires vivaient en secret.
Cette époque est révolue.

Rae

La Journée du Sang – l'aboutissement de ma formation.
Le jour où je vais découvrir ma destinée.
Je ne pleurerai pas. N'implorerai pas. Je vais rester calme.
Les émotions sont l'apanage des faibles, et je ne suis pas faible.
Je m'appelle Rae, et je survivrai à cela.
Mais je ne m'attendais pas à ce que ce soit *lui* qui m'appelle…

Kylan

On veut me faire accuser de démence immortelle ? Vas-y, fais-toi plaisir.

Je vais choisir une combattante comme appât, une consort ayant un soupçon de défiance.

Et quand le coupable tentera de mordre, c'est moi qui le mordrai en retour.

Car personne ne touche à ce qui est à moi, y compris la rousse ardente à mes côtés.

Bienvenue à Kylan City.
Je vous défie tous de venir y jouer.

L'auteure à succès d'*USA Today* Lexi C. Foss est une écrivaine perdue dans le monde de l'informatique. Elle vit à Atlanta, en Géorgie, avec son mari et leurs enfants à fourrure. Quand elle n'écrit pas, elle est occupée à cocher des cases sur sa liste de voyages à faire. On peut retrouver beaucoup des endroits qu'elle a visités dans ses écrits, notamment le monde mythique d'Hydria, inspiré d'Hydra, dans les îles grecques. Elle est excentrique, boit beaucoup trop de café et adore nager. Tchao !

www.ingramcontent.com/pod-product-compliance
Lightning Source LLC
Chambersburg PA
CBHW020243200626
46816CB00001BA/101